Markus Dullin

Tödliche Aussicht

Kriminalroman

Querverlag

Handlung und Personen sind frei erfunden. Jede Ähnlichkeit mit tatsächlichen Ereignissen oder Personen wäre rein zufällig.

Erste Auflage September 2010

Umschlag und grafische Realisierung von Sergio Vitale
unter Verwendung eines Fotos von
Fotolia (Painted Desert View © Ffooter)
Gesamtherstellung: Finidr
ISBN 978-3-89656-181-7
Printed in the Czech Republic

Bitte fordern Sie unser Gesamtverzeichnis an:
Querverlag GmbH und Salzgeber & Co. Medien GmbH
Mehringdamm 33, 10961 Berlin
www.querverlag.de • www.salzgeber.de

Kapitel 1

Seit über einer Stunde hatte Sven kein einziges Wort mehr gesagt, und auch davor war er nicht besonders gesprächig gewesen.

Monika Seyfarth sah ihren Sohn nur manchmal kurz aus den Augenwinkeln heraus an, obwohl die Straße kerzengerade verlief und kaum ein Auto unterwegs war, auf das sie hätte achtgeben müssen. Apathisch starrte Sven neben ihr durch die Windschutzscheibe, den Blick getrübt und die Lider ein wenig gesenkt, als würde er jeden Moment einschlafen wollen. Zugegeben, die Fahrt bisher war alles andere als aufregend gewesen, eine endlos sich dahinziehende Ebene, gesäumt von ein paar Bergen am Horizont, ohne eine Stadt oder einen noch so winzigen Ort weit und breit. Auf dem sandigen, rötlichen Boden wuchsen Sträucher, einige verkrüppelte Bäume, mehr nicht. Monika selbst musste sich zusammenreißen, um bei dieser Eintönigkeit nicht einzunicken.

Sven war keineswegs müde, wie sie sehr wohl wusste, er war gelangweilt, zu Tode gelangweilt. Jetzt drehte sie den Kopf, um sich davon zu überzeugen, so dass der Wagen aufgrund dieser kurzen Unachtsamkeit von der Spur abkam und die beiden rechten Reifen über den ungepflasterten Seitenstreifen holperten.

„Ups", sagte sie entschuldigend und lenkte den Wagen zurück in die Spur.

Dieses kleine Malheur erzeugte zumindest eine Reaktion im Gesicht ihres Sohnes, der erschrocken aus seiner Lethargie zuckte.

Monika lächelte ein wenig gezwungen, innerlich dankbar für diese Aufmerksamkeit, die Sven ihr plötzlich zuteilwerden ließ.

„Wenn wir hier liegenbleiben, war's das gewesen", murmelte er.

„Ach, was", antwortete sie, „es kommen andauernd Autos vorbei. Außerdem ist ja nichts passiert."

Sven machte ein grunzendes Geräusch und verdrehte die Augen.

So langsam, bemerkte sie, ging er ihr auf die Nerven. Ihre Finger krampften sich stärker um das Lenkrad, bemüht, ihren Unmut herunterzuschlucken. Da musste er ein Mal für einige Stunden im Auto sitzen, und schon war sein Leben ruiniert und vergeudet. Dabei hatte sie bisher alles getan, um ihn bei Laune zu halten.

„Es kann ja nicht mehr weit sein", sagte sie.

Als Antwort lehnte er den Kopf gegen den Sitz und zog das rechte Bein nach oben, um den Fuß angewinkelt auf das Armaturenbrett zu stützen, was alles andere als bequem aussah. Dann atmete er übertrieben laut aus.

„Noch mal siebzehn müsste man sein", entkam es ihr ungewollt zynisch.

„Was soll ich denn machen? Die Gegend ist stinklangweilig."

„Andere wären froh, wenn ihre Mütter sie auf so eine Reise mitnehmen würden."

Diese alberne Antwort war ihr augenblicklich peinlich. Zumindest aber verursachten ihre Worte ein, wenn auch nicht ganz ehrlich gemeintes Lächeln, das Monika sofort erwiderte.

„Nein, im Ernst", fuhr sie fort. „Du könntest ein bisschen aufgeschlossener sein. Selbst wenn es mal nur durch den wilden Westen geht. Das ist kein Vegas mehr, aber ebenso beeindruckend."

„So, wie das hier aussieht, kann ich mir nicht vorstellen, wo hier ein Canyon sein soll."

„Millionen von Touristen können nicht irren", sagte sie, obwohl auch ihr erste Bedenken kamen. Den Grand Canyon kannte Monika bisher nur von Bildern, auf denen ein gewaltiger Grabenbruch zu sehen war, von dem es hier allerdings nicht das geringste Anzeichen gab.

„Seit Stunden nur diese verdorrten Sträucher und Sand, Sand, Sand."

„Soll ich das Radio anmachen?", fragte sie, um ein weiteres Schweigen aufzuhalten, das sich in seiner Stimme allzu deutlich abzuzeichnen begann.

„Wenn die wieder nur Kenny Rogers oder Emmylou Harris spielen, drehe ich durch."

„Vielleicht bringen sie irgendwo deine Cher."

Das hätte sie nicht sagen sollen. Sven verschränkte demonstrativ die Arme vor der Brust und sah seitlich aus dem Fenster.

Es war immer wieder erstaunlich, wie schnell ihr Sohn beleidigt sein konnte, und wie lange diese vermeintliche Kränkung anhielt. Früher war er anders gewesen, erinnerte sie sich und hoffte, dass diese spätpubertäre Phase bald vorüber sein würde. War sie selber denn auch so gewesen, früher?

Dabei hätte Monika ihm gern diese Freude gemacht, aber nicht für zweihundert Dollar pro Karte, irgendwo am Rand der letzten Reihen, von wo aus diese Cher nicht größer erschienen wäre als eine Ameise. ‚Nein', hatte sie abgewunken, ‚auf keinen Fall. Oder du bezahlst das von deinem Taschengeld.' Damit, dachte sie, sei die Sache erledigt gewesen, vor allem, weil sie ihm anschließend in den unzähligen Einkaufspassagen dieser künstlichen Stadt in der Wüste beinahe jeden anderen Wunsch erfüllt hatte, damit er Ruhe gab.

Ein Irrtum.

Wenigstens hatte Las Vegas ihm gefallen, und auch sie hatte dem Reiz nicht gänzlich widerstehen können, der von den lichtergeschmückten und im kitschigen Abklatsch europäischer Großstädte errichteten Hotels ausgegangen war. Sie hatte sich amüsiert, gemeinsam mit ihrem Sohn, der die beiden Tage in dieser Stadt so vergnügt und gutgelaunt gewesen war wie lange nicht mehr. Da sollte es ihr egal sein, dass sie viel zu viel Geld ausgegeben hatte, beim Essen, beim Shoppen oder an den Spielautomaten, solange sie Sven nur lachen sah. Lediglich bei dieser Sängerin, da hatte sie einen Schlussstrich gezogen.

Vielleicht, dachte Monika jetzt, mit einem weiteren, verstohlenen Blick auf sein schmollendes Gesicht, hätte sie selbst dort über ihren Schatten springen und die Kreditkarte zücken sollen. Aber sie wollte ihm nicht in allem nachgeben, so groß die Versuchung auch gewesen war. Sie wollte irgendwie, dass der Sohn mit der Mutter Spaß hatte, nicht weil sie ihm alles kaufte und für alles bezahlte, sondern weil … Unwillkürlich verzog sie die Mundwinkel. Ja, weil er ihr Freund sein sollte, ihr Kumpel. Weil sie tatsächlich glaubte, mit einem Siebzehnjährigen auf gleicher Wellenlänge zu sein. Dabei lagen Lichtjahre zwischen ihnen. Ganze Galaxien. So wie in diesem Moment, indem er ihr erschien wie eine völlig fremde Lebensform.

Diese Reise war ja vor allem eine Chance, sich dieser außerirdischen Lebensform erneut zu nähern, mit der sie früher einmal harmonisch zusammengelebt hatte, die ihr in den letzten fünf Jahren aber immer unnahbarer vorgekommen war, seit seine Pickel die Pubertät und sie und Fred die Scheidung eingeleitet hatten. Damals war der Riss entstanden, den sie bisher nicht zu kitten vermocht hatte, so sehr sie sich auch bemühte. Und immer wenn sie glaubte, einen Schritt nach vorn genommen zu haben, stieß Sven sie wieder von sich. Damit umzugehen fiel schwer.

„Sieh doch mal auf die Karte, wie weit es noch ist", sagte sie, nachdem ihr kurzes Gespräch versiegt war.

Etwas lustlos richtete Sven sich auf, öffnete das Handschubfach und zog die Karte hervor, die er umständlich auf seinem Schoß ausbreitete.

„Wir sind irgendwo zwischen hier und hier", kam schließlich die Antwort, mit der Monika, da die Karte außerhalb ihres Blickfeldes lag, nichts anfangen konnte.

„Ah, ja. Ich glaube, ich kann dieses *hier* da hinten schon sehen."

„Sehr witzig, Mama."

Sie zuckte mit den Schultern.

„Dann lach doch wenigstens."

„Auf dieser Karte sind keine Orte mehr eingezeichnet. Als Nächstes kommt der Canyon, aber davon ist ja nichts zu erkennen."

Als müsste sie sich vergewissern, an dem Canyon nicht bereits vorbeigefahren zu sein, warf Monika einen Blick in den Rückspiegel. Hinter ihr, wie in allen anderen Himmelsrichtungen auch, nur dieses Nichts aus roter Erde, Sträuchern und Steinen, von der Straße wie mit dem Lineal durchschnitten. Zwei Autos kamen dort mit überhöhter Geschwindigkeit auf sie zu. Wenig später klebte das erste davon bereits an ihrer Stoßstange.

„Idiot", fauchte sie.

Sven hatte sich umgedreht und zog die Augenbrauen zusammen.

Dann heulten die Motoren auf, und beide Autos schossen auf der Gegenfahrbahn an ihnen vorbei.

„Hast du das gesehen?", fragte sie unnützerweise. „Hier sind nur 55 Meilen erlaubt!"

„Na und? Sieht ja keiner."

„*Ich* habe es gesehen. Und die Cops haben bestimmt Radar oder Hubschrauber."

„Was willst du machen? Deine Strafzettel rausholen?"

„So etwas hab ich nicht mehr benutzt, seit … na, jedenfalls eine Ewigkeit nicht mehr."

„Na also, was regst du dich auf? Außerdem bist du nicht im Dienst. Das hier ist Urlaub, schon vergessen?"

„Egal. Ich habe den einen Typen erkannt. Du auch?"

Neben ihr lief Sven dunkelrot an. Natürlich hatte er ihn erkannt. Und Monika wusste ganz genau, wie peinlich ihm die Erwähnung war, weil sie nicht wissen sollte, was für sie schon längst kein Geheimnis mehr war. Doch abgesehen von ein paar Andeutungen, die sie sich nicht verkneifen konnte, in der Hoffnung, er würde sich ihr endlich anvertrauen, hielt sie den Mund. Sie wollte ihn nicht noch mehr verschrecken, als es seine eigene Unsicherheit ohnehin schon tat. Mit siebzehn erschreckte einen einfach alles, da sollte sie vorsichtig sein.

„Was habt ihr überhaupt gemacht an dem Abend?", fragte sie dennoch, weil sie trotz aller Einsicht nicht anders konnte.

„Wird das jetzt ein Verhör?"

Mit dieser Antwort hatte sie gerechnet. Jedes noch so kleine Interesse an ihm, an seinem Leben, seinen Gedanken, missverstand er als Schnüffelei. Als Einbruch in seine Privatsphäre. Selbstverständlich war es das auch, immerhin war sie seine Mutter. Sie wollte wissen, was er anstellte, wenn sie nicht dabei sein konnte, mit wem er sich traf, und erst recht mit wem er ins Bett ging. Denn dass er bereits mit jemandem schlief, davon musste sie leider ausgehen. Kein schöner Gedanke, da Sven in ihren Augen noch viel zu jung dafür war. Sie selbst hatte schließlich damit gewartet, bis sie... na gut, kein guter Vergleich, aber das war natürlich etwas völlig anderes gewesen, damals.

„Hallo? Noch da?"

Monika blinzelte mit den Augen und grinste, ohne ihn anzusehen.

„Entschuldige, ich war in Gedanken."

„Offensichtlich. Aber um dich zu beruhigen, wir haben nur weiter an den Automaten gespielt und was getrunken. Mehr nicht."

„Alkohol?"

Er schwieg.

„Du weißt, dass das hier erst ab einundzwanzig erlaubt ist, oder?"

„Ja, Frau Kommissarin, weiß ich. Aber ich denke mal, diese ätzende Fahrt heute ist Strafe genug."

Sie lächelte ihn an, und Sven lächelte zurück. Sein Zynismus glich dem ihren, und das gefiel ihr, weil er es vermochte, sie trotz aller Verschiedenheit aneinanderzubinden. Es war nicht unbedingt die direkteste Art, miteinander umzugehen, aber es war eine Art, und diese eine war besser als gar keine. Sein Vater hatte damit nicht umzugehen gewusst. Worte waren nie sein Ding gewesen, er bevorzugte handfestere Argumente, die sie schließlich in die Scheidung getrieben hatten, was ihr Sven bisher nicht verzeihen konnte. Ihr Seitensprung damals erschien ihm schwerwiegender als die Gewalt seines Vaters. Dagegen kam sie nicht an. Eines Tages würde er das begreifen, hoffte sie. Bis dahin musste sie sich gedulden, und die Momente genießen, in denen sie sich, wie jetzt, vorsichtig anlächelten, als wäre dieses Lächeln eine marode Brücke, auf der jeder Schritt ein Wagnis blieb.

„He, Klaus", rief Jens, „hast du gesehen, wer ..."

„Nein, hab ich nicht."

„Klar hast du. Sollen wir anhalten?"

„Red keinen Blödsinn. Sieh nach vorn."

Jens hatte sich umgedreht, schelmisch grinsend, so dass Peter, der auf dem Beifahrersitz saß, ihm ins Lenkrad griff, um das

Auto in der Spur zu halten. Auf der Rückbank verzog Klaus das Gesicht zu einer Grimasse.

„Wo ist das Problem?", stichelte Jens weiter, den Kopf wieder auf die Straße gerichtet, mit Blick in den Rückspiegel. „Wir haben Zeit. Ich bremse, und du wechselst einfach den Wagen."

„Ich will nichts von dem", erwiderte Klaus gereizt. „Der ist viel zu jung."

„Seit wann?"

„Seit ich wieder nüchtern bin. Und jetzt fahr, sonst verlieren wir die anderen."

„Wie sollen wir die hier verlieren?", fragte Jens. „Spätestens am Eingang zum Nationalpark warten sie auf uns."

Vor ihnen, auf der schnurgeraden Straße, verschwand der zweite rote Lexus in der Senke einer Anhöhe, um wenig später erneut aufzutauchen. Die Vegetation zu beiden Seiten der Straße wurde dichter, die Bäume aufrechter und zahlreicher. Einige Häuser lagen gesprenkelt in der Landschaft, einsam und verlassen.

Klaus wandte sich um und sah den Wagen mit dem Jungen und dessen Mutter in der Entfernung verschwinden. Seit dem vorletzten Abend in Vegas hatte Jens keine Gelegenheit ausgelassen, ihn aufzuziehen.

Dabei konnte Klaus sich kaum daran erinnern, wie der Junge schließlich bei ihnen an den einarmigen Spielautomaten gelandet war. Klaus musste wohl, nach dem hundertsten Margarita, auf ihn zugegangen sein, um ihn einzuladen. Denn wenn er etwas getrunken hatte, wagte er Dinge, für die er sich im nüchternen Zustand in Grund und Boden geschämt hätte.

Dass der Junge sie alle jedesmal angestarrt hatte, sobald seine Mutter nicht hinsah, war offensichtlich gewesen. Die ganze Zeit huschte sie um ihren Sohn herum und verhätschelte ihn wie eine Glucke. Als sie dann verschwand, wohl um Kleingeld zu besorgen, hatte Klaus ihn aus den Fängen dieses Drachen befreit. Ein verschüchtertes Kerlchen, noch völlig überrumpelt von seinen sexuellen Neigungen, das kaum ein Wort herausgebracht und ständig verlegen gegrinst hatte. Das war alles, soweit Klaus sich zurückbesinnen konnte. Geflirtet jedenfalls hatte er mit dem Jungen auf keinen Fall, ganz egal, was Jens ihm auch unterstellen wollte.

Zum Glück ging Jens jetzt nicht weiter darauf ein, und Klaus starrte durch die Scheibe hinaus auf die vertrocknete, dürre Landschaft, die seit Stunden eintönig an ihm vorüberzog. Daran änderten auch die paar Bäume und Häuser nichts, die zumindest so etwas wie Zivilisation erahnen ließen.

„Wie kann man hier bloß wohnen?“, fragte Jens, als hätte er Klaus‘ Gedanken erraten, und schüttelte ungläubig den Kopf.

„Wieso?“, antwortete Peter. „Ich finde es ganz nett hier.“

Jens warf seinem Freund einen überraschten Blick zu, während dieser stur geradeaus sah. Offenbar, um genau diesem Blick zu entgehen.

Plötzlich an der Unterhaltung interessiert, schob Klaus seinen Kopf über die beiden Sitze nach vorn. Dass ihre beiden Vorstellungen von Häuslichkeit und Zweisamkeit eklatant voneinander abwichen, war kein Geheimnis. Aber etwas, das Klaus amüsierte.

„Ihr könnt euch hier ja ein Häuschen kaufen“, spöttelte er. „Wär das nicht was für euch? Nur ihr beide, auf Gedeih und Verderb?“

„Wohl eher auf Verderb“, grunzte Jens. „Ich würde das hier keine Woche lang aushalten. Hier ist doch weit und breit nichts los.“

„Das ist ja gerade der Punkt“, erwiderte Peter. „Endlich mal keine Großstadt, keine schwule Szene und nicht dieser ganze oberflächliche Rummel wie in Berlin. Nur die Natur und die Einsamkeit. Ich glaube, ich könnte mich daran gewöhnen.“

„Da macht Jens wenigstens keine Dummheiten“, fiel Klaus dazwischen, der sich ein Grinsen kaum verkneifen konnte. „Das meinst du doch, Peter, oder?“

Niemand antwortete.

„Jens kann sich höchstens an die Straße stellen und die Hosen runterlassen, in der Hoffnung, dass ein Tourist vorbeifährt. Oder bei Sonnenuntergang auf den einsamen Cowboy warten. Ich kann mir das schon richtig vorstellen, wie er …“

„Das reicht“, unterbrach Peter ihn leise, was Klaus geflissentlich überhörte.

„Und du könntest im Schaukelstuhl sitzen und auf der Mundharmonika blasen, während Jens …“

„Ich sagte, es reicht!“, wiederholte Peter, diesmal mit einem solchen Ärger in der Stimme, dass Klaus sofort verstummte. Nicht, weil Klaus sich für seine Bemerkung schämte, sondern weil er wusste, wie sehr Peter innerlich am Kochen war.

Denn was Klaus soeben gesagt hatte, war keineswegs aus der Luft gegriffen. Genauso würde es sich verhalten, weil es sich immer so verhielt, sobald Jens die Gelegenheit bekam, Peter zu betrügen. Das lag, wenn man so wollte, in Jens' Natur. Und es schien in Peters Interesse zu sein, alles zu schlucken und alles zu verdrängen.

Auch jetzt konnte Klaus deutlich in Peters Profil erkennen, wie ihm die Wut und die Anspannung in den Kopf stieg und wie er gleichzeitig versuchte, die Anspielungen auf seine Beziehung zwanghaft zu ignorieren. Peters rundes Gesicht war rot angelaufen, und selbst die Haare seines Schnauzbartes schienen sich vor Erregung aufzurichten, den schmalen Mund zu einem dünnen Strich zusammengepresst. Irgendwann würde seine Taktik versagen. Dann würde alles aus ihm herausbrechen, was sich jahrelang angestaut hatte.

Und genau auf diesen Zeitpunkt arbeitete Klaus hin. Schritt für Schritt wollte er Peters Beziehung zu Jens zerbrechen sehen, langsam und unaufhaltsam, bis Peter endgültig die Beherrschung verlor. Ganz egal, welche Konsequenzen sich für ihn selbst und Jens daraus auch ergeben sollten. Ein für allemal würde er Peter in seine Schranken verweisen!

Nach diesem verdrießlichen Gespräch sagte niemand mehr ein Wort. Klaus lehnte sich erneut zurück und genoss die Reaktion seiner Mitreisenden. Jens starrte angestrengt geradeaus, seinen Kopf mit den kurzen, blond gefärbten Haaren ein wenig gesenkt, Peter seinen versteinerten Blick aus dem Seitenfenster gerichtet.

„Da vorne wird es die Tickets geben“, brach Jens etwa zehn Minuten später das Schweigen und deutete mit dem Zeigefinger die Straße entlang

Kurz darauf erreichten sie einen kleinen Ort, der zum größten Teil aus Hotels bestand. Dazwischen gab es einige Restaurants und ein Informationszentrum, auf dessen Parkplatz der zweite Lexus stand. Jens verlangsamte, bog links ab und hielt neben dem Auto ihrer Freunde direkt vor dem länglichen, aus Holz errichteten Gebäude, in dem unzählige Touristen ein- und ausgingen.

Noch bevor Jens den Motor abstellen konnte, sprang Peter aus dem Wagen.

„Kannst du nicht einmal deine Klappe halten?“, fragte Jens gereizt, den Oberkörper ruckartig zu Klaus gewandt, kaum dass die Autotür ins Schloss gefallen war. „Du weißt ganz genau, wie er darauf reagiert.“

„Du hast doch angefangen mit deinem Blödsinn und dem Jungen aus Las Vegas“, verteidigte sich Klaus.

Jens zuckte mit den Schultern und löste seinen Gurt.

„Da hab ich nur mit dir geredet. Lass also bitte das nächste Mal Peter aus dem Spiel. Ich hab genug Stress mit ihm in letzter Zeit.“

„Ach ja?“

Interessiert horchte Klaus auf.

„Spiel nicht den Unschuldigen. Du bist schließlich der Grund dafür.“

„Bisher hat dich das nie gestört.“

Bei dieser Bemerkung legte sich ein merkwürdiger Ausdruck auf Jens’ Gesicht, den Klaus nicht einzuordnen wusste. Er zog seine buschigen Augenbrauen zusammen, bis sie sich in der Mitte trafen, und biss sich ein Mal kurz auf die Unterlippe. So wirkte Jens plötzlich älter als die achtundzwanzig Jahre, die er tatsächlich war.

„Bisher vielleicht nicht“, sagte Jens dann in einem für ihn viel zu ernsten Tonfall und stieg ebenfalls aus dem Wagen.

Klaus blickte ihm nach, während Jens sich zu den anderen auf der erhöhten Veranda vor dem Informationsgebäude gesellte.

So wie Jens dort stand, wusste Klaus sofort wieder, warum er sich auf ihn eingelassen hatte. Seine schlanke Figur und sein hübsches Gesicht mit den, wenn auch falschen, blonden Haaren und dem ebenso gefärbten Goatee. Sein schelmischer Blick aus den blauen Augen und diese lässige, leicht vornübergebeugte

Haltung, die Hände tief in den Taschen seiner Shorts vergraben. Überhaupt seine ganze unbekümmerte und unbefangene Art, die nie etwas ernst zu nehmen schien und die Klaus' eigener so wunderbar entsprach. Sie wären ein perfektes Paar. Ganz im Gegensatz zu Jens und Peter, die unterschiedlicher nicht sein konnten.

Warum also seine kryptische Bemerkung eben? War Jens seiner überdrüssig geworden? Oder befürchtete er etwa, Peter könnte ihn verlassen, sollte Jens sein Verhältnis zu Klaus aufrechterhalten?

Dabei hatte Klaus tatsächlich gedacht, seinem Ziel langsam näher gekommen zu sein. Peters gedeckelte Eifersucht schien immerhin ein Topf kurz vor dem Überkochen zu sein. Jens' Spiel mit dem Feuer, das er selbst auf dieser Reise nicht lassen konnte und an dem Klaus alles andere als unschuldig war, ließ das Ende ihrer Beziehung in greifbare Nähe rücken. Wieso wollte Jens diese Möglichkeit plötzlich zerstören? Das war nicht fair. Nicht, nachdem Klaus es bereits soweit gebracht hatte.

Seine euphorische Stimmung von vorhin war in weite Ferne gerückt. Jene Euphorie, die er brauchte, um sich lebendig zu fühlen.

Auszusteigen, dazu hatte er keine Lust mehr.

Carsten lehnte gegen einen der Stützpfeiler des Holzdaches, das über der Veranda vor dem Informationsgebäudes des Nationalparks ein wenig Schatten spendete. In der frühen Nachmittagssonne war es kaum auszuhalten, trotz der kurzen Hosen und der Baseballkappe, die er verkehrt herum auf dem Kopf trug. Der Schweiß rann ihm darunter hervor und sickerte hinten im Nacken in sein T-Shirt. Am Himmel war keine einzige Wolke zu sehen. Auf dem Parkplatz vor ihm, auf dem ständig Touristen ein- und ausstiegen, flimmerte der Asphalt in dem gleißenden Licht.

Bereits um acht Uhr früh waren sie von Las Vegas aufgebrochen, hatten lediglich kurz am Hoover-Staudamm Halt gemacht, um ein paar Fotos zu schießen, und waren dann in einem Rutsch durchgefahren. Diese lange, eintönige Fahrt hatte ihn erschöpft, und es wurde Zeit, dass sie endlich den Canyon erreichten und damit das Hotelzimmer, in dem er duschen und sich ein wenig ausruhen konnte.

Carsten sah auf die Uhr.

„Wo bleiben die nur?“, fragte er an Rolf gewandt, der in einigem Abstand neben ihm stand, die Arme über den prallen Bauch verschränkt.

Übertrieben langsam schob Rolf seinen dunkelbraunen Cowboyhut aus der Stirn. Seine Aufmachung, mit diesem Hut, den er sich in Las Vegas gekauft hatte, mit dem kurzärmeligen karierten Hemd, der Jeans und dem Gürtel mit der riesigen Messingschnalle, fand Carsten übertrieben. Auch wenn er zugeben musste, dass Rolf, mit seinen vierzig Jahren, darin eine gute Figur abgab.

„Die werden sicher gleich hier sein“, antwortete Rolf und kratzte sich an seinem kurzgeschnittenen Vollbart. „Wenn sie sich nicht vorher gegenseitig die Augen ausgekratzt haben.“

Carsten blickte ihn verwundert an.

„Du weißt doch, wie Klaus sein kann“, erwiderte Rolf schulterzuckend.

Ja, das wusste Carsten nur allzu gut. Klaus kannte er schließlich von den sechs Männern, mit denen er seit einer Woche auf dieser USA-Reise unterwegs war, am längsten. Die anderen kannte er genau genommen gar nicht, oder hatte sie erst kurz vor Abflug kennengelernt. Klaus hatte ihn überraschenderweise eingeladen, mitzufliegen, und obwohl sich Carsten eine solche Reise eigentlich kaum leisten konnte, hatte er zugesagt. Mehr Zeit mit Klaus zu verbringen, das war der Grund gewesen. Einen Grund, den er langsam bereute.

„Ich weiß sowieso nicht“, fügte Rolf mit einem abfälligen Grunzen hinzu, „wer die drei zusammen in ein Auto gelassen hat. Dass das Ärger bedeuten kann, war doch abzusehen.“

„Du meinst, weil …“

„Weswegen denn sonst?“

Rolfs Tonfall klang hart, so als hätte Carsten etwas Offenkundiges übersehen. Diesen Tonfall empfand Carsten als kränkend und herabwürdigend, aber langsam begriff er, dass dies eben

Rolfs Art war zu reden, ohne dass er etwas Abfälliges damit bezweckte.

„Du kennst Peter und Jens noch nicht lange genug. Aber ich. Peter ist mein bester Freund, und es geht mir gewaltig gegen den Strich, wenn Klaus sich in ihre Beziehung einzumischen versucht. Auch wenn ich nie verstanden habe, was Peter an Jens findet."

„Wie lange sind die beiden denn schon zusammen?"

„Drei Jahre."

Damit war ihr kurzes Gespräch zu Ende. Immerhin die längste Unterhaltung, die Carsten bisher mit Rolf geführt hatte. Reden schien nicht seine Stärke zu sein, denn selbst mit den anderen sprach Rolf nie besonders viel.

Unterdessen hatte sich Rolf wieder abgewandt und sah mit verschränkten Armen über den Parkplatz hinweg zu dem Highway, auf dem der zweite rote Lexus weiterhin auf sich warten ließ. Aus Rolf wurde Carsten nicht wirklich schlau. Gelacht hatte er, soweit Carsten sich erinnerte, auf dieser Reise bisher kein einziges Mal. Und auch die Ausflüge zu den Universal-Studios und dem Strand von Los Angeles hatte er scheinbar nur widerwillig über sich ergehen lassen, als wären diese Sehenswürdigkeiten unter seinem Niveau. Warum sich Rolf überhaupt dieser Gruppe angeschlossen hatte, die ihn offensichtlich nicht interessierte, blieb für Carsten deshalb ein Rätsel.

„So", hörte er Thomas hinter sich rufen, der mit seinem Freund Alex aus dem Gebäude zurück war, und die Eintrittskarten zum Nationalpark in der Hand hielt. „Hat eine Weile gedauert. Die halbe Welt scheint zum Canyon unterwegs zu sein und dafür anzustehen. Und dann hat Alex auch noch vergessen, wo er seine Kreditkarte gelassen hat."

Ohne einen Blick auf seinen Freund, hielt Thomas ihm die Eintrittskarten entgegen.

„Hier, steck die ein. Aber verlier sie nicht gleich wieder."

Alex schüttelte verlegen und stumm den Kopf. Dann steckte er die Karten sorgfältig in den Brustbeutel, den er unter seinem buntbedruckten Hemd hervorgezogen hatte.

„Und?", fragte Thomas. „Sind die anderen schon da?"

„Nein", erwiderte Carsten. „Immer noch nicht."

„Mann, wie kann man nur so trödeln. Ist doch kaum Verkehr hier."

„Rolf befürchtet, sie hätten sich gestritten."

Thomas warf einen kritischen Blick auf Rolf, der noch immer geradeaus über den Parkplatz starrte.

„Das sollen sie gefälligst klären, wenn wir zurück in Berlin sind", sagte er streng, zog eine Schachtel Marlboro aus der Hemdtasche, steckte sich eine davon in den rechten Mundwinkel und zündete sie an. „Ich will mir hier nicht die Laune verderben lassen."

„Stimmt das denn?", fragte Carsten, der sich über die kursierenden Gerüchte kein eigenes Urteil erlauben wollte.

„Was? Dass Jens mit jedem vögelt und sich einen Scheißdreck darum schert, ob Peter das mitkriegt?" Thomas verzog die Mundwinkel zu einem Grinsen. „Ja. Das ist kein Geheimnis."

„Scheint ja eine merkwürdige Beziehung zu sein."

„Jedem das Seine."

Ob Thomas sich über diese Beziehung amüsierte oder darüber erbost war, konnte Carsten nicht einschätzen. Immerhin gehörte Thomas zu Peters und Jens' Freundeskreis, oder zumindest tat dies sein Freund Alex, der die ganze Zeit noch kein einziges Wort gesagt, sondern lediglich mit seinen großen, grünen Augen auf Thomas geschaut hatte wie ein treuer Hund.

Äußerlich war Alex das völlige Gegenteil von Thomas. Er, an die ein Meter neunzig groß, breitschultrig und muskulös, mit kantigem Gesicht, kurzgeschorenen Haaren und einer gebrochenen Nase, hatte die Statur und das Aussehen eines Boxers. Alex dagegen war schlank, beinahe dünn, mit schwarzer, schulterlanger Frisur und einem makellos schönen Gesicht. Mit seinen fünfundzwanzig Jahren war er bestimmt an die zehn Jahre jünger als sein Freund. Dieser Altersunterschied spiegelte sich auch in der Art und Weise wider, wie beide miteinander umgingen. Ihr Verhältnis glich einer strenggesetzten Hierarchie, bei der Thomas den Ton angab und Alex gehorchte. Wenn Carsten es nicht besser wüsste, er wäre nie auf die Idee gekommen, dass beide seit Jahren zusammenlebten.

„Da sind sie“, rief Rolf plötzlich aus und deutete mit ausgestreckter Hand auf den Wagen, der soeben auf den Parkplatz einbog, um schließlich direkt neben ihrem Lexus zu parken. Gleichzeitig öffnete sich ruckartig die Beifahrertür. Peter sprang heraus und eilte die wenigen Stufen zur Veranda hinauf, sein Gesicht verärgert und kalt.

„Habt ihr die Eintrittskarten?“, fragte er, ohne einen von ihnen direkt anzusehen.

„Ja. Bereits erledigt“, antwortete Thomas. „Alles in Ordnung bei dir?“

Peter starrte weiterhin ins Leere. Seine Bemühung, sich nichts anmerken zu lassen, scheiterte. Da half auch das angespannte Lächeln nichts, das unter seinem dichten Schnauzbart halb verborgen lag.

„Ja, natürlich“, sagte er. „Was soll denn nicht in Ordnung sein?“

Noch bevor jemand antworten konnte, war auch Jens aus dem Auto gestiegen. Peter ließ seinen Freund nicht aus den Augen, bis dieser dicht bei ihm war und leicht eine Hand auf seine Schulter legte. Sofort, schien es Carsten, war jegliche Verstimmtheit aus Peter gewichen, so als würde eine einzige Berührung genügen, um alles Vorgefallene zu vergessen.

Nein, dachte Klaus, auszusteigen, dazu hatte er keine Lust.

Er brauchte die sechs Männer vor dem Auto nur anzusehen, um zu wissen, was sie gerade über ihn dachten. Als wäre alles seine Schuld.

Und selbst Jens würde sich jetzt nicht auf seine Seite schlagen. Nicht solange er das Gefühl hatte, sich bei Peter erneut lieb Kind machen zu müssen. Es war jedes Mal dasselbe.

Jens und Klaus hatten bisher so viel Spaß miteinander gehabt, hatten gelacht, gelästert und nachmittags, wenn die anderen noch unterwegs waren, war Jens zu ihm aufs Zimmer gekommen. In diesen Momenten schien Peter nicht zu existieren. Doch trieb Jens es zu weit, fühlte Peter sich übergangen und beleidigt, und Jens rannte jedes Mal zu ihm zurück. Dann war Klaus es, der sich vernachlässigt fühlte, und davon hatte er endgültig die Nase voll.

Mit einem Seufzer überwand er sich und stieg aus. Sofort schlug ihm die Hitze nach dem langen Aufenthalt im klimatisierten Wagen wie ein Vorschlaghammer entgegen. Vor ihm, von der erhöhten Position der Veranda aus, sahen alle sechs zu ihm herab.

Alex, der sich dichter gegen seinen Freund gelehnt hatte, verschüchtert und wie immer etwas hilflos. Da war eine ständige Gekränktheit auf seinem ebenmäßigen Gesicht, die von einer tiefen Unsicherheit herrühren musste. Immer und überall vermutete Alex die Zurückweisung. Probleme ertrug er nicht. Er brauchte die heile Welt wie andere die Luft zum Atmen. Thomas schien dies nicht zu interessieren. Nach außen vermittelte er den Eindruck, als ginge Alex ihn nichts an, als wäre er ihm gleichgültig. Und doch konnte er nicht verbergen, wie sehr er die Hingabe seines Freundes genoss.

Rolf, abseits gegen einen Pfeiler gelehnt und desinteressiert den Kopf zur Seite geneigt, seinen Cowboyhut tief ins Gesicht gezogen, als wollte er nichts mit den anderen zu tun haben.

Carsten, mit den leicht abstehenden, von der Sonne geröteten Ohren unter seiner Baseballkappe und seinem vorwurfsvollen Blick auf ihn gerichtet. Warum, fragte sich Klaus, hatte er ihn überhaupt auf diese Reise mitgenommen? Er musste nicht ganz bei Trost gewesen sein.

Und natürlich Peter und Jens. Wen wollten die beiden mit dieser lediglich angedeuteten Umarmung eigentlich noch überzeugen?

„He, alle zusammen“, rief Klaus ihnen schließlich mit einem gezwungenen Lächeln entgegen und blieb unschlüssig neben dem Lexus stehen. Dass er sich schuldig fühlen sollte, diese Genugtuung würde er ihnen nicht gönnen. Wenn Peter keinen Spaß vertrug, dann war das nicht sein Problem.

„Hat einer von euch eine Kopfschmerztablette? Ich kann meine nirgends finden. Und diese Hitze macht mich fertig.“

Einen Moment lang antwortete niemand. Dann aber stupste Thomas seinem Freund in die Rippen, dass dieser wie aus einer Trance erwacht zusammenzuckte.

„Hast du nicht gehört?“

„Oh, entschuldige. Ja, natürlich“, sagte Alex eilig. „Ich. Ich habe welche. Irgendwo in meinem Rucksack. Hinten, auf der Rückbank.“

Klaus wandte sich ab, öffnete den zweiten Lexus und kroch hinein. Im Auto war es noch stickiger als draußen. Nach kurzer Suche fand er im Rucksack, in dem Kleidung und Krimskrams unordentlich durcheinanderlag, die Kulturtasche. Vollgestopft mit Medikamenten und Hautcremes.

„Reist du immer mit einer ganzen Apotheke?“, rief er. „Was ist das hier alles?“

„Hör auf, dich zu beschweren“, verteidigte Thomas seinen Freund von der Veranda aus. „Man weiß nie, was passiert. Wie deine ständigen Kopfschmerzen. Also mecker nicht.“

Klaus kramte weiter, bis er die Paracetamol gefunden hatte. Dann griff er nach der Wasserflasche, die im Ablagefach zwischen den Sitzen lag, trank gierig und schluckte zwei der Tabletten damit hinunter. Diese Hitze ertrug er nicht. Trocken und staubig war sie, und der Schweiß floss ihm in Strömen den Nacken und die Schläfen herab. Dazu kam der ständige Wechsel von Hitze und klimatisierten Räumen, der seine Kopfschmerzen noch verstärkte.

Nicht gewillt, sofort wieder auszusteigen, wühlte er weiter in Alex' Kulturtasche. Einen Arzt zum Freund zu haben, dachte Klaus, machte sich offenbar bezahlt. Ohne Rezept waren diese harten Schmerz- und Schlaftabletten oder Antibiotika nicht zu bekommen. Ganz zu schweigen von den vielen Antidepressiva und Aufputschmitteln. Ein ganzes Bataillon davon.

Klaus sah hinaus auf Alex – wie ein Beschützer stand Thomas dich an seiner Seite. Keine Ahnung, wen Thomas damit noch hinters Licht führen wollte. Seine Beziehung zu Alex war Fassade, genau wie die von Peter und Jens. Nur dass Thomas die Risse besser zu kaschieren wusste, zumal Alex von alleine nie auf den Gedanken gekommen wäre, dass die Liebe zwischen ihm und seinem Freund längst einer Abhängigkeit gewichen war, von der er nur schwer wieder loskommen würde. Die Frage allerdings, die Klaus bisher nicht beantworten konnte, war, was im Gegenzug Thomas bei Alex hielt. Doch das würde er schon noch herausfinden.

Einen Moment zu lange hatte er auf Thomas gestarrt, der seinen Blick plötzlich erwiderte. Schnell stopfte Klaus deshalb all die Medikamente zurück in die Tasche und diese zurück in den Rucksack.

„Hast du gefunden, was du gesucht hast?“, wollte Thomas wissen, als Klaus erneut aus dem Auto stieg.

Seine Stimme klang gleichgültig. Zu gleichgültig, wie es schien. Denn dass Thomas mit seinen Worten mehr im Sinn gehabt hatte als die Tabletten, war Klaus keineswegs entgangen. Thomas war nicht dumm. Er wusste genau, wie gerne Klaus seine Nase in Angelegenheiten steckte, die ihn nichts angingen.

„Können wir endlich weiterfahren?“, fragte Rolf, der wie immer etwas abseits stand. „Ich will heute noch den Canyon erreichen.“

„Weit kann er ja nicht mehr sein“, erwiderte Peter.

„Hoffentlich ist er so großartig, wie alle sagen“, sagte Alex, den Kopf dabei zu Thomas erhoben, als hinge diese Großartigkeit von seinem Freund ab.

„Keine Sorge“, antwortete Thomas und küsste ihn, wie zur Beruhigung, auf die Wange. Klaus verdrehte die Augen.

„Macht mal halblang. Wir sind hier in Arizona und nicht auf dem CSD.“

„Na und? Ist das etwa verboten?“

„Gut möglich. Die werfen euch dann in den Canyon. Bei Sonnenuntergang und mit Trommelwirbel.“

Alex' Gesicht wurde augenblicklich kreidebleich. Jedes falsche Wort konnte ihn erschrecken und einen Dammbruch in seinen ohnehin verwässerten Augen auslösen.

„Genug gelästert. Rein mit euch in die Wagen!“, befahl Rolf in einem Ton, den Klaus an ihm hasste. Als wäre Rolf mit seinen vierzig Jahren der einzige Erwachsene und Klaus und die anderen Kinder, die es herumzukommandieren galt. Dabei sollte Rolf sich lieber in acht nehmen. Denn die harmlose Bemerkung, die er ihm gegenüber in Las Vegas hatte fallen lassen, war durchaus nicht so harmlos gemeint gewesen, wie sie geklungen haben mochte.

„Ach, übrigens“, sagte Rolf, als Klaus bereits die hintere Wagentür des anderen Lexus geöffnet hatte, um einzusteigen. „Falls du nichts dagegen hast, ist es wohl besser, wenn ich jetzt mit Jens und Peter fahre.“

Und ohne auf eine Erwiderung zu warten, saß Rolf bereits auf der Rückbank und schlug ihm von innen die Tür vor der Nase zu.

Vorsichtig sah Monika Seyfarth ihren Sohn aus den Augenwinkeln heraus an. Sie sollte sich dringend diese Angewohnheit abgewöhnen, die ihm das Gefühl geben musste, sie wollte ihn heimlich beobachten. Bespitzeln, wie er es nennen würde. Kein Wunder, dass er immer und überall die Kommissarin in ihr sah. Aber sie hatte ihre Gründe. Gute sogar, wie sie fand.

Wenn Sven glaubte, sie würde nicht hinsehen, verhielt er sich anders. Da waren plötzlich Emotionen in seinem unausgereiften, seinem Vater immer ähnlicher werdenden Gesicht, die er ansonsten vor ihr verbarg. So wie jetzt, als er beinahe ehrfürchtig seinen Schritt verlangsamte, mit weit aufgerissenen Augen und leicht geöffnetem Mund, weil er nicht glauben konnte, was er da sah, und weil er sich, vermeintlich unbeobachtet und selbstvergessen, dem Schauspiel hingab, das die Natur ihm bot.

Monika musste lächeln. Sein Gezeter, seine Verschlossenheit, seine ständige Abwehr vor der Welt, der er misstraute, all das konnte sie ihm in diesem Moment verzeihen. Hier war er ihr kleines Kind, noch voller Unvoreingenommenheit und Faszination, bereit, alles in sich aufzunehmen und sich darauf einzulassen, weil er in sich versunken alles um sich herum auszublenden vermochte. Für Monika ein weit erfüllenderer Anblick als der Canyon.

Tatsächlich schien es, als würden sie einfach in dieses riesige Loch hineinfallen. Bis kurz vor dem ersten Aussichtspunkt, den sie nach dem Eingang zum Nationalpark erreichten, verriet nichts von dem gewaltigen Einschnitt mitten durch diese kahle Landschaft. Als hätte sich der Graben eben erst für sie geöffnet, lag er plötzlich vor ihnen, gähnend und schwindelerregend tief.

Sven war sofort aus dem Auto gesprungen, zunächst rennend, dann langsamer werdend, so dass sie ihn mühelos einholen konnte. Nebeneinander gingen sie auf den Canyon zu, schweigend, und Monika mit dem verstohlenen Blick auf ihn, der ihm zumindest dieses eine Mal völlig entging.

Es gab keine Zäune, keine Absperrungen. Ein kleiner Pfad wand sich am Abgrund entlang, und eine in den Stein gehauene Treppe führte hinab auf die Plattform des hervorstehenden Fels. Zumindest dort gab es ein niedriges Geländer, hinter dem dieser erhabene Riss wie ein geöffneter Reißverschluss magisch und stumm seine wilde Schönheit offenbarte und der einem in seiner Weite und Stille den Atem raubte. Tief unten die zerklüfteten, von Wasser, Wind und Wetter über Millionen von Jahren aus dem Fels gewaschenen Berge, wie Pyramiden oder Tempel, die im Wechsel von Sonne und Wolken ihre Farbe wechselten, von braun zu gelb zu rot, und ganz entfernt, in der Senke, der sich windende Colorado River mit seinem ockerfarbenen Wasser, dem all das zu verdanken war.

Etwas mulmig war ihr schon zumute, so dicht am Rande dieses Felsens, vor allem, wenn sie geradeaus über den Canyon sah, ohne ihre Füße im Blickfeld, die ihr die Gewissheit gaben, sich noch auf festem Boden zu befinden. Zur Beruhigung griff sie deshalb hastig nach dem Geländer.

Sven dagegen machte die Höhe nichts aus. Ganz dicht stand er am Abgrund, die eiserne Stange ignorierend, die sie selbst so dringend benötigte, um den Schwindel ein wenig einzudämmen. Unwillkürlich griff Monika nach seiner Hand.

„Das ist ja Wahnsinn“, sagte er leise, und tatsächlich erwiderte ihr Sohn den Druck ihrer Finger, dass sie darüber ihre Höhenangst einen Moment lang vergaß.

Ganz verloren, dachte sie, hatte sie ihn also noch nicht, und das war ein gutes Gefühl.

„Beeindruckend, was?“

„Wie tief ist das?“, fragte er und lehnte sich vor.

„Mach bitte keinen Unsinn.“

Sofort war der Schwindel zurück, und reflexartig zog sie an seiner Hand.

„He, lass das. Ich pass schon auf."

Wie zum Trotz lehnte Sven sich weiter über das Geländer. Monika kniff die Augen zusammen, da sie den Anblick nicht ertrug. Der Boden unter ihren Füßen schien sich aufzulösen und der tiefe Graben sie magisch anzuziehen. Ungewollt sah sie sich bereits im freien Fall. Der Schwindel war wie das Vorbeirauschen der Felsen, wie der unaufhaltsame Aufprall gegen den Stein. Ein Gefühl, das körperlich wehtat.

„Bereits bei einem Sturz aus dem fünften Stock", hörte sie sich sagen, „zerschellt dein Körper wie …"

„Lernt man das auf der Polizeischule?"

Vorsichtig öffnete sie die Augen und schüttelte den Kopf.

„Nein, eigene Erfahrungswerte. Du glaubst gar nicht, wie viele auf diese Weise den Tod finden. Freiwillig oder auch nicht."

Sven zog die Brauen zusammen. In seinem Blick zeigte sich so etwas wie Mitleid, und obwohl er kaum merklich die Mundwinkel verzog, trat er einen Schritt zurück.

„Danke", sagte sie aufatmend.

„Schon okay, wenn's dich beruhigt."

„Warte, ich mach ein Foto."

Eilig zog sie die kleine Kamera aus dem Beutel, den sie um die Hüften geschnallt trug, und Sven ging in Position. Zum Spaß zoomte sie auf sein Gesicht. Pickel waren seine größte Sorge. Jede Erwähnung dieses Makels stürzte ihn in eine Untergangsstimmung utopischen Ausmaßes. Auch jetzt saßen da zwei auf seiner Stirn und einer direkt auf der Nase. Feuerrot und mit gelbem Punkt in der Mitte. Gott, was hatte sie selbst als Teenager geheult, als hinge ihr Leben davon ab. Kein Wunder, dass niemand mit ihr ausgehen wollte.

„Was ist?"

„Ja, ja, ich mach ja schon. Lächeln!"

Steif und unbeholfen stand er da, die Lippen zu einer Art Grinsen verzogen und die Arme schlaff an seinem langen Körper herabhängend, von denen er nie recht wusste, wohin mit ihnen. Noch ein paar Jahre, dachte sie, und er wäre ein ganz passabel aussehender Mann, vielleicht sogar attraktiv wie sein Vater. Im Moment allerdings war er nur Arme, Beine und Pickel. Und dann diese paar Flusen auf seiner Oberlippe. Ein beschissenes Alter, keine Frage.

Klick.

„Cool. Und jetzt wir beide zusammen."

Noch zu überrascht von seinem Vorschlag, händigte Monika die Kamera beinahe widerwillig und verstört dem japanischen Touristen aus, den Sven um ein Foto gebeten hatte. Was ein bisschen Natur doch für Auswirkungen haben konnte! Und dann, als er sogar seinen Arm um ihre Schulter legte, schien ihr Mutterglück perfekt. Sein Gemaule auf der Fahrt hierher war nur noch ein fernes Rauschen.

„Ich bin ja so froh, dass es dir gefällt", sagte sie, als der Japaner wieder verschwunden war. „Und da wolltest du mit Fred nach Mallorca!"

Es gab Momente, da könnte sie sich die Zunge abbeißen.

Die Reise in die USA war lediglich zweite Wahl für Sven gewesen, da er eigentlich mit seinem Vater zum Ballermann hatte fliegen wollen. So eine Art Vater-Sohn-Geschichte, obwohl die beiden noch weniger gemeinsam hatten als Sven und sie. Wenigstens hatte Fred das begriffen, und mit seiner neuen Freundin hätte Sven nur gestört. Erst als Sven das einsehen musste, war er bereit gewesen, sich seiner Mutter anzuschließen. Darauf jetzt herumzureiten, war kein guter Einfall gewesen.

Auf Svens Gesicht konnte sie deutlich ablesen, wie sehr er mit sich kämpfte, diese blöde Bemerkung zu ignorieren oder eingeschnappt zu sein. Er entschied sich für beides.

„Lass uns ins Hotel. Die Koffer sind noch im Auto", sagte er, ohne sie anzusehen und mit heruntergezogenen Mundwinkeln.

„Gute Idee", stimmte sie eilig zu. „Dann können wir was essen und zum Sonnenuntergang wieder hier sein."

Sven ging voran die steinernen Stufen hinauf und von dort den Pfad zurück zum Parkplatz. Sie folgte, verärgert über sich selbst. Das kann dauern, dachte Monika, ehe er ihr diesen Patzer verzeihen würde.

Auf dem Parkplatz parkten immer mehr Autos. Touristen aus den verschiedensten Ländern dieser Welt, angezogen von dem

Panorama, das für Monika im Augenblick jegliche Anziehung verloren hatte.

Sven lehnte bereits gegen ihren Dodge, ebenso verstimmt wie sie, den Kopf gesenkt, dass die blonden Haare ihm ins Gesicht fielen und den Ausdruck darin verdeckten. Nur nicht aufregen, sagte sie sich, während zwei rote Autos im Schneckentempo sie am Überqueren der Straße hinderten.

Schon wieder diese Typen aus Las Vegas. Der eine auf der Rückbank besaß sogar die Frechheit, ihr zuzuwinken. Was sollte das werden, eine Verfolgungsjagd?

Kapitel 2

Kaum hatten sie das Hotelzimmer betreten, öffnete Carsten seinen Koffer und räumte den Inhalt in die Schränke. Die Hemden auf die Bügel, die Hosen und Wäsche in die Fächer daneben, ordentlich gefaltet, nach Farbe und Größe sortiert.

„Wozu immer dieser Aufwand?", hörte er Klaus hinter sich fragen, der seinen Koffer einfach gegen die Wand gestellt hatte und dann zum Fenster geeilt war, um die Vorhänge aufzuziehen. „Ist doch nur für zwei Nächte."

Carsten ließ sich von dieser Bemerkung nicht ablenken.

„Weißt du, wie muffig das riecht, wenn die Klamotten den ganzen Tag im aufgeheizten Kofferraum liegen?"

Gleichgültig zuckte Klaus mit den Schultern.

„Shit", sagte er dann. „Das Zimmer geht nach vorne raus."

Mit den T-Shirts in der Hand trat Carsten zu ihm ans Fenster. Davor lag ein Streifen verdorrter Rasen, an den sich der gepflasterte Weg zur Empfangshalle anschloss. Leises Stimmengewirr der Gäste drang bis zu ihnen durch das Glas.

„Für fünfzig Dollar mehr kriegst du eins mit Blick auf den Canyon."

„Schon gut", murmelte Klaus und ließ sich rücklings auf das Bett fallen. „Dann geh ich halt rüber zu Rolf."

„Der wird sich bedanken."

Klaus hob seinen Kopf aus den Kissen.

„Wieso? Warum sagst du das? Nur weil er sich das leisten kann, noch dazu jedesmal im Einzelzimmer, heißt das nicht …"

„Du kannst es dir ebenso leisten. Zehnmal mehr sogar", unterbrach Carsten ihn schroff.

„Stimmt. Aber du nicht. Deshalb muss ich ja wohl oder übel in einem billigen Doppelzimmer hausen."

Er sollte nicht darauf eingehen, Klaus einfach ignorieren. Sorgfältig platzierte Carsten deshalb die letzten T-Shirts in die Fächer, akribisch übereinander. Klaus allerdings ließ nicht locker.

„Glaubst du etwa, Rolf mag mich nicht?"

„Niemand mag dich, wenn du soviel Blödsinn redest."

„Aber es stimmt. Das ist ein offenes Geheimnis, ganz Berlin redet davon."

„Ich bin sicher, dass sind alles Gerüchte. Ich kann mir nicht vorstellen, dass Rolf tatsächlich …"

„Wie willst du das beurteilen?", unterbrach er ihn. „Du kennst ihn doch erst seit dieser Reise. So, wie die anderen auch."

Stimmt, dachte Carsten. Und bisher hatte er nicht das Gefühl gehabt, in der Gruppe akzeptiert worden zu sein. Zwar hatte es keine abfälligen Bemerkungen oder Ähnliches gegeben, aber da war eine Distanziertheit in der Art und Weise, wie sie mit ihm umgingen, die Carsten verriet, wie sehr er lediglich als Klaus' Anhängsel geduldet wurde, statt als Freund. Wie sooft in seinem Leben, fühlte er sich auch diesmal nicht wirklich dazugehörig.

„Ganz egal, ob es nun stimmt oder nicht", verteidigte sich Carsten, „Rolf das in Las Vegas ins Gesicht zu sagen, noch dazu, wo wir die ganze Zeit aufeinander hocken … das war keine gute Idee."

„War doch bloß Spaß."

Gespielt beleidigt rollte Klaus sich in die Decke, deren seitliche Enden er unter der Matratze hervorzog, beide Beine seitlich angewinkelt wie ein Kleinkind.

„Und hör auf, das ganze Bett zu zerwühlen. Du weißt, wie ich das hasse."

„Ich hab Kopfschmerzen. Drehst du die Klimaanlage runter? Bitte?"

Was hatte Carsten erwartet? Dass Klaus im Urlaub anders sein würde, dass sie sich annähern könnten, um endlich die Verwandtschaft zu spüren, die sie unweigerlich miteinander verband? Davon war im Moment leider nichts zu merken.

Widerwillig drehte Carsten an dem Regler an der Wand, bis der kalte Luftzug aus dem Schacht darüber merklich nachließ.

Ähnlichkeit jedenfalls, dachte er, mit Blick auf Klaus' verschmitzt grinsendem Gesicht, hatten sie keine. Allenfalls die Ohren, die bei Klaus geringfügig abstanden wie bei ihm, und das ausgeprägte Grübchen im Kinn. Vaters Kinn.

„Ich weiß genau, was du denkst, Bruderherz“, sagte Klaus unter den Laken hervor.

„Nenn mich nicht so, okay?“

„Was denn? War doch alles deine Idee gewesen. Bis vor einem Jahr habe ich doch überhaupt nicht gewusst, was Vati getrieben hat, wenn er unterwegs war. Glaubst du, dass war einfach für mich, so mir nichts dir nichts den Spross seines Seitensprungs auf der Türschwelle zu sehen, noch dazu einen genauso missratenen wie seinen ehelichen Sohn?“

Carsten schloss die Augen. Er hasste es, wenn Klaus zwischen ehe- und unehelich unterschied, als handelte es sich dabei um eine Unterscheidung zwischen Gut und Böse.

Erst vor sechs Jahren hatte Carsten sich ernsthaft Gedanken über seine Herkunft gemacht. Die Geschichten, die seine Mutter bis dahin erzählte, ließen ein Interesse an seinem Vater gar nicht erst aufkommen. Dieser Mann, in den sie all ihre jugendlichen Hoffnungen gesetzt hatte, sei ein Scheusal gewesen, ein Tyrann und ein Heuchler, der sie und das ungeborene Kind einfach sitzen ließ. Nie wieder hätte sie etwas von ihm gehört, abgesehen von den Alimenten, die er in unregelmäßigen Abständen auf ihr Konto überwies. Es gab keine Anrufe zu seinen Geburtstagen, keine Geschenke. Nichts. Er hatte seinen Vater nie vermisst. Und dennoch war mit den Jahren zumindest ein Interesse an ihm erwacht, eine Neugier, die immer stärker wurde und die ihn schließlich veranlasste, Nachforschungen anzustellen. Vielleicht, dachte er, entsprach das Bild, das seine Mutter von ihm gezeichnet hatte, ja nur ihren persönlichen Enttäuschungen anstatt einer objektiven Realität. Und womöglich hatte Mutter ihn sein Leben lang belogen und Vater seinen Entschluss längst bereut.

In dieser Hoffnung wurde Carsten allzu bitterlich enttäuscht.

Denn als sein Vater ihm letztes Jahr die Tür seiner Villa im Grunewald öffnete und beide sich ansahen, hatte Carsten augenblicklich einsehen müssen, wie irrwitzig seine Vorstellungen gewesen waren. Von der Begegnung alles andere als begeistert, wurde sein Vater von der Vergangenheit unvermittelt eingehlot, die in seinem jetzigen Familienleben keinen Platz mehr hatte.

‚Verschwinde', war dann auch das einzige Wort, das er aus seinem verkniffenen Mund hervor presste, bevor er ihm die Tür vor der Nase zuschlug.

Und das hatte wehgetan, sehr sogar.

Zumindest zu seinem Halbbruder, hatte Carsten gehofft, könnte er eine Beziehung aufbauen, um vielleicht auf diesem Wege Einlass in die Familie zu finden. In einer Berliner Schwulenkneipe hatte er ihn konfrontiert, nachdem er ihm von zu Hause gefolgt war. Doch Klaus' anfängliche Belustigung über den unfreiwilligen Familienzuwachs wich schnell einem zynischen Umgang mit ihm, den Carsten nie einordnen konnte. Einerseits erfreut, einen schwulen Halbbruder zu haben, schien es Klaus andererseits nicht sonderlich gelegen, den familiären Kreis erweitert zu sehen.

Aus diesem Grunde hatte der jetzige Urlaub gemeinsam mit Klaus' Freunden eine Brücke sein sollen, eine Annäherung. Allerdings hinkte auch diesmal die Vorstellung der Realität hinterher.

„Ach, komm schon", sagte Klaus schließlich einlenkend, „jetzt mach nicht so ein Gesicht. Ich gewöhne mich schon noch an dich. Ist halt merkwürdig, nicht mehr das verwöhnte Einzelkind zu sein. Nicht mal mit meinem Schwulsein kann ich bei Vater noch trumpfen. Das kratzt am Ego, glaub mir."

Missmutig verzog Carsten das Gesicht. Bevor er jedoch darauf reagieren konnte, klopfte jemand von nebenan gegen die Wand.

„Das sind Thomas und Alex", sagte er, während Klaus sich das Kissen über sein Gesicht presste. „Gehen wir rüber?"

„Ich brauch Ruhe", kam es dumpf unter dem Kissen hervor. „Geh du nur."

„Wie du willst. Aber wir gehen sicher bald raus, uns den Sonnenuntergang anzusehen. Im Bett bleiben kannst du auch zu Hause."

„Sag das meinen Kopfschmerzen."

„Du bist nur am Jammern, seit wir hier sind, weißt du das? Und am Lästern. Gehört das bei dir zusammen? So langsam nämlich gehst du allen damit auf die Nerven."

Jetzt schien Klaus aufzuhorchen. Er schmiss das Kissen von sich und richtete sich auf.

„Wer sagt das?“, fragte er.

Carsten zuckte mit den Schultern.

„Ist auch egal“, winkte Klaus ab. „Geht mir am Arsch vorbei, ehrlich. Wenn sie Angst haben vor dem, was ich ausplaudern könnte … ist ihr Problem, nicht meins.“

„Wie du willst. Soll ich dich holen, wenn wir losgehen?“

Carsten stand bereits an der Tür, die Hand auf der Klinke.

„Ja, von mir aus. Ach, und bringst du mir noch ein paar Tabletten von Alex mit?“

Als Antwort hob Carsten nur leicht die Hand, dann trat er kopfschüttelnd aus dem Zimmer.

Er verstand seinen Halbbruder nicht. Wie konnte jemand ständig derart missgelaunt und missgünstig sein? Immerhin war er es, der in einer intakten Familie aufgewachsen war, der wusste, wohin er gehörte, und aufgrund seines Vaters einen Lebensstil führte, um den ihn so mancher beneidete. Carsten jedenfalls beneidete ihn auf jeden Fall.

Seine eigene Mutter lebte von Harz IV und dem Mindestmaß an Alimenten. Nach dem Realschulabschluss hatte Carsten eine Lehre zum Einzelhandelskaufmann absolvieren müssen, weil seine Mutter für eine weitere Schulausbildung nicht aufgekommen wäre. Und so musste er seitdem als Kassierer in einem großen Discounter arbeiten. Mit dem, was er dort verdiente, ließen sich keine großen Sprünge machen. Im Gegenteil. Sein Kontostand rutschte regelmäßig ins Minus. An den Überziehungskredit nach Abschluss dieser Reise wollte er gar nicht erst denken. Klaus dagegen brauchte sich darum keinerlei Sorgen zu machen. Sein Studium diente einzig und allein dem Zweck, die Zeit und die darin entstehende Langeweile zu vertreiben. Zukunftsangst, das war für ihn ein Fremdwort.

Unwillkürlich drang ihm der Neid erneut in die Glieder. Einen Neid, den er zu unterdrücken versuchte, seit er um seinen Halbbruder wusste. Es war ja nicht Klaus‘ Schuld, dass er alles besaß, nachdem Carsten sich sehnte. Und doch machte er Klaus genau dafür verantwortlich. Ein irrationales

Gefühl, keine Frage, aber ein Gefühl, dass sich immer seltener verdrängen ließ, je länger er ihn kannte. Denn schließlich war es nur dem Zufall geschuldet, dass Klaus ehelich geboren worden war und nicht er selbst. Nur ein dummer Zufall. Und womöglich, fuhr es Carsten durch den Kopf, bräuchte es lediglich einen weiteren Zufall, um den ersten zu negieren. Dieser schwachen Hoffnung war es zu verdanken, dass er Klaus überhaupt ertrug.

„Warum dieses Gesicht?", fragte Thomas, als Carsten nebenan das Zimmer betrat.

Mit freiem Oberkörper stand Thomas neben dem Bett und zwängte sich in ein ärmelloses T-Shirt, das seine durchtrainierte Figur betonte und die Tätowierung auf dem Oberarm freiließ. Alex hockte gedankenverloren auf der Bettkante, noch in demselben bunten Hemd wie auf der Fahrt hierher.

„Dreimal darfst du raten", stöhnte Carsten.

„Familie kann man sich halt nicht aussuchen. Wenn du Alex' Schwester mit ihrem Göttergatten kennen würdest … Hab ich nicht recht, Alex?"

„Was? Ja. Ja, natürlich."

„Klaus will noch mehr Tabletten", sagte Carsten, den Blick irritiert auf Alex gerichtet, der in Gedanken versunken auf seine Fingernägel gestarrt hatte.

Von dem kleinen Schreibtisch neben dem Fenster nahm Thomas seine klobige, goldene Uhr und band sie sich um das Handgelenk. Dann warf er einen prüfenden Blick in den Spiegel.

„Hast du nicht gehört?", fragte er streng, ohne sich von seinem Spiegelbild abzuwenden.

Sofort sprang Alex auf und eilte ins Badezimmer. Sekunden später kam er mit der Kulturtasche zurück, um sie auf der noch ordentlich zurecht gezupften Bettdecke auszuschütten.

„Vielleicht gibst du Klaus einfach mal was Stärkeres", sagte Thomas zu ihm. „Etwas, das ihn ruhig stellt."

„Sag doch so was nicht", antwortete Alex mitleidend. „Ich weiß, wie das ist, wenn man sich nicht fühlt. Und diese Hitze ist wirklich anders als bei uns."

Thomas verdrehte die Augen. „Ja, ja. Aber man kann nicht immer alles auf das Wetter schieben. Hast du denn deine Pillen schon genommen?"

Alex schielte vorsichtig auf Carsten, als wäre es ihm unangenehm, dass Thomas ausgerechnet jetzt davon sprach. Carsten tat, als hätte er nichts gehört. Dass Alex irgendetwas gegen seine Depressionen schluckte, war selbst ihm nicht verborgen geblieben, obwohl niemand offen darüber redete, schon gar nicht über deren Ursachen.

„Wir sollten langsam los, wenn wir den Sonnenuntergang nicht verpassen wollen", sagte Carsten mit Blick auf die eigene, billige Armbanduhr, auch um Alex Gelegenheit zu geben, scheinbar unbemerkt seine Pillen zu schlucken.

Gleich darauf klopfte es an der Tür, und Jens und Peter betraten, ohne auf eine Antwort zu warten, das Zimmer. Rolf, der ihnen gefolgt war, blieb im Türrahmen gelehnt stehen.

„Seid ihr fertig?", fragte er ungeduldig.

Niemand beachtete ihn. Jens drängte sich an Carsten und dem Bett vorbei, seine Kamera gezückt und auf Alex gerichtet, der verschämt lächelte.

„Wen haben wir denn hier?", rief Jens und drückte mehrmals auf den Auslöser. „Die Tablettenfee inmitten ihrer kleinen, runden Wunderpillen."

Alex lief rot an. Es schien, als warteten alle auf eine Reaktion. Selbst Thomas sah amüsiert auf seinen Freund.

Carsten war der Einzige, dem das missfiel. Vor allem Thomas konnte er nicht verstehen, dem es dem Anschein nach egal war, dass Alex durch den Kakao gezogen wurde. Wieso verteidigte Thomas seinen Freund nicht? Um die Situation zu retten, beugte Carsten sich vor und griff nach den Paracetamol, die er Jens in die Hand drückte.

„Hier", sagte er unwirsch. „Und jetzt geh rüber zu Klaus, und mach dich endlich mal nützlich."

Ein wenig überrumpelt starrte Jens auf seine Hand, die Carsten noch immer zu fest um die Tablettenschachtel zur Faust geballt hatte. In seinen verkniffenen Augen war deutlich abzulesen, wie sehr es ihm missfiel, ausgerechnet von Carsten, dem Neuling in der Gruppe, zurechtgewiesen zu werden.

„Bin ich hier die Krankenschwester, oder was?“, knurrte er.

„Ein bisschen Fürsorglichkeit steht dir bestimmt ganz gut. Versuch’s einfach mal.“

Irritiert blickte Jens in die Runde. Dann zuckte er beleidigt mit den Schultern.

„Wie du willst“, sagte er. „Wenn das verstoßene Bruderherz mich so nett bittet, kann ich ja wohl schlecht nein sagen.“

„Nett von dir. Und wenn du ihn aufgeheitert hast, wir sind draußen am Abgrund.“

„Wo sonst sollte man dich auch finden?“

Jens wandte sich ruckartig ab und eilte an Rolf vorbei in den Flur. Kurz darauf knallte nebenan die Tür. Dass Jens und Klaus über ihn herziehen würden, war Carsten durchaus bewusst. Er versuchte, nicht daran zu denken.

„Ist das Theater jetzt vorbei?“, fragte Rolf, noch immer vom Türrahmen aus, der mit der rechten Stiefelspitze auf den Fußboden trommelte. „Können wir endlich gehen?“

Thomas, gegen den Fenstersims gelehnt, richtete sich auf. Dass jemand anderes als er die Kommandos gab, missfiel ihm.

„Davon rede ich die ganze Zeit“, sagte er und steckte die Zigarettenschachtel samt Feuerzeug in die vordere Jeanstasche. „Wenn es nach mir ginge, wären wir längst schon alle draußen. Und, Alex, bist du endlich soweit?“

So direkt angesprochen, erwachte Alex aus seiner Starre. Langsam, als müsste er sich davon überzeugen, welche Tabletten er gerade in der Hand hielt, ordnete er die Schachteln und Dosen zurück in die Kulturtasche. Carsten sah ihm zu und wartete, während die anderen bereits das Zimmer verließen. Alex’ Gesicht war seltsam leer. Angestrengt kniff er die Lippen zusammen, als wollte er damit vermeiden, seinen Gefühlen freien Lauf zu lassen.

Plötzlich hielt Alex einfach inne und lächelte ihn unsicher an, mit einem ausweichenden Blick, der Carstens Gesicht um wenige Zentimeter verfehlte.

„Sie haben recht“, sagte Alex, mehr zu sich selbst. „Ohne diese …“ Er brach ab.

„Ach, Quatsch. Lass dir nichts einreden.“

„Doch, doch. Ich bin schließlich mit einem Arzt zusammen. Thomas weiß genau, was mit mir los ist.“

„Ja, das wird er wohl“, erwiderte Carsten.

Diese Worte, bemerkte er zu spät, klangen wie eine Bestätigung dafür, dass mit Alex etwas nicht stimmte. So hatte er sich nicht ausdrücken wollen, doch Alex hatte die Bedeutung sofort verstanden. Mit der rechten Hand fuhr er sich beschämt über den Nacken. Dann schien es, als wollte er antworten. In diesem Moment trat Thomas wie auf ein Stichwort zurück ins Zimmer.

„Alex!“, fuhr er ihn an. „Wir warten.“

Wie vom Blitz getroffen sprang Alex auf und eilte hinaus. Was immer er hatte sagen wollen, in Thomas‘ Gegenwart war er dazu nicht fähig gewesen.

Carsten warf einen letzten Blick auf das Bett, auf dem die Kulturtasche und die meisten der unzähligen Schachteln und Dosen noch immer verstreut umherlagen. Je eine davon nahm er in die Hand. Zwei Antidepressiva, von denen Carsten nie etwas gehört hatte. Und die Pillen dort in der kleinen Plastiktüte sahen aus wie Ecstasy. Sicherlich dienten all diese Mittel als gutgemeinte Lösungen. Lösungen für Probleme, für die Alex ansonsten keine Lösungen mehr fand.

Wenn sich doch auch die eigenen Probleme derart einfach lösen ließen, dachte er. Einfach so, mit einer einzigen Tablette. Seine Geldsorgen, sein nicht existentes Verhältnis zu seinem Vater, sein grenzenloser Neid auf Klaus, all das ausgelöscht mit Hilfe dieser kleinen, runden Dinger. Wie praktisch das wäre.

Schließlich, mit einem Blick zur Tür, legte Carsten die Schachtel, die Dose und die Plastiktüte zurück auf das Bett, um kurz darauf das Zimmer zu verlassen.

Zum Glück hatte Monika in dem Hotel noch ein Doppelzimmer bekommen, nachdem sie zunächst nur ein Einzelzimmer gebucht hatte, weil sie annahm, Sven würde die Ferien mit Fred auf Mallorca verbringen. Der in ihren Augen völlig überteuerte

Preis wurde glücklicherweise von der Aussicht vor ihrem Fenster kompensiert. Von hier aus hatte sie einen ungetrübten Blick über den Canyon. Allerdings konnten die Touristen, die dort am Rande spazieren gingen, auch hineinsehen. Und bei Svens Angewohnheit, lediglich in Unterhosen durchs Zimmer zu schlurfen, hatte sie lieber gleich die Vorhänge zugezogen.

Jetzt, eine Stunde vor Sonnenuntergang, war es höchste Zeit, hinauszugehen, um dieses Naturschauspiel nicht zu verpassen. Sie trug helle Shorts, eine luftige Bluse und festes Schuhwerk. Sven dagegen hatte es nicht für nötig befunden, sich umzuziehen, obwohl sein rotes T-Shirt bereits verschwitzt und staubig aussah. ‚Wird ja doch gleich wieder dreckig', hatte er gesagt und sie, dem lieben Frieden willen, besser geschwiegen.

Draußen dann glich der Weg einer Völkerwanderung. So verlassen die Gegend die Fahrt über ausgesehen hatte, hier direkt am Canyon staute sich der Touristenstrom. Wie die Lemminge drängten alle zum Abgrund, und Monika fragte sich scherzhaft, was wohl geschähe, würde der Erste von ihnen springen.

Überraschenderweise kam Sven von ganz allein auf die Idee, ein wenig zu laufen, anstatt mit dem Auto zu fahren, um dem größten Ansturm zumindest ein Stück weit zu entgehen. Nebeneinanderher nahmen sie deshalb den Pfad hinter dem Hotel in westlicher Richtung. Immer dicht am Grabenbruch führte er auch hier ohne Absperrung oder Geländer am steinigen Rand entlang. Gleichzeitig geradeaus zu gehen und über den Canyon zu blicken, fiel Monika bei ihrer Höhenangst nicht gerade leicht.

Diesmal hatte Sven den Fotoapparat in der Hand, und alle paar Meter machte er Halt, um den Anblick digital festzuhalten.

„Willst du den Canyon eins zu eins ablichten?", fragte sie amüsiert.

„Der sieht immer anders aus. Da will ich nichts verpassen. Und die Bilder, die nichts geworden sind, kann ich hinterher jederzeit löschen."

Tatsächlich, je weiter sich die Sonne dem steinigen Horizont entgegenneigte und hinter den wenigen Wolken hervordrang, wandelte sich das gewaltige Panorama von Minute zu Minute. Die ausgewaschenen Felsen in ihren bizarren Formen leuchteten intensiver als am Nachmittag. Als entzündete sich in dem Gestein eine unsichtbare Flamme, glühte es in sattem Orange und rötlichem Braun. Weit entfernt in der Tiefe der funkelnde Fluss.

Nachdem sie eine halbe Stunde in diesem Schneckentempo gelaufen waren, machten sie an einem in die Schlucht hineinragenden Felsen Halt, dessen Rand noch nicht vollständig von Touristen besetzt war. Sven setzte sich direkt an die Kante, Monika mit deutlich mehr Abstand schräg hinter ihrem Sohn auf einen Stein.

Ihn so sitzen zu sehen, die Beine über den Felsen hängend, verursachte erneut Schwindel. Allein der Gedanke, er könnte sich zu weit vornüberbeugen, abrutschen … Monika schloss die Augen, was die Vorstellung nur noch schlimmer machte. Einfach nicht daran denken. Einfach den Moment genießen, immerhin war Sven nicht der Einzige, der sich in einer solch unachtsamen Position niedergelassen hatte, und bisher war niemand hinuntergeplumpst.

Ob es Statistiken darüber gab, dachte sie, wie viele Touristen jährlich abstürzten? Irgendjemand musste wohl darüber Buch führen, aber diese Zahlen hielt die Parkverwaltung natürlich lieber geheim, und genau genommen war es besser so.

„Man kommt sich völlig bedeutungslos vor“, sagte Sven plötzlich, ohne sich ihr zuzuwenden.

Sein Gesicht, das sie nur im Profil erkennen konnte, bekam erneut diesen melancholischen Ausdruck. Es schien überhaupt nur drei Regungen in seinem Gesicht zu geben: Langeweile, Wut oder eben diese Melancholie. Selbst wenn er lächelte, war dies nur eine kurze Überlagerung seines eigentlichen Empfindens, das so etwas Positives wie Freude oder Glück einfach nicht zulassen wollte oder konnte.

„Und zudem sehr erfüllend, oder nicht?“

Sven blickte sich um, als würde er nicht begreifen, was seine Mutter damit sagen wollte.

„Ich meine“, versuchte sie zu erläutern, „dass alles von einem abfällt, eben weil alles andere bedeutungslos wird. Wenn ich über den Canyon blicke, gibt es nur diesen Anblick und mich. Und das finde ich schön.“

Ohne zu antworten, starrte er zurück über die Weite, als versuchte er tatsächlich dieses Gefühl für sich zu entdecken.

Die Schatten in der Tiefe des Grabens zogen jetzt schneller über die ausgewaschenen Felsen aufwärts, so dass nur noch die Spitzen in der untergehenden Sonne leuchteten. Jeder dieser Felsen hatte seinen eigenen Namen, benannt nach berühmten Bauwerken der Menschheit, als hätte die Natur die Kunst imitiert und nicht andersherum. Dabei gab es diese Gesteinsformationen, lange bevor ein Mensch auf zwei Beinen gegangen war und begriffen hatte, was es hieß, sich über die Natur hinwegzusetzen.

Dass ihr Versuch, Svens vermeintliche Bedeutungslosigkeit im Angesicht dieser Millionen von Jahren in etwas Erbauliches zu verwandeln, scheitern musste, überraschte Monika nicht im Geringsten. Sie selbst hatte das Gefühl mit Ende siebzehn gekannt, weder geliebt noch gewollt zu sein. Auch ohne eine verwirrende Sexualität, mit der sie hätte hadern müssen. Das Erwachsenwerden allein hatte genügt, um ihre Welt auf den Kopf zu stellen. Kein Wunder, dass Fred ihr zu jener Zeit wie der Ritter auf dem weißen Ross erschienen war, dem sie sich an den Hals warf und von dem sie eineinhalb Jahre später unbeabsichtigt schwanger wurde. Ein Kind war das Letzte, das sie und Fred zu jener Zeit gebrauchen konnten. Fred, nur wenige Monate älter als sie, stand kurz vor der Prüfung zum Malergehilfen und sie mitten im Studium. Ohne große Bedenken hätte Monika es abgetrieben, wenn alle vier Elternteile und selbst Fred nicht einen Aufstand gemacht und erst Ruhe gegeben hatten, als Sven auf der Welt und sie im Bund der Ehe gelandet war.

Doch ganz gleich, wie schwer die ersten Jahre auch gewesen sein mochten, mit ihren Geldsorgen und dem Stress, Kind und Karriere unter einen Hut zu bringen, im Nachhinein schien selbst dieser Abschnitt ihres Lebens weit weniger frustrierend als die Pubertät davor.

Monika konnte nur hoffen, dass Sven nicht dieselben Fehler begehen würde wie sie, nur weil im Moment alles aussichtslos erschien. Mit einem Enkelkind musste sie zwar nicht rechnen, aber es gab zahllose andere Dinge, die einer Mutter den Schlaf rauben konnten.

Unterdessen war die Sonne hinter dem Horizont verschwunden. Um sie herum brachen die ersten Touristen auf, um in ihre Hotels zurückzukehren. Hinter ihr hörte sie eine Gruppe Männer lauthals reden, und ohne sich umzudrehen, ahnte Monika bereits, was ihr blühte.

Sven war auf dem Fels ein wenig zurückgerutscht, um ungefährdet aufstehen zu können. Mit dem Rücken zum Canyon erkannte auch er, wer sich da hinter ihnen versammelt hatte.

Das Gesicht ihres Sohnes hellte sich augenblicklich auf. Was ihr nicht gelang, schaffte eine Horde dahergelaufener Männer. Eine gewisse Eifersucht ließ sich da nicht ganz leugnen. Hätte sie anders reagiert, wenn dort hübsche, kichernde Mädchen gestanden hätten?

„Hi", sagte Sven verschüchtert, zu niemandem im Besonderen und doch mit einem Leuchten in den Augen, das ihr in seiner Naivität und Unbekümmertheit beinahe schon wieder gefiel.

„Na, so was. Seht mal, wen wir hier haben. Wie geht's dir?"

Der Mann, der geredet hatte, war derjenige, der ihn bereits in Las Vegas angesprochen und ihn ihr weggeschnappt hatte. Als sie mit dem Kleingeld für die Automaten zurückgekommen war, stand Sven bereits umringt und amüsierte sich offensichtlich besser als mit seiner Mutter. Monika hatte ihn an diesem Abend gewähren lassen, war sogar erleichtert gewesen, in der Hoffnung, dass andere Schwule seinem Selbstvertrauen auf die Sprünge helfen würden. Jetzt allerdings ging ihr das zu weit. Das hier war schließlich kein Homo-Treff. Das hier war ein Mutter-Sohn-Urlaub. Und wenn dies bedeutete, Svens Coming-Out dadurch ein paar Tage oder Wochen zu verschieben, nun gut, das nahm sie in Kauf.

Übertrieben laut begann sie zu husten.

„Oh", besann Sven sich ihrer und deutete lustlos mit der Hand. „Das ist meine Mutter."

„Hi, ich bin Klaus."

Dieser Klaus streckte ihr die Hand entgegen, die sie nicht gewillt war zu schütteln. Der Mann warf verunsichert seinen

Blick zwischen ihr und Sven hin und her. Er schien Anfang dreißig zu sein, schlank und nicht viel größer als ihr Sohn, mit einem Dreitagebart in seinem hübschen Gesicht und einem aufdringlich fröhlichen Lächeln.

„Ja“, antwortete Monika, als Klaus seine Hand wieder fallen ließ. „Ich habe bereits gehört, dass Sie viel Spaß mit meinem Sohn gehabt haben.“

„Mama, bitte!“

„Was denn? Stimmt doch, oder?“

Sie hatte nicht so schnippisch sein wollen, und schon gar nicht wollte sie Sven in Verlegenheit bringen. Die Worte waren ihr einfach so rausgerutscht.

Klaus dagegen schien keinen Augenblick lang irritiert.

„Und Ihr Sohn hatte ebensoviel Spaß“, erwiderte er. „Immerhin hat er an diesen einarmigen Banditen mehr gewonnen, als wir alle zusammen.“

Darauf erwiderte Monika nichts. Das war kein guter Anfang für eine Konversation, zumal Sven neben ihr beschämt zu Boden blickte und dunkelrot im Gesicht angelaufen war. Ganz egal, wie schwer es ihr fiel, sie musste die Situation retten.

Bevor sie jedoch eine passende Antwort fand, trat einer der anderen Männer auf sie zu. Ein Mann um die vierzig, stämmig, mit kurz rasiertem Vollbart und einem Cowboyhut auf dem Kopf.

„Entschuldigen Sie die Störung“, sprach er sie direkt an, was ihr gefiel. „Wir wollen uns nicht in Ihren Urlaub einmischen, das läge uns fern. Aber wir dachten, weil wir in der Hotelbar noch etwas trinken wollten, ob Sie beide nicht Lust hätten, uns Gesellschaft zu leisten.“

Sven sah sie an. Natürlich wollte er.

Gott, wie sehr hätte Monika es sich gewünscht, mit siebzehn Jahren von einer Horde Männern eingeladen zu werden! Wie sollte sie da jetzt nein sagen können? Und zumindest hatte dieser Mann den Anstand, sie in die Einladung mit einzubeziehen.

Ihre ursprüngliche Antwort schluckte sie eiligst hinunter, da sie Svens Blick nur allzu gut kannte. Also, meinetwegen, dachte sie. Es könnte schlimmer kommen. Hier wusste sie wenigstens, wo er war. In Berlin würde sie noch früh genug den Überblick verlieren.

„Okay", sagte sie schließlich schulterzuckend, „warum nicht. Wenn Sven das möchte. Ich werde mich allerdings hinlegen. Ich bin todmüde."

„Danke, Mama!"

Und völlig unerwartet erhielt sie von ihm einen Kuss auf die Wange.

Lediglich den linken Mundwinkel nach oben verzogen, lächelte Monika ihm zu. Hoffentlich wusste er, was sie ihm da erlaubte. Und vielleicht sogar würde er merken, dass seine Mutter keinen Aufstand machte, sollte er endlich den Schritt wagen, sich ihr anzuvertrauen.

Ohne weiter zu zögern, ging Sven voran den Weg zurück, der bärtige Mann dicht an seiner Seite. Bevor Klaus sich ebenfalls abwandte, um sie endgültig stehen zu lassen, griff sie beinahe panisch nach seinem Arm.

„Hören Sie", sagte sie.

Mit Blick auf ihre Hand an seinem Ärmel hielt er inne. Sofort ließ Monika los.

„Ich weiß schon, was Sie sagen wollen", antwortete er.

„Blödsinn, das wissen Sie nicht. Mir ist schon klar, dass Sie nicht über ihn herfallen werden, egal wie sehr er sich das auch wünscht."

Klaus hob überrascht die Augenbrauen.

„Na ja", ruderte sie ein wenig zurück, „er weiß halt selber noch nicht genau, was los ist. Ich möchte nur, dass Sie ihn nicht überfordern."

„Überfordern?"

„Ach, ich weiß auch nicht, wie ich das ausdrücken soll."

„Keine Sorge. Den ersten Abend mit uns hat er ja auch überstanden."

Sie nickte.

„Und falls Sie Rolf meinen", sagte Klaus mit einer Kopfbewegung hin zu dem bärtigen Mann, wie er dicht neben Sven den Pfad entlangging, „da können Sie ganz beruhigt sein. Für seinen Geschmack ist Ihr Sohn viel zu alt, glauben Sie mir."

Wieder grinste Klaus dieses aufdringliche Grinsen. Es war wohl besser, dachte sie, nicht weiter nachzufragen, zumal sie sich womöglich nur verhört hatte.

„Und dieses Pärchen da“, fuhr Klaus unbeirrt fort und deutete auf den hübschen jungen Mann am Arm seines größeren, breitschultrigen Partners, „nun, der eine hat nur Geld im Sinn und wie er als Arzt gefälschte Rezepte meistbietend an den Mann bringt, während der Kleine mit Antidepressiva so abgestumpft ist, dass er an Sex nicht mal mehr denken kann. Ganz im Gegensatz zu Pärchen Nummer zwei. Jens hat nichts anderes im Kopf als Sex. Meistens mit mir, also brauchen Sie sich auch darüber keine Sorgen zu machen. Peter dagegen tut, als wäre Jens die Unschuld in Person. Aber das ist nur gespielt. Innerlich kocht er vor Wut, und irgendwann wird er ausrasten, glauben Sie mir. Alles nur eine Frage der Zeit.“

Jetzt hatte Monika langsam genug. Warum erzählte er ihr das? Wollte er ihr Angst einjagen, zu was für merkwürdigen Schwulen ihr Sohn Kontakt suchte? Wollte er, dass sie die Fassung verlor und eine Szene machte?

„Bleibt der Typ ganz vorn“, redete Klaus, ihre offensichtliche Verwirrung einfach ignorierend, weiter. „Mein Halbbruder. Vom Neid zerfressen, weil er, soweit ich weiß, keinen einzigen richtigen Freund hat, ganz zu schweigen von einer Beziehung. Nicht einmal eine so kaputte wie die von Peter und Jens. Dabei wäre ihm jede menschliche Beziehung lieber als gar keine. Ist das nicht erbärmlich? Doch wer will so einen neidzerfressenen Mann schon haben? Noch dazu enttäuscht und frustriert wegen seiner ach, so furchtbaren Kindheit. Keine Ahnung, auf was für Männer mein Bruderherz steht. Seine große Liebe ist die Familie. Meine Familie, um genau zu sein. Meine Eltern sind reich, müssen Sie wissen, während seine Mutter nur eine … nun ja, Sie können sich schon denken, was ich meine. Dafür fällt mir im Moment kein nettes Wort ein. Jedenfalls, Sie sehen hoffentlich, dass Ihr Sohn bei uns durchaus in guten Händen ist.“

Bei seinen letzten Worten sah er sie endlich an. Da war ein selbstverliebter Blick in seinen Augen, als glaubte er wirklich, sich durch die Herabsetzung seiner Freunde in den Mittelpunkt geschoben zu haben. Ein widerlicher Typ. Und sicherlich einer, der über Leichen ging, um das zu bekommen, was er wollte.

Ohne ein Anzeichen dafür, dass sie schockiert oder auch nur interessiert an seinen Tiraden war, erwiderte sie kühl seinen Blick.

„Sehr aufschlussreich", sagte sie. „Ich sehe, das sind echte Freunde. Aber was ist mit Ihnen? Welche Fehler haben Sie?"

„Ich?", fragte er erstaunt zurück, so gekünstelt, dass er auf ihre Bemerkung nur gewartet haben konnte. „Oh, ich schnarche."

Monika nickte. Was für ein Blödmann. Und er kam sich wahnsinnig toll dabei vor. Auf so einen, betete sie innerlich, würde ihr Sohn hoffentlich niemals hereinfallen.

Dann, da sie trotz allem seine schrägen Witze nicht unkommentiert lassen wollte, sagte sie: „Wenn ich Sie so reden höre, müssen Sie furchtbar einsam sein, oder nicht?"

Tatsächlich hatte Monika ihn getroffen. Sein Grinsen fiel augenblicklich in sich zusammen, und ohne eine Antwort abzuwarten, eilte sie siegesbewusst davon.

Es war heiß. Fünfzig Grad im Schatten, von dem weit und breit nichts zu sehen war. Er hätte im Hotel bleiben oder zumindest allein einen kleinen Spaziergang unternehmen sollen anstatt dieser ausgedehnten Wanderung, dessen Ende nicht einmal in Sicht war. Und den ganzen Weg mussten sie schließlich irgendwann wieder zurück.

Vielleicht hätte er gestern Abend weniger trinken sollen, aber die Mutter von diesem Jungen hatte ihm gründlich die Laune verdorben. Einsam sei er, hatte sie gesagt! So eine Frechheit. Er war nicht einsam. Er hatte Hunderte von Freunden, die er jeder Zeit anrufen könnte. Und allein war er schließlich auch nicht auf dieser Reise.

Jetzt regte Klaus sich schon wieder unnütz auf, obwohl die Sonne und der Alkohol seinen Kopf fast zum Platzen brachten. An der Aussicht fand er deshalb nicht das geringste Interesse. Irgendwie sah es überall gleich aus, egal wie weit sie den Weg am Abgrund entlang auch gehen würden. Ein riesiges, langgestrecktes Loch mit einem winzigen Fluss ganz unten in der Tiefe, weiter nichts. Eine Laune der Natur, die ihm seine gründlich vermieste. Was sollte hinter der nächsten Biegung schon anderes sein als wieder dieses schwindelerregende Loch, mit ebensolchen Gesteinsformationen und ebensolchen Farbspielen aus Licht und Schatten? Klaus für seinen Teil hatte genug gesehen.

Die anderen waren bereits einige Meter voraus und schienen sich nicht darum zu kümmern, dass er zurückblieb.

„Warum rennt ihr denn so?“, rief er und beschleunigte seinen Schritt.

Zumindest Carsten drehte sich um, ohne stehenzubleiben. In seinem Blick, bemerkte Klaus, blitzte kurz etwas völlig Neues auf. Nicht der altbekannte Neid oder der schwelende Hass, wie Klaus der Frau gestern angedeutet hatte, sondern vielmehr eine Überlegenheit, eine merkwürdige Siegesgewissheit, von denen Klaus nicht wusste, woher sein Halbbruder sie so plötzlich nahm.

„He, du Bastard“, rief er erneut, da Carsten sich längst wieder abgewandt hatte. „Warte auf mich!“

„Dann trödel nicht so rum.“

„Das ist doch Wahnsinn bei dieser Hitze. Was soll das werden? Ein Marathon?“

Auch Jens und Peter waren stehengeblieben und warteten, bis er sie eingeholt hatte. Klaus zog sich die Baseballkappe vom Kopf und wischte sich den Schweiß von der Stirn.

„Du hättest halt was essen sollen beim Frühstück“, sagte Jens mitleidslos.

„Ich hab nichts runtergekriegt. Jeden Morgen Eier und Speck, das ist widerlich.“

„Versuch’s mal ohne Alkohol. Dann verschwinden auch die Augenringe.“

„Du musst reden, Jens! Wer hat mich denn die halbe Nacht wachgehalten und mich …“

Den Rest schluckte Klaus hinunter. Jens’ Blick sagte genug. Im selben Moment redete Carsten auf Peter ein, hektisch und belanglos, bis Peter irritiert den Zusammenhang zu verlieren schien und sich von Carsten weiter den Pfad entlangführen ließ, auf dem die anderen bereits hinter der nächsten Biegung verschwanden.

Als sein Freund außer Hörweite war, fauchte Jens ihn an.

„Sag mal, hast du noch alle Tassen im Schrank?"

Klaus zuckte mit den Schultern. Nach der Drohung gestern im Auto, Jens habe langsam genug von ihm, hatte Klaus sich bestätigt und erleichtert gefühlt, als Jens dennoch zu ihm aufs Zimmer gekommen war. So ohne Weiteres würde Jens ihn also nicht aufgeben. Wieso den Liebhaber verlassen, wenn er beide haben konnte? Peter und ihn. Nein, dazu war Jens zu berechnend. Solange er bekam, was er wollte, waren ihm jegliche Konsequenzen egal. Und solange auch Klaus bekam, was er wollte, scherten ihn dessen Probleme mit Peter einen Dreck.

„Ich meine es verdammt ernst!", fuhr Jens erbost fort. „Wenn du deinen Mund nicht halten kannst, dann …"

„Dann was? Für wie blöd hältst du Peter eigentlich? Euer monogames Getue mag ja ganz nett sein, aber damit kannst du doch niemandem mehr was vormachen. Abgesehen von Carsten vielleicht."

„Das ist ganz allein meine Sache, okay?"

„Wie du meinst. Aber Peter hat Augen im Kopf, auch wenn er sie selten gebraucht. Besser, du lässt ihn einfach fallen, bevor er dich abserviert."

„Das würde er niemals tun!"

„Sei dir da mal nicht zu sicher."

Jens kniff seine buschigen Augenbrauen zusammen und biss sich auf die Unterlippe.

„Halt dich da raus", zischte er dann. „Ich meine es ernst!"

„Wie du willst."

Ein Grinsen konnte sich Klaus nicht verkneifen. Einen Moment lang sahen sie sich an. Schließlich schüttelte Jens genervt den Kopf und ließ ihn stehen.

Klaus blickte abwechselnd in beide Richtungen des Pfades. Über den Canyon hinweg konnte er zurück auf das Hotel schauen, das weit entfernt auf der anderen Seite einer Einbuchtung lag, um die sie herumgewandert waren. Er könnte ebenso gut umdrehen. Er hatte keine Lust mehr auf seine Freunde, die ihm ständig Vorhaltungen machten, weil sie seine Wahrheiten nicht ertrugen. Nur weil er ihnen einen Spiegel vorhielt, brauchten sie nicht so zu tun, als hätte das Spiegelbild keine Ähnlichkeit mit ihnen. Er sagte doch lediglich, was sowieso alle wussten. Wozu also die Aufregung?

Allein im Hotel zu bleiben, war aber keine wirkliche Alternative. Die eine Möglichkeit erschien ihm so wenig verlockend wie die andere.

Hinter der nächsten Biegung, an der eine verkrüppelte Kiefer halb über den Pfad wucherte, stieg die kleine Gruppe über einen steinigen Vorsprung hinüber auf den flachen Felsen, der ein wenig abschüssig in den Canyon hineinragte. Der letzte Tourist war ihnen bereits vor zehn Minuten begegnet, so dass sie diesen Felsen für sich allein hatten. Niemand sonst schien den langen Weg auf sich zu nehmen für eine Aussicht, die sich in Klaus' Augen von den vielen anderen in nichts unterschied.

Alex und Thomas standen wie so oft Arm in Arm am Rand des Felsens. Auch Jens und Peter hatten sich zusammengerauft und machten ein paar Schritte entfernt ebenfalls auf Beziehung.

Carsten hockte in der Mitte ihres kleinen Plateaus, neben den abgelegten Rucksäcken, und warf verstohlene Blicke hin zu den beiden Pärchen. Nur zu gerne, das wusste Klaus, wäre auch er mit einem Partner auf diese Reise gegangen.

Rolf dagegen deutete mit ausgestreckter Hand über den Canyon und redete auf Sven ein, der interessiert zuzuhören schien.

Dieser Junge amüsierte Klaus. Es war so offensichtlich, dass er schwul war. Nur er selbst schien noch nicht überzeugt. In seinem Gesicht zeigte sich deutlich das ganze Drama eines schwulen Teenagers: die Zweifel, die Wünsche, die Angst vor den Reaktionen anderer und das Bangen vor dem ersten Mal. Man brauchte nur darauf zu achten, wie er vermeintlich heimlich Alex und Thomas beobachtete, wenn sie sich küssten. Das nannte Klaus einen unvergesslichen Anblick!

Schade nur, dass Sven sich einen anderen Verbündeten gesucht hatte. Ohne Frage wusste Rolf mit Jugendlichen umzugehen. Sven schien gelöst und redete gestikulierend in einem fort, während Rolf aufmerksam zuhörte, ohne ihn mit peinlichen

Bemerkungen über seine sexuelle Neigung zu verunsichern. Klaus dagegen hätte kein Blatt vor den Mund genommen. Wozu leugnen, was längst alle wussten, einschließlich seiner Mutter? Wozu um den heißen Brei herumreden? Reinspringen!

Dass Sven überhaupt auf diesem Ausflug dabei war, blieb Klaus allerdings ein Rätsel. Nach dem Gespräch gestern Abend mit der Mutter hätte er nicht geglaubt, dass sie ihm einen weiteren Umgang mit ihnen erlauben würde. Keine Ahnung, wie Sven das geschafft hatte.

Jetzt endlich trat auch Klaus auf den Felsen, und Alex winkte ihm, näherzukommen.

„Sieh nur“, rief er aus und deutete auf zwei schwarze Punkte, die am Himmel ihre Kreise zogen. „Dort!“

Klaus kniff die Augen zusammen.

„Zwei Vögel, na und?“

„Das sind Geier.“

„Unsinn“, verbesserte Thomas seinen Freund, in einem Tonfall, der herablassender kaum sein konnte. „Das sind Kondore.“

„Sag ich doch, Vögel.“

Thomas warf Klaus einen missmutigen Blick zu.

„Dafür hättest du nicht bis hierher reisen müssen, was?“, stöhnte er.

Klaus zuckte gelangweilt mit den Schultern.

„Ist es nicht erschreckend“, seufzte Alex, „wie klein und unbedeutend man sich vorkommt bei diesem Anblick?“

Nach dieser Erkenntnis schmiegte Alex sich dichter an seinen Freund. Thomas sah Klaus über Alex’ Schulter hinweg an mit einem warnenden Blick, der ihm bedeuten sollte, den Mund zu halten. Davon ließ Klaus sich nicht einschüchtern.

„Vielleicht“, sagte er zu Thomas, „solltest du ihm nicht so viele Pillen geben. Dann kommt er sich vielleicht auch nicht so klein und unbedeutend vor!“

Und bevor Thomas etwas erwidern konnte, wandte Klaus sich ab.

Seine Laune, bemerkte Klaus, wurde nicht besser. Er schwitzte noch immer, und zum Reden fehlte ihm die Lust. Es wurde Zeit, dass sie endlich wieder eine Stadt erreichten, ganz egal welche. Hauptsache weg aus dieser Ödnis, vollgestopft mit Touristen und nichts weiter als Natur, Natur, Natur. Die anderen schienen genau dies gesucht zu haben, standen wie gestern bereits am Abgrund und grübelten bei diesem Anblick über den Sinn des Lebens. Ihn ließ das kalt.

Genervt trat Klaus an den Rand des Felsens, in einigem Abstand zu seinen Freunden, und setzte sich auf den Stein. Die Beine ließ er über den Abgrund baumeln.

Für einen Selbstmörder der ideale Ort. Einfach nach vorne beugen und plumps. Aus und vorbei.

„Alles in Ordnung?", fragte Carsten irgendwann neben ihm.

„Was? Oh, ja. Ja, alles okay."

„Warum kommst du nicht zu uns?"

„Nachher vielleicht. Mir gefällt gerade das Gefühl, allein zu sein. Ein Gefühl, das du ja wohl zur Genüge kennst."

Carsten ging neben ihm in die Hocke.

„Was machen deine Kopfschmerzen?", fragte er, ohne auf seine Stichelei einzugehen.

„Dreimal darfst du raten."

„Ich habe hier ein paar Tabletten für dich."

Carsten reichte ihm eine kleine, weiße Plastikdose, die Klaus schweigend entgegennahm.

„Ein oder besser zwei davon, und es geht dir besser."

„Von wem hast du sie?"

„Na, von wem wohl?"

Klaus drehte sich um und blickte zu Thomas und Alex, die jetzt mit Peter und Jens zusammen in der Mitte des Felsen saßen und lachten.

„Nimm sie", sagte Carsten. „Und dann komm zu uns, okay?"

Klaus nickte und wartete, bis sein Halbbruder gegangen war. Dann legte er die Dose neben sich auf den Stein.

Unterdessen stieg die Sonne immer höher. Die Schatten im Canyon verschwanden. Und je länger Klaus in den Abgrund vor ihm starrte, desto intensiver wurde plötzlich jenes Gefühl, über das er bei den anderen bisher gelacht hatte. Die Aussicht war trotz allem fantastisch, mit nichts zu vergleichen. Und er schwebte über dem Canyon, wie diese Vögel vorhin, als würde er fliegen.

Sentimental konnte man werden, so als wäre man ganz allein auf dieser Welt, abgetrennt, verloren. So viel, was schiefgelaufen war im Leben, alle Enttäuschungen, alle Fehler, alle Verluste, hier stiegen sie auf, aus den Tiefen eines über Jahrmillionen ausgewaschenen Gesteins, und verpufften in der flirrenden Luft.

„Hast du Hunger?"

Erschrocken zuckte Klaus aus seinen Gedanken

„Bist du verrückt?", rief er, da er Rolf nicht hatte kommen hören. „Ich hätte hier runterfallen können vor Schreck."

„Dann sitz halt nicht so da. Weißt du, wie tief das ist?"

Klaus streckte den Kopf nach vorn und schielte nach unten. Tatsächlich konnte er den Boden nicht erkennen.

„Was ist jetzt?", fragte Rolf und hielt ihm ein belegtes Brötchen entgegen. „Willst du nun eins?"

„Was ist drauf?", fragte er.

„Käse, glaube ich. Nimm es oder lass es."

Klaus nahm es entgegen, wickelte das pappige Brötchen aus der Folie und biss hinein. Besser als nichts. Rolf blieb neben ihm stehen.

„Nimmst du schon wieder Tabletten?", hörte Klaus ihn vorwurfsvoll fragen. „Du wirst noch genauso abhängig wie Alex."

„Das sind nur Kopfschmerztabletten. Kein Grund zur Aufregung."

„Hast du schon welche genommen?"

„Nein, habe ich nicht."

Rolf kniete sich hin und schüttelte die Dose, dass die Pillen darin klapperten. Er öffnete sogar den Deckel und sah hinein. Klaus achtete nicht sonderlich darauf.

„Und hör auf zu tratschen, okay", sagte Rolf plötzlich, so neutral und emotionslos, dass Klaus zu ihm aufsah, da Rolf sich längst wieder erhoben hatte. Der Ausdruck auf seinem Gesicht wurde von dem tiefsitzenden Cowboyhut verdeckt.

„Was meinst du?"

„Du weißt genau, was ich meine", erwiderte Rolf und ging.

Natürlich wusste er das, immerhin hatte Rolf mit Sven geredet, der wiederum mit seiner Mutter geredet haben würde. Aus keinem anderen Grund hatte er dieser Frau schließlich alles aufgezählt. Sollten nur alle merken, dass ihre kleinen Geheimnisse längst keine mehr waren. Sie würden sich gut stellen müssen mit ihm, jeder einzelne von ihnen. Und dann würden sie auch endlich begreifen, wie wichtig die Freundschaft zu ihm war.

Denn darum ging es ihm. Darum war es Klaus schon immer gegangen. Er wollte gemocht werden. Um jeden Preis. Nie wieder abgeschoben, nie wieder verlassen werden. Von den Eltern nicht, die ihm alles gekauft, aber sich nie um ihn gekümmert hatten. Die Kindermädchen engagierten, damit sie ihr eigenes Leben genießen konnten, in dem kein Platz für ihn vorgesehen war. Und auch von den vielen Liebhabern nicht, die ihn allesamt nicht verstanden hatten, weil keiner von ihnen begriff, was das hieß, sein Leben im Überfluss, aber einsam und ungewollt verbringen zu müssen. Nein, Liebe und Zuneigung hatten ihn bisher nur enttäuscht. Carsten wäre schockiert, wenn er wüsste, was er sich da so dringend erträumte.

Klaus griff nach der kleinen Dose. Das Etikett darauf war bereits halb abgerissen. Er schnappte den Plastikdeckel auf, und ließ zwei der Tabletten auf den Handteller kullern. Sie waren kleiner als die gewöhnlichen Paracetamol oder die Aspirin. Wahrscheinlich von einem anderen Hersteller. Achselzuckend schluckte er beide trocken hinunter. Dann blickte er erneut über den Canyon und aß sein Käsebrot.

Was die anderen hinter ihm trieben, kümmerte ihn nicht im Geringsten. Sollten sie sich doch ihre Mäuler zerreißen. Er wusste genug über jeden einzelnen von ihnen, um sie jederzeit zum Schweigen zu bringen. Dazu kannte Klaus sie lange genug.

Vor zwei Jahren war er Alex an der Freien Universität Berlin begegnet, als es ihm noch nicht so schlecht ging wie jetzt. Sie hatten gemeinsam Kunstgeschichte studiert und sich auch privat gut verstanden. Durch ihn traf er Thomas, der ihm von Anfang an skeptisch und misstrauisch gegenüberstand. Doch zumindest damals hatte Alex noch seinen Willen durchsetzen können, und so lernte er durch ihn auch Peter und Jens kennen, die bereits seit längerem zum Freundeskreis gehörten. Immer öfter unternahmen sie Ausflüge zu fünft oder luden sich gegenseitig zum Essen ein, bei denen auch Peters bester Freund

Rolf meistens zugegen war. Das Gefühl, lediglich Alex wegen geduldet zu werden, wurde Klaus jedoch nie los. Als dann von Peter der Vorschlag kam, gemeinsam den Urlaub in den USA zu verbringen, schien dies eine gute Idee. Jens und er waren sich gerade nähergekommen, und die Aussicht, Tag und Nacht mit ihm zu verbringen, wenn auch unter ständiger Beobachtung, gefiel ihm. Dabei hätte er es besser wissen können. Diese Reise war ein Desaster, und Klaus wünschte, er wäre in Deutschland geblieben.

Er gehörte nicht wirklich dazu, hatte nie dazugehört, ganz gleich, was er sich vorgemacht und gewünscht hatte. In dieser Hinsicht mochte er mit seinem Halbbruder tatsächlich eine Gemeinsamkeit besitzen, auf die er nur allzu gerne verzichtet hätte. Klaus war von Anfang an der Außenseiter gewesen und geblieben. Selbst Jens, mit dem er sich hervorragend verstand, mit dem er lästern und flachsen konnte und mit dem er seit Wochen ein Verhältnis hatte, gehörte einem anderen, gehörte Peter. Egal, wie oft sie auch Sex haben würden, Jens würde Peter nicht verlassen. Nicht für ihn. Was hatte er denn geglaubt? Dass mit Jens die Niederlagen plötzlich ein Ende hätten? Das war naiv und ziemlich klischeehaft.

Wenn er Probleme haben sollte, überlegte Klaus, wen von den sechs dort drüben würde er anrufen können? Wer würde ihm auch nur zuhören wollen? Niemand. Um dazuzugehören musste er sich unentbehrlich machen, ihnen ein wenig drohen. Nicht unbedingt die netteste Art, sich beliebt zu machen, aber zumindest eine, die Wirkung versprach.

Das erhabene Gefühl, welches Klaus vorhin beim Anblick des Canyons kurz gespürt hatte, war längst wieder verschwunden. Jetzt war da wieder nur dieses gewaltige Loch. Klaus sah erneut zwischen seine Beine hinunter in den Abgrund. Dieser Blick war nicht gut für ihn. Er sollte aufstehen und einfach gehen, egal ob allein oder mit den anderen zusammen. Er hatte lange genug hier gesessen.

Seine Kopfschmerzen waren fort. Dafür fühlte er sich ein wenig high. Wenn er seinen Kopf bewegte, wurde ihm schwindlig. Nicht unangenehm, nur seltsam. Und wenn er jetzt nach unten sah, verschwamm alles zu einem Brei aus grün-brauner Farbe.

Er hob sein linkes Bein zurück auf den Felsen. Er brauchte nur aufzustehen. Irgendwie fand er das lustig. Sein Gleichgewichtssinn funktionierte nicht richtig. Mit der rechten Hand musste er sich abstützen.

Ups, Vorsicht.

Klaus fiel zurück auf seinen Hintern und kicherte.

Na gut, noch mal von vorn.

Erst das eine Bein. Und nun das andere. Jetzt hoch mit dem Oberkörper.

Der linke Fuß rutschte ab. Von der Felskante hinein ins Nichts.

„Scheiße", sagte er.

Dann kippte er, wie in Zeitlupe, vornüber.

Die Bergung dauerte sechs Stunden. Erst am späten Nachmittag, als die Sonne längst über dem westlichen Rand des Canyons hing, blutrot und nur von dünnen Schleierwolken verdeckt, erreichte der Hubschrauber endlich den oberen Rand des Canyons.

Was die Rettungskräfte auf ihrer Bahre trugen, lag in einem grauen Plastiksack verborgen, seltsam zusammengestaucht, dort, wo sich der Kopf, die Brust und die Beine befinden sollten. Nach einem Sturz von mehreren hundert Metern war der Körper gegen Steine und Geröll geprallt, war weiter den beinahe senkrechten Abhang hinuntergeschlittert, um schließlich in den Spalten eines Felsens hängen zu bleiben. Selbst wenn Klaus den Sturz überlebt haben sollte, ehe der Suchtrupp die Stelle erreichen konnte, wäre er zwischenzeitlich längst an seinen Verletzungen gestorben.

Sven hing in Monikas Umarmung, zitternd und weinend wie ein Kind. Hätte sie ihm nur nicht erlaubt, mitzugehen. Lieber hätte sie sein Gezeter ertragen als jetzt seine Verzweiflung.

Die verbliebenen sechs Männer standen auf der anderen Seite der Absperrung, ebenso schockiert und fassungslos. Der ältere Mann mit dem kurzen Vollbart hatte Sven bereits vor einigen Stunden an ihrer Zimmertür abgeliefert, hatte eine kurze Erklärung vorgetragen und war verschwunden. Keiner der anderen hatte seitdem ein Wort an Sven oder sie verloren, und genau genommen war das besser so.

Weinend berichtete Sven ihr, was vorgefallen war. Zu zweit oder allein hatten sie jeweils am Rande des Felsens gestanden, die Aussicht genießend, um sich später gemeinsam in die Mitte zu den Rucksäcken zu setzen und zu essen. Nur Klaus war am Rand geblieben. Irgendwann hatte ein langgezogener Schrei sie aufschrecken lassen, und sie hatten sich umgedreht, um zu sehen, was los war. Da war Klaus bereits im freien Fall gewesen.

Ein Unfall. Ein tragischer Unfall, den ihr Sohn mit ansehen musste, den er so schnell nicht würde verkraften können und der ihren Urlaub abrupt durcheinander brachte. An eine Fahrt durch die weiteren Canyons war nicht mehr zu denken. Sie würde ihre Route ändern müssen. Vielleicht zurück nach Las Vegas oder nach San Diego oder in irgendeine andere Großstadt, um Sven auf andere Gedanken zu bringen. Auf jeden Fall weg von dem Grand Canyon, weg von den schwulen Männern, weg von allem, was an den Tod erinnern konnte.

Monika drückte ihren Sohn dichter an die Brust. Die Rettungskräfte kamen mit der Bahre dicht an ihnen vorbei, und sie hob ihre Hand vor sein Gesicht. Sie wusste nur zu gut, wie jemand aussah, der einen solchen Sturz hinter sich hatte und dass selbst der Plastiksack nicht darüber hinwegtäuschen konnte, was niemand erkennen sollte.

Kapitel 3

Sven saß am Tisch und kaute lustlos auf seinem Gemüse. Die Bräune, die er von der Reise mitgebracht hatte und ihn etwas vitaler aussehen ließ, war bereits am Verblassen. Seine Augen wanderten unruhig über den Teller, als vermutete er irgendwo unter den Karotten und Kartoffeln eine unangenehme Überraschung.

Monika konnte diesen Anblick kaum ertragen. Doch seit ihrer Rückkehr aus Amerika vor drei Wochen, fiel es ihr schwerer denn je, ihm irgendwelche Vorwürfe zu machen, auch wenn sie ihr bereits auf der Zunge lagen. Zu seinem üblichen, gelangweilten Ausdruck hatte sich eine Niedergeschlagenheit gesellt, die sie ein wenig überzogen fand. Natürlich war es schwer, diesen Vorfall zu vergessen, aber andererseits hatte er den Toten kaum gekannt.

„Schmeckt es dir nicht?“, fragte sie und blickte ihn über ihr Weinglas hinweg an.

„Doch, doch.“

„Dann zeig es der Köchin wenigstens.“

Er verzog seinen Mund zu einem Grinsen, ohne aufzusehen. Das Stochern im Gemüse setzte er ununterbrochen fort.

„Na, bitte. Geht doch.“

„Darf ich jetzt gehen?“, fragte er.

Monika legte ihr Besteck ordentlich auf den Teller. Sie wusste einfach nicht mehr weiter mit ihm. Womöglich empfand er es als ein böses Omen, dass eine seiner ersten schwulen Bekanntschaften in den Tod gestürzt war. So etwas prägte natürlich. Und in seinem Alter, das wusste sie, gab es nur Extreme. Entweder die totale Euphorie oder die totale Verzweiflung. In seinem Falle hauptsächlich das Zweite.

Sich davon aber sein Coming-out vermiesen zu lassen, nein, dass durfte sie auf keinen Fall zulassen. Sie wollte endlich wieder einen ausgeglichen und fröhlichen Sohn und nicht diesen pubertierenden Stinkstiefel! Wenn er sich nur endlich verlieben würde, dann wäre alles halb so schlimm.

„Falls du darüber reden möchtest?“, fragte sie vorsichtig. Seit ihrer Heimreise hatte er kein Wort über den Unfall verloren. Nur an seinem Verhalten konnte sie ablesen, wie sehr ihn die Sache beschäftigte.

„Worüber denn?“, wich er aus.

„Ach, komm schon. Du weißt genau worüber.“

Sven zuckte mit den schmalen Schultern.

„Es ist halt passiert“, sagte er. „Ich komm schon klar.“

„Habt ihr denn viel miteinander geredet? Dieser Klaus und du?“

Jetzt endlich sah Sven sie an. Seine Augenbrauen zogen sich zusammen, als vermutete er eine Absicht hinter ihrer Frage. Eine Absicht, die Monika sehr wohl einkalkuliert hatte.

„Nur in Las Vegas. Am Canyon weniger.“

„Er schien nicht besonders beliebt bei den anderen.“

„Woher willst du das wissen?“, fragte er, richtete sich kerzengerade auf und schob den Teller beiseite. Zumindest hatte sie jetzt seine Aufmerksamkeit.

„Am ersten Abend beim Canyon haben wir kurz miteinander gesprochen“, erläuterte sie. „Oder eher, Klaus hat mit mir gesprochen. Und was er gesagt hat, klang nicht gerade sehr nett.“

„Wieso?“

„Er ist über seine Freunde hergezogen. Über jeden einzelnen von ihnen, einen nach dem anderen. Und er hat mir gesagt, welche Leichen sie im Keller haben.“

Ihre Wortwahl war ungeschickt. Sofort lehnte Sven sich zurück. Sein ohnehin beleidigtes Gesicht wurde noch beleidigter, sofern das überhaupt möglich war. Besser, sie ging einfach darüber hinweg und redete weiter.

„Es schien, als wollte er sich gegen irgendetwas absichern. Damit das, was er wusste, keine Geheimnisse blieben. Es klang alles so furchtbar aufgesetzt, wie er mir ihre Laster aufgezählt hat. Ich habe ihn ja keineswegs darum gebeten.“

Sven verdrehte die Augen.

„Lass es, Mutter“, unterbrach er sie. „Ich weiß genau, worauf du hinauswillst.“

„Ach ja?“

Er warf die Arme in die Luft und stöhnte.

„Es war ein Unfall, Mama. Ein Scheiß-Unfall. Hör auf, überall deine Verbrechen zu sehen."

Nun war es an ihr, ein wenig eingeschnappt zu sein. Sven nahm ihre Arbeit nie wirklich ernst, als ob Kriminalbeamte nur zum Spaß im Dreck anderer Leute wühlten. Dabei ging es hier um Aufklärung, um Gerechtigkeit. Und natürlich machte sie sich auch außerhalb des Polizeipräsidiums ihre Gedanken. Verbrechen gab es schließlich an jeder Ecke.

Schon an dem Abend, als der Typ auf sie eingeredet hatte, musste sie sich fragen, warum? Welchen Sinn hatte es gehabt, ihr diesen Tratsch zu erzählen? Es schien beinahe, als hätte Klaus sich ihr anvertrauen wollen, aus welchem Grund auch immer. Und genau diese Ungereimtheit beschäftigte sie. Über Svens genervten Tonfall setzte sie sich deshalb einfach hinweg.

„Ist dir nichts an ihm aufgefallen?", fragte sie.

„Nein, zu mir hat er nichts dergleichen gesagt."

„Hast du erwähnt, dass ich bei der Kripo bin?"

„Spielt das irgendeine Rolle?"

Wahrscheinlich nicht, dachte sie. Nur wenn sie ihrer Fantasie freien Lauf ließ, könnte sie sich etwas zusammenreimen. Doch darüber schwieg sie lieber, um Sven nicht weiter zu verärgern. Und womöglich reimte sie sich wirklich nur dummes Zeug zusammen.

„Wir sind alle auf dem Felsen umhergelaufen", fuhr Sven unerwartet fort, den Kopf gesenkt, um seinen Gesichtsausdruck zu verbergen. „oder haben uns später in die Mitte zu den Rucksäcken gesetzt. Bis auf Klaus. Der hockte weiterhin am Rand. Er hatte Kopfschmerzen. Selbst nachdem ein oder zwei von den anderen hingegangen waren, um ihn zu überreden, ist er dort geblieben. Meterweit von uns entfernt. Niemand hat ihn geschubst oder so. Das hätten alle gesehen, auch ich. Er ist gefallen. Und nur weil er geschrien hat, haben wir überhaupt bemerkt, was passiert ist. Es war ganz allein seine Schuld. Tut mir also leid, wenn ich dich enttäuschen muss."

Mit seinem letzten Satz stand er ruckartig auf. Eilig stapelte er unaufgefordert die beiden Teller und die Schüsseln übereinander. Wie sehr, dachte Monika, musste sie ihn verstört haben, dass er freiwillig das Geschirr abräumte.

Bevor Sven an ihr vorbei in die Küche gehen konnte, berührte sie sanft seinen Arm.

„Ich weiß, wie sehr dich das alles belastet", sagte sie leise, und mit diesem ‚alles' meinte sie tatsächlich alles. „Ich möchte nur, dass du weißt, dass ich für dich da bin. Falls es irgendetwas gibt, das dich beschäftigt oder … oder über das du reden willst, dann … Ich werde es verstehen. Wirklich. Ganz egal, worum es geht."

Er sah auf ihren Arm, der noch immer den seinen berührte. Kurz schien es ihr sogar, als hätte sie seine harte Schale ein wenig aufgeweicht. Da war ein Runzeln auf seiner pickligen Stirn und das leichte Klappern der Teller in seinen Händen. Dann aber ging er schnell und ohne ein Wort in die Küche.

Monika atmete ein Mal tief durch. Sven traute niemandem über den Weg. Weshalb sollte ausgerechnet seine Mutter die Ausnahme sein? Sie selbst hätte sich damals lieber die Zunge abgebissen, als ihre eigene Mutter ins Vertrauen zu ziehen. Denn wenn ihre Mutter gewusst hätte, dass sie mit Fred bereits geschlafen hatte … nicht auszudenken. Stubenarrest hätte sie bekommen, ganz egal, ob sie bereits volljährig war oder nicht. Und schwanger hätte sie gar nicht erst werden können.

War das jetzt gut oder schlecht?

Schwer zu sagen. Vor beinahe zwanzig Jahren jedenfalls wäre einiges einfacher gewesen, keine Frage. Aber dann könnte sie jetzt nicht mit Sven hier sitzen und streiten und sich die Haare raufen.

Sie griff nach der Flasche und schenkte sich den restlichen Wein ins Glas. Erstaunlich, wie schnell so eine Flasche doch leer wurde!

Na gut, dachte Monika. Würde sie halt über ihren Schatten springen und Sven in Ruhe lassen. Verhindern konnte sie ohnehin nichts. Also kein einziges Wort mehr. Weder über den Vorfall in Amerika noch über peinliche Fragen zu seinem Gefühlsleben. Ersteres war vorbei und ihre Verdachtsmomente, wie sie selber zugeben musste, waren völlig an den Haaren herbeigezogen.

Beweisen ließe sich sowieso nichts mehr. Und was Sven betraf – nun ja, früher oder später würde er schon damit herausrücken.

Auf diesen Entschluss hin prostete sie sich ins Leere hinein zu und trank. Nie wieder sich einmischen. Einfach Augen zu und durch.

Das Klingeln an der Tür ließ sie zusammenschrecken, dass der Wein gefährlich weit in dem Glas noch oben schwappte.

„Sven!", rief sie. „Gehst du hin?"

„Nein!", schallte es durch die Wohnung zurück.

Monika spitzte die Lippen, schluckte ihre schnippische Bemerkung hinunter und ging zur Tür. Sie erwartete keinen Besuch, nicht um diese Zeit.

Vom Flur aus sah sie Sven in seinem Zimmer vor dem Computer hocken, den Rücken ihr zugewandt. Sie konnte nur hoffen, dass es Hausaufgaben waren, die er dort erledigte. Das Abitur in einem Jahr würde sich schließlich nicht von alleine bewältigen. Doch so konzentriert, wie er dort saß, schien auch Sven niemanden zu erwarten. Sie öffnete.

Vor ihr stand einer der Männer aus dem Canyon.

„Entschuldigen Sie vielmals die Störung", sagte er. „Ich weiß, es ist schon spät, aber ich wusste keinen anderen Ausweg."

Der Mann, an dessen Namen sie sich nicht erinnern konnte, hielt inne und wartete auf eine Antwort. Sie war zu verwirrt und verärgert, um etwas zu erwidern. Schnell wandte sie ein Mal kurz den Kopf. Sven saß nach wie vor am Computer und schien nichts gehört zu haben.

„Was wollen Sie?", fuhr sie den Mann unhöflich an.

„Ich muss mit Ihnen reden, Frau Seyfarth. Bitte."

„Worüber?"

Diese Frage war überflüssig. Es konnte nur ein einziges Thema geben.

„Glauben Sie mir", fuhr er fort, „wenn es jemand anderes gäbe, an den ich mich wenden könnte, ich wäre sicherlich nicht hier. Sie sind der Einzige, der mir helfen kann."

Sehr schmeichelhaft klang das nicht gerade. Sie machte keinerlei Anstalten, ihn hereinzubitten, sondern blieb im Türrahmen stehen. Der Besucher wirkte müde und unbeholfen. Er musste Ende dreißig sein, vielleicht etwas jünger. Jedenfalls hatte er noch volles, braunes Haar, aus dem seine Ohren hervorlugten, und da war ein niedliches Grübchen in seinem eckigen Kinn. Sichtlich nervös spielte er mit seinen Fingern und wich ihrem direkten Blick aus.

„Sie sind doch bei der Polizei, nicht wahr?", fragte er, nachdem sie einen Moment lang geschwiegen hatte.

„Hat Sven Ihnen das gesagt?"

„Ja, er hat es erwähnt. Bitte, Sie müssen mich anhören."

„Ich weiß nicht, ob das irgendeinen Sinn macht. Wir kennen uns kaum. Reden Sie doch mit einem Ihrer Freunde."

„Das geht nicht."

„Tut mir leid. Ich kann Ihnen wirklich nicht helfen."

Monika war dabei, ihm die Tür vor der Nase zuzuschlagen. Ihr Entschluss stand fest. Keinerlei Einmischung mehr, egal, worum es sich handeln sollte.

Kurz bevor die Tür ins Schloss fiel, hörte sie dann diesen einen Satz:

„Klaus wurde ermordet!"

Langsam ging die Tür wieder auf. Monika starrte ihn an. Tatsächlich war da eine offensichtliche Verzweiflung in seinem Blick, die einen dummen Scherz wohl auszuschließen schien.

„Es war ein Unfall", widersprach sie. „Er ist gefallen. Mein Sohn war dabei, wie Sie wissen. Niemand hat ihn gestoßen."

„Nein, das nicht. Es gibt andere Wege, jemanden zu Fall zu bringen."

„Haben Sie Beweise dafür?", fragte sie, bewusst gelangweilt, um die eigene Neugier zu vertuschen, die unweigerlich aufzusteigen begann. So einfach kam sie nicht aus ihrer Haut.

Der Mann schüttelte den Kopf.

„Nicht direkt", gestand er kleinlaut. „Nur das hier."

Er griff in die Tasche seiner Jacke und zog eine kleine, weiße Plastikdose mit zerschlissenem Etikett hervor, die er ihr entgegenstreckte.

„Was ist das?"

Es sah aus wie eine ganz gewöhnliche Arzneiverpackung, wie sie vorwiegend in Amerika vertrieben wurde. Der Name Paracetamol war auf dem halben Etikett noch deutlich zu lesen. Sie nahm ihm die Dose nicht ab. Er streckte seinen Arm weiter vor.

„Die lag an dem Platz, wo Klaus … wo er gefallen ist."

„Kopfschmerztabletten", sagte sie. „Was ist schon dabei? Kommen Sie endlich zum Punkt."

„Machen Sie sie auf."

Langsam ging er ihr auf die Nerven. Sie mochte diese Spielchen nicht. Sie wollte klare, eindeutige Antworten. Dennoch griff sie nach der Dose. Dem Geräusch nach zu urteilen, befand sich darin etwas, das lose hin und her rutschte. Den Inhalt ließ sie auf ihren Handteller kullern. Zwei kleine, weiße Tabletten waren es.

„Das sind keine Paracetamol", sagte sie.

„Nein. Es sind Psychopharmaka. Ziemlich starke sogar. Sie verursachen Schwindel, Gleichgewichtsstörungen, ein euphorisches Gefühl."

Sie sahen sich an. Sein Blick blieb starr, als befürchtete er bei sich eine Regung, die ihm unangenehm wäre. Langsam konnte sie sich denken, worauf er hinauswollte. Dennoch war Monika nicht gewillt, einzulenken.

„Na und? Viele Leute nehmen das."

„Aber nicht Klaus. Er dachte, es wäre tatsächlich nur was gegen seine Kopfschmerzen. Ich weiß das, weil ich sie ihm selber gebracht habe."

Unwillkürlich musste sie die Augenbrauen heben. Warum sagte er das? Bezichtigte er sich nicht gerade selbst? Eine interessante Wendung. Gegen ihre Neugier, spürte sie, kam sie einfach nicht an. Das bemerkte auch der Mann vor ihr.

„Kann ich jetzt mit Ihnen reden?"

Sie saßen sich am Esstisch gegenüber. Monika faltete die Hände auf der Tischplatte vor ihr und war versucht, die zweite Flasche Wein zu öffnen.

Nachdem sie den Mann hereingebeten hatte, stand Sven überrascht und stumm im Türrahmen seines Zimmers. Sein Blick war irritiert und anklagend zugleich.

„Hallo, Sven", hatte der Mann ihn begrüßt, auch er verunsichert über die plötzliche, neuerliche Begegnung. Sven hatte sich einfach umgedreht und die Tür zugeknallt.

Jetzt blickte sich der Mann, der sich als Carsten Wieland vorgestellt hatte, im Zimmer um. Monika erinnerte sich. Er war der Halbbruder des Toten, und tatsächlich ließ sich eine entfernte Ähnlichkeit nicht leugnen, obwohl Klaus wohl der Hübschere von beiden gewesen war. Das Grübchen im Kinn, die gerade Nase mit den breiten Flügeln, die dunklen, leicht schräg gestellten Augen, all das hatte bei seinem Bruder eine symmetrische Einheit ergeben, die ihm fehlte.

„Nett haben Sie es hier", sagte Carsten unbeholfen und deutete ziellos durch den Raum.

Monika verzog leicht die Mundwinkel. Die Möbel konnte sie nicht ausstehen. Immerhin war die Couchgarnitur ein Hochzeitsgeschenk ihrer ehemaligen Schwiegereltern, und die peinliche Schrankwand Freds Idee gewesen, die er ohne ihr Wissen bestellt hatte. Nein, nett waren diese veralteten Scheußlichkeiten auf keinen Fall, aber ihr fehlte das nötige Kleingeld, um endlich alles auf den Sperrmüll zu werfen. Und da es Fred mit den Zahlungen seiner Alimente nie besonders ernst genommen hatte, war selbst der Gang zu Ikea nur ein frommer Wunsch geblieben. Eine Zeit lang, erinnerte sie sich mit neuer Wut im Bauch, hatte sie sogar ihn durchfüttern müssen, weil er vorgab, arbeitslos zu sein. Dabei musste Fred mit seiner Schwarzarbeit als Maler ein halbes Vermögen verdient haben. Sonst jedenfalls hätte er sich den BMW niemals leisten können, mit dem er letztes Jahr die Frechheit besessen hatte vorzufahren, um seinen Sohn zu einer Spritztour einzuladen.

„Ja, ja", antwortete sie deshalb gereizt, „kommen Sie endlich zur Sache."

Während Carsten erzählte, entkorkte sie die Flasche Wein und schenkte ihnen ein.

„Ich weiß, wie verrückt das klingt", begann er, „aber es lässt mir einfach keine Ruhe. Ich fühle mich irgendwie schuldig. Immerhin war ich es, der Klaus die Tabletten gebracht hat. Aber ich dachte wirklich, es wären harmlose Kopfschmerztabletten.

Das stand ja auch auf der Dose. Jeder wusste doch, wie sehr Klaus darunter litt. Alex hatte sie mir gegeben, als wir zusammen beim Essen in der Mitte des Felsens saßen. Er hatte immer genügend Arzneimittel dabei. Sein Freund ist Arzt, müssen Sie wissen. Alex hat mich sogar gebeten, Klaus zu überreden, sie sofort zu schlucken. Und das habe ich auch getan. Ich hatte ja keine Ahnung. Als Klaus dann ... dann heruntergefallen war, bin ich als Erster zu der Stelle geeilt. Dort lag die Dose noch. Ich habe sie eingesteckt, bevor die anderen es mitkriegen konnten. Keine Ahnung, warum, es war ein Reflex. Und später habe ich dann bemerkt, was wirklich darin war."

Carsten hielt inne und nahm einen kräftigen Schluck von dem Wein.

„Und Sie glauben", sagte sie, „das war Absicht."

Ihr Gegenüber nickte.

„Ja, leider. Klaus hatte sich Feinde gemacht, nicht erst auf der Reise. Es machte ihm Spaß, im Privatleben seiner Freunde zu schnüffeln, und was er herausfand, war alles andere als harmlos. Er prahlte sogar damit, wie sehr er uns in der Hand hätte und dass er einige von uns hinter Gittern bringen könnte, wenn er wollte."

„Sie eingeschlossen."

„Was?"

„Ob er auch von Ihnen etwas wusste, das Sie belasten könnte?"

„Wieso fragen Sie das?"

Sie zuckte belanglos mit den Schultern.

„Wenn Sie mir hier eine Story erzählen", sagte sie und sah in ihr Glas, dessen Inhalt sie vorsichtig zu schwenken begann, „die ja wohl von der bisherigen Meinung abweicht, dann geht es um Motive. Sie bezichtigen einen Ihrer Freunde eines Mordes, das ist Ihnen doch bewusst?"

Carsten senkte den Kopf und nickte.

„Ja, natürlich. Aber ich kann nicht einfach schweigen. Klaus war mein Bruder. Na ja, mein Halbbruder."

„Wie nahe standen Sie sich?"

„Nicht besonders nahe, um ehrlich zu sein. Bis vor einem Jahr habe ich ja noch nicht einmal gewusst, dass ich einen Bruder hatte. Wir mussten uns erst aneinander gewöhnen. Das war nicht immer leicht. Wir sind sehr verschieden. Aber ich habe ihn nicht gehasst, falls Sie das meinen."

„Im Moment meine ich noch gar nichts."

„Sie glauben mir doch, oder?"

Tat sie das? Um einer schnellen Antwort auszuweichen, nippte Monika mehrmals am Wein. Sie selbst hatte erst kurz zuvor Sven gegenüber ihre eigenen Zweifel geäußert, und nun saß hier jemand vor ihr, der ähnliche Zweifel äußerte. Ansonsten hätte sie den Mann zweifellos vor die Tür gesetzt und ihm Hirngespinste vorgeworfen. So aber kam sie unbeabsichtigt ins Grübeln. Immerhin hatte dieser Klaus ihr etwas anvertraut, das Carstens Version keineswegs widersprach.

„Was wollen Sie eigentlich von mir?", fragte sie ihn schließlich. „Soll ich etwa eine Obduktion veranlassen?"

„Das wird leider nicht mehr möglich sein", antwortete Carsten. „Klaus ist letzte Woche eingeäschert worden, nachdem man seinen Leichnam endlich überführt hat. Am Wochenende ist die Urnenbeisetzung."

„Und nun?"

„Wenn ich das selber so genau wüsste. Sie sind meine einzige Hoffnung. Ich kann doch nicht zur Polizei gehen. Die werden mich auslachen."

„Gut möglich."

Carsten blickte von seinem Glas auf und sah sie flehentlich an. Sie überlegte krampfhaft, was Klaus seinem Halbbruder vorgeworfen hatte. War es Eifersucht gewesen oder Gier?

„Könnten Sie nicht mit den anderen reden?", fragte er und lehnte sich weit über den Tisch ihr entgegen. „Herausfinden, ob an der Sache was dran ist? Sie sind Polizistin, Sie könnten Fragen stellen."

„Es gibt keine Anzeige. Ich kann nicht einfach umherlaufen und Leute belästigen."

Langsam schien Carsten zu resignieren. Mit einem lauten Seufzer warf er sich zurück gegen die Lehne und nahm einen weiteren, tiefen Schluck. Dann schob er sein Glas beiseite und war dabei aufzustehen.

„Ich verstehe schon", sagte er entmutigt. „Entschuldigen Sie, dass ich Sie belästigt habe."

„Ich kann wirklich nichts tun."

Beide erhoben sich von den Stühlen.

„Es ist besser", sagte Monika, „Sie vergessen das Ganze. Sie werden es nicht beweisen können."

Auf seinem Gesicht erschien ein erzwungenes Lächeln.

„Ich kann es nicht vergessen. Auf keinen Fall. Er war mein Bruder."

Carsten ging voran in den Flur. Monika folgte ihm, und als er bereits an der Wohnungstür war, fragte sie: „Wenn ich Sie richtig verstanden habe, dann steckt Ihrer Ansicht nach dieser Alex dahinter, richtig?"

Carsten wandte sich ihr zu und nickte.

„Ja. Es waren seine Tabletten, und er hat sie mir gegeben."

„Kein besonders guter Plan, jemanden umzubringen", fuhr sie fort, „meinen Sie nicht? Es hätte genauso gut schieflaufen können. Klaus hätte die Tabletten nicht zu schlucken brauchen, oder sie wären nicht stark genug gewesen, und er wäre ohne Schwierigkeiten aufgestanden, ohne zu fallen."

„Natürlich", sagte er mit einer gewissen Herausforderung in der Stimme. „Aber er ist gefallen, nicht wahr?"

Zumindest darüber bestand nicht der leiseste Zweifel. Und wenn es tatsächlich so gewesen sein sollte, wie Carsten behauptete, dann wäre der Mörder keinerlei Risiko eingegangen. Selbst wenn Klaus nicht gestürzt wäre, hätte sich niemand über ein paar falsche Tabletten den Kopf zerbrochen.

Ein interessantes Verbrechen, dachte sie. Wenn es denn eines war.

Um das zu beurteilen, müsste sie mehr über diesen Klaus und seine angeblichen Freunde erfahren und darüber, ob die Gerüchte, die Klaus herausgefunden haben wollte, der Wahrheit entsprachen, und ob sie für ein mögliches Motiv überhaupt ausreichten. Die Beweislage wäre, gelinde gesprochen, äußerst dürftig. Da müsste man auf Indizien bauen, geschickt taktieren. Aber das war schließlich genau ihre Stärke. Wenn es darum ging, Verdächtige zu verunsichern und in Widersprüche zu verstricken, machte ihr keiner was vor.

Das Geräusch der Wohnungstür, die leise zugezogen wurde, rüttelte sie aus den Gedanken. Carsten war einfach, ohne sich zu verabschieden, gegangen. Sie musste ihn ziemlich enttäuscht haben.

Warum bloß zermürbte sie sich bereits den Kopf über eine Angelegenheit, mit der sie gar nichts zu tun haben wollte?

Sie musste endlich lernen, auch mal abzuschalten.

Über sich selbst verärgert, ging Monika ins Wohnzimmer zurück, um die leeren Flaschen und die Gläser abzuräumen. Auf dem Tisch lag die kleine Dose mit den zwei weißen Pillen.

„Mist“, rief sie aus und nahm die Dose in die Hand. „Was denkt der sich eigentlich dabei?“

„Wer denkt was?“

Sven stand mit verschränkten Armen plötzlich neben ihr. In seinen Augen eine Mischung aus Vorwurf und Schalk.

„Hast du gelauscht?“, wollte sie wissen.

„Vielleicht.“

„Und? Wie siehst du die Sache? Glaubst du ihm?“

Er zuckte desinteressiert mit den Schultern.

„Ist das nicht merkwürdig?“, fragte sie und wog die Dose in der linken Hand, als würde das Gewicht ein Geheimnis preisgeben wollen. „Ausgerechnet so kurz, nachdem wir darüber gesprochen haben?“

Sven wartete ab. Er wusste genau, dass er nicht zu antworten brauchte, sondern dass sie von ganz allein weiterreden würde. Wie gut er seine Mutter doch kannte. Sven legte den Kopf zur Seite und sah sie amüsiert an. Ihre aufkommende Euphorie ließ sich deutlich an ihrem Gesicht ablesen, die Monika gar nicht erst zu unterdrücken versuchte. Dass sie dabei ihre Vorsätze einfach über Bord warf, war ihr egal.

„Womöglich“, überlegte sie laut, „ist an seinem Verdacht etwas dran. Was meinst du? Sollen wir zur Beisetzung gehen?“

Sven verdrehte die Augen, warf aber nicht die Arme in die Luft wie sonst, wenn er an ihr zu verzweifeln drohte.

„Du hast sie ja nicht mehr alle", sagte er zwischen den Zähnen hindurch, weil er ahnte, wie sinnlos es war, ihr den Vorschlag ausreden zu wollen.

Diese Kapitulation ihres Sohnes war ihr Zuspruch genug.

Kapitel 4

Geändert hatte sich nichts. Im Gegenteil.

Lange hielt Peter es hier nicht mehr aus. Von der Arbeit nach Hause zu kommen, zurück zu Jens in die gemeinsame Wohnung, verursachte eine Wut, die er immer schwerer unterdrücken konnte und zu unterdrücken bereit war. Allein ihn zu sehen, wie er rücklings auf dem Sofa lag, die Füße über der Lehne baumelnd und in den Fernseher starrte, nachdem er selbst den ganzen Tag hart gearbeitet hatte, war Grund genug, auf dem Absatz kehrtzumachen. Nicht einmal aufstehen konnte der Kerl, um ihn zu begrüßen. Nur dieses kurze, schlaffe Winken, ohne den Blick von einer dieser unsäglichen Soaps zu wenden, als wäre er weniger real als die Personen hinter der Mattscheibe. Nein, lange machte Peter das nicht mehr mit.

Doch wo sollte er hin? In ein Hotel? Zu Rolf? Aus Koffern zu leben und einem Freund auf die Nerven zu fallen, das kam einer Niederlage gleich, die er sich nicht eingestehen wollte. Und wenn einer von ihnen beiden gehen musste, dann bestimmt nicht er.

Viel zu lange blieb Peter einfach in der Tür stehen, um auf seinen Freund zu blicken, der ihn kaum registrierte und der mit dem Mann, in den er sich vor über drei Jahren verliebt hatte, keinerlei Ähnlichkeit mehr besaß.

Natürlich sah Jens noch genauso aus wie damals, aber das, was Peter in ihm gesehen hatte, war fort. Wenn er ihn jetzt betrachtete, mit diesem schmalen, blonden Bart um seinen Mund, mit den buschigen Augenbrauen und seiner Angewohnheit, selbstvergessen seine Fingernägel zu begutachten, dann spürte Peter nicht mehr als eine nostalgische Erinnerung, die Tag für Tag schmerzlicher wurde, je weiter sie sich von seiner einstigen Liebe zu ihm entfernte.

Dabei hätte er es wissen können. ‚Mach dich nicht unglücklich', hatten seine Freunde gewarnt, als er vor Verliebtheit keinen klaren Gedanken zu fassen vermochte und Kritik nicht ertrug. Vor allem Rolf war mit dieser Beziehung nie einverstanden gewesen, aber Rolf ließ an keiner Beziehung ein gutes Haar. Die Warnungen hatte Peter allesamt in den Wind geschlagen, und selbst als sich mehr und mehr abzuzeichnen begann, wie oft Jens ihn hinterging, klammerte er sich weiterhin verzweifelt an diese Beziehung und verteidigte seinen Freund selbst da, wo es nichts zu verteidigen gab.

Diese Reise in die USA vor drei Wochen hatte ein neuer Anfang werden sollen, der vage Versuch, etwas zu kitten, das längst in Scherben lag. Vielleicht, gestand Peter sich ein, war es endlich an der Zeit, seinem Scheitern ins Gesicht zu sehen.

Ohne ein Wort an Jens eilte er auf den Couchtisch zu, griff nach der Fernbedienung und schaltete den Fernseher aus.

„He!“, rief Jens und schreckte in eine aufrechte Position. „Was ist denn in dich gefahren? Spinnst du?“

„Wie lange liegst du da schon?“, fragte Peter ungehalten, die Fernbedienung auf Jens gerichtet.

„Was geht dich das an?“

„Hast du eingekauft?“

Jens verdrehte die Augen.

Die Hausarbeit war seine Angelegenheit. Peter verdiente immerhin das Geld. Er hatte sich hochgearbeitet, vom einfachen Sachbearbeiter zum Abteilungsleiter einer Spedition. In einer Branche, die einen geregelten Feierabend nicht kannte, erst recht nicht in seiner Position. Selten war er vor sieben Uhr abends zu Hause. Jens dagegen hielt sich mit Gelegenheitsjobs als Kellner oder Hilfsarbeiter über Wasser. Aus diesem Grunde waren sie bereits vier Monate nach ihrem Kennenlernen zusammengezogen, damit Jens die eigene Miete sparen konnte und weil Peter es genoss zu wissen, dass jemand zu Hause auf ihn wartete.

Und über das Finanzielle hatte Peter nie ein Wort verloren. Er verdiente genug für sie beide und zahlte gern. Darüber hatte sich Jens seinen hübschen Kopf nie zerbrechen müssen. Weshalb aber kam er seinen Verpflichtungen immer spärlicher nach? Warum nur musste Peter ihn tagtäglich aufs Neue daran erinnern?

„Mann, komm wieder runter“, stöhnte Jens. „Ich wollte gerade gehen. Deine miese Laune ist ja nicht zum Aushalten.“

„Was glaubst du wohl, woher ich die habe?"

Noch im Jackett und in Straßenschuhen ließ Peter sich in den Sessel fallen. Hektisch lockerte er die Krawatte um seinen Hals und öffnete den obersten Knopf seines Hemdes.

Sie sahen sich an. Nichts war geblieben. Jede noch so kleine Spur von Vertrauen, von Zuneigung, geschweige denn von Liebe, war fort. Wie schnell diese Dinge doch einfach vergingen, dachte Peter. Sie waren langsam, aber stetig in ihr Gegenteil gerutscht, in Misstrauen, in Abneigung, ja selbst in Hass. Und den genauen Moment dieses Abgleitens kannten sie beide nur allzu gut. Was zunächst schien wie die Beseitigung all ihrer Probleme, hatte alles nur schlimmer gemacht.

Jens wich seinem Blick schließlich aus. Natürlich wusste auch er, wem ihre jetzige Situation zu verdanken war. Jens hatte mit seiner Liebe zu ihm gespielt, hatte ihn hintergangen, wo und wann er nur konnte, weil er glaubte, Peters Geduld würde ewig währen. Und Peter hatte lange genug weggesehen, hatte die Wut und die Eifersucht heruntergeschluckt, weil tatsächlich einmal im Leben etwas ewig dauern sollte, egal zu welchem Preis. Doch mit Klaus war Jens endgültig zu weit gegangen.

Zwischen den Zeitungen und Papieren, die wahllos auf dem Couchtisch umherlagen, fischte Jens eine Karte hervor und warf sie ihm entgegen.

„Hier", sagte er, „die Einladung zur Beisetzung."

Peter hatte die Karte nicht aufgefangen. Sie segelte zwischen ihnen zu Boden.

„Ich werde nicht hingehen."

„Warum denn nicht?"

„Er war dein Lover, nicht meiner."

Irgendwann hatte auch Peters Geduld ein Ende. Und dieses Ende, das spürte er, stand kurz bevor. Er war ja weder blöd noch blind. Er hatte nur freiwillig nicht hinsehen wollen.

Die gemeinsame Reise war eine einzige Qual gewesen. Zwei Wochen lang so tun zu müssen, als würde er nichts bemerken, hatte das Fass zum Überlaufen gebracht. Zwei Wochen, in denen er den treudoofen Ehemann spielte, der die fremden Blicke und die vermeintlich heimlichen Küsse und Umarmungen seines Freundes kommentarlos geschehen ließ, war mehr, als er ertragen konnte. Und dennoch. Er hatte es ertragen. In Los Angeles, in Las Vegas und im Auto zu dritt. Weder ein Vorwurf, geschweige denn ein Wutausbruch waren ihm über die Lippen gekommen. Er hatte einfach den Blick abgewandt und die Sprüche ignoriert. Hinter seinem Rücken hatten sich alle über ihn lustig gemacht, und noch immer hatte er geschwiegen, weil er an seine Beziehung zu Jens glaubte – oder zumindest glauben wollte.

Als sie dann aufgesprungen waren, um zum Rand des Felsens zu eilen, von dem Klaus gefallen war, wurde ihr Blick aufeinander plötzlich zu einem einzigen Vorwurf. Der Schock saß tief. Nicht nur über Klaus' Tod, sondern über dessen Konsequenz. Darüber gesprochen hatten sie natürlich, wie so oft, kein einziges Wort. Es genügten die jeweiligen Gedanken, die schwer und bedrohlich über ihrem Schweigen hingen.

„Mein Lover", sagte Jens, dem das Blut sichtlich zu Kopf gestiegen war, „ist tot. Was willst du mehr? Reicht dir das etwa nicht?"

„Ist es das, was du von mir glaubst?", fuhr Peter ihn an. „Dass ich denke, alles ist gut, nur weil Klaus weg ist? Dass dadurch alles ungeschehen ist?"

Jens zuckte mit den Schultern.

Peter beugte sich vom Sessel aus vor, um die Karte vom Boden aufzuheben, und vor allem, um seinem Freund auszuweichen. Ja, gestand er sich ein, genau das hatte er gehofft. Und genau das hatten sie in ihren Blicken am Rande des Felsens gesehen. ‚Da hast du, was du wolltest', hatte Jens' Blick gesagt. ‚Bist du jetzt zufrieden?'

Ungeschehen wurde dadurch nichts. Vielmehr hatte sich das Misstrauen verstärkt. Ein anderes Misstrauen zweifelsohne. Nicht mehr nur seine Angst, Jens würde ihn betrügen, und nicht mehr Jens' Befürchtung, Peter könnte ihn verlassen. Nein, dieses Misstrauen war um die Verwunderung erweitert worden, wie jemand so ungeschickt sein konnte, einfach von einem Felsen zu stürzen. Und das zu einem Zeitpunkt, der beiden so gelegen kam.

Peter klappte die Karte auf und überflog die wenigen Zeilen. Die Einäscherung hatte bereits im engsten Familienkreise stattgefunden, zu der lediglich Carsten eingeladen worden war. Jetzt an der Beisetzung der Urne durften selbst die schwulen Freunde teilnehmen. Sich davor zu drücken, würde ihm nicht gelingen, egal, was er gerade angedroht haben mochte. Er legte die Karte zurück auf den Tisch.

„Warst du gestern in seiner Wohnung?", fragte Peter, so neutral wie möglich.

„Ja, war ich. Mit Alex und Rolf. Wir haben seine Sachen gepackt. Das war nicht leicht für mich, wie du dir denken kannst. Ich habe ein paar Fotos mitgenommen."

„Habt ihr irgendwas gefunden?"

Jens blickte verwundert auf.

„Du weißt schon, was ich meine", erklärte er sich und stand auf. Er wollte endlich raus aus diesem Anzug und etwas Bequemeres anziehen. „Was Carsten angedeutet hat. Dass Klaus private Informationen über uns sammeln würde. Es könnte ja sein, dass er darüber womöglich Buch geführt hat."

„Nein, da war nichts dergleichen. Carsten spinnt."

„Ja, vielleicht."

„Das ist doch Blödsinn!", rief Jens jetzt aufgebracht. „Du weißt ganz genau, wie verbittert Carsten ist. Weil er arm wie eine Kirchenmaus ist, und weil er selbst uns für ein glückliches Ehepaar hält. Kein Wunder also, dass Carsten Gespenster sieht. Und außerdem, woher will er das überhaupt wissen? Er kennt uns doch kaum. Natürlich, Klaus war ein Lästermaul und neugierig, ja. Und bestimmt auch ein Arschloch in gewissen Dingen. Aber er hätte niemals sein Wissen dazu benutzt, uns eins auszuwischen!"

Beim letzten Satz horchte Peter auf. Auch Jens bemerkte, was er da gerade gesagt hatte. Mit einer hektischen Handbewegung versuchte er seine Äußerung zu negieren.

„Sein Wissen?", wiederholte Peter fragend.

„So habe ich das nicht gemeint. Hör auf, da was hineinzuinterpretieren. Klaus hat nichts gewusst. Und selbst wenn? Er ist tot. Was soll das Ganze noch?"

„Du weißt genau, dass es nicht vorbei ist. Klaus treibt uns weiterhin auseinander."

Augenblicklich sah Jens zur Seite und ließ sich zurück in die Sofakissen fallen.

„Nicht er", murmelte er dann. „Du. Du treibst uns auseinander. Deine verdammte Eifersucht ist ja leider nicht mit ihm zusammen in den Abgrund gestürzt, wie du gehofft hast."

„Was willst du damit sagen?"

„Nichts. Gar nichts."

Peter ballte seine Hände zu Fäusten. Er musste sich beherrschen. Er wusste, wie leicht er ausrasten konnte, hielt er seine Wut nicht unter Kontrolle. Bisher war ihm das bei Jens noch immer geglückt, hatte er alles geschluckt und alles verdrängt. Jahrelang.

Einen Moment lang blieb Peter so stehen, als hoffte er tatsächlich, Jens würde sich für seine Äußerung entschuldigen. Und tatsächlich, als hätte Jens seine Gedanken erraten, stand er vom Sofa auf und trat auf ihn zu. Die Züge auf seinem Gesicht entspannten sich. Da erschien ein Lächeln auf seinem Mund, sein Blick wurde weich und reumütig, und er legte seinen Kopf behutsam auf Peters Schulter.

„Es tut mir leid", sagte er leise. „Ich wollte dich nicht verärgern. Wirklich. Du weißt, dass ich nur dich liebe und niemanden sonst. Das weißt du doch, oder?"

Peter senkte das Kinn, um ihn anzusehen. Bisher hatte er jedes Mal nachgegeben, hatte er Jens nie lange böse sein können, wenn er, wie jetzt, mit diesen treuen, hübschen Augen alles zu bereuen schien. Und dennoch war Peter bewusst, wie sehr sein Freund mit ihm spielte. Jede Handlung, jedes Wort gehörte zu einer Taktik, die ihm schließlich gab, wonach er verlangte. Diese Erkenntnis war nicht neu. Neu war nur die Einsicht, dass es Zeit war, Jens' berechnendes Kalkül nicht länger zu akzeptieren.

„Wenn du willst", sagte Jens und nahm den Kopf von der Schulter, als hätte er Peters plötzliche Anspannung gespürt, „dann gehe ich jetzt einkaufen. Brauchst du was Bestimmtes?"

„Nein, nichts. Danke."

Jens beugte sich vor und gab ihm einen Kuss auf die Wange.

Peter blickte seinem Freund hinterher, wie er sich im Flur die Schuhe anzog und eilig die Wohnung verließ, um das zu erledigen, was er längst schon hätte erledigen sollen.

„Schröter!"

Keine zehn Sekunden später stand Schröter bereits vor ihrem Schreibtisch. Manchmal wurde Monika den Verdacht nicht los, dass er den ganzen, lieben langen Tag vor ihrem Büro lauerte und nur auf ihr Kommando zu warten schien.

„Ja, Frau Hauptkommissarin? Sie haben gerufen?"

„Hören Sie auf, mich so zu nennen. Ich heiße Seyfarth."

„Jawohl, Frau Hauptkommissarin."

Ungeduldig winkte sie ab. Wenn sein Lächeln nicht so sexy aussehen würde, sie hätte ihn längst zur Schnecke gemacht. Das wusste Schröter ganz genau. Mit diesem Lächeln aber hatte er die gesamte weibliche Belegschaft im Griff und mindestens zwei der männlichen Kollegen ebenfalls. Wie konnte man nur so gut aussehen? Noch dazu in dieser Uniform. Wirklich zu blöd, dass sie seine Vorgesetzte war.

Sie bräuchte, schoss es ihr errötend durch den Kopf, wohl dringend eine Affäre. Wenn sie jetzt schon jüngere Untergebene in Gedanken auszuziehen begann, dann war es höchste Zeit. Ihr letzter Flirt, der zu etwas geführt hatte, lag über ein Jahr zurück. Und war der totale Reinfall gewesen. Na, egal.

„Finden Sie bitte heraus, was das hier für ein Medikament ist."

Monika reichte ihm einen Plastikbeutel, in dem sich eine weiße Plastikdose und zwei kleine, weiße Tabletten befanden. Schröter nahm die Tüte an sich.

„Geht klar. Sonst noch was?", fragte er.

„Ach ja. Wenn Sie schon dabei sind, lassen Sie die Dose auch auf Fingerabdrücke untersuchen."

Jetzt hielt Schröter die Tüte näher an sein Gesicht und wendete sie neugierig hin und her.

„Zu welchem Fall gehört die Dose denn? Zu dem Nasenmörder?"

Im Moment drehte sich alles um den Nasenmörder. Das ganze Revier hatte nichts anders im Kopf, dabei gab es zurzeit keine einzige Spur. Alles, was sie hatten, war eine abgeschnittene Nase und zwei Augäpfel, gefunden auf unterschiedlichen Spielplätzen der Stadt. Es gab weder Tatverdächtige noch die Besitzer dieser Körperteile. Weder Leichen noch passende Verletzte in Krankenhäusern. Es war zum Verrücktwerden. Dabei erwartete man von ihr dringend einen Erfolg. Denn seit sie letztes Jahr zu einer der jüngsten Hauptkommissarinnen des Landes befördert worden war, wusste Monika Seyfarth genau, dass jeder Misserfolg Wasser auf den Mühlen ihrer Neider wäre. Diese Genugtuung wollte sie ihnen nicht gönnen. Nicht nach dem garstigen Getuschel hinter ihrem Rücken: ‚Die Seyfarth hat sich hochgeschlafen', hatte es geheißen. Doch von den Entbehrungen, die sie auf sich nehmen musste, um überhaupt diese Position zu erreichen, davon sprach natürlich niemand. Von den Überstunden, den Fortbildungen und den Fahndungserfolgen, dem ständigen Stress und vor allem von den Gewissensbissen Sven gegenüber, dem sie in dieser Zeit kaum eine gute Mutter hatte sein können. Und wofür das alles? Nicht, weil sie karrieregeil gewesen war, sondern weil sie endlich über ihre Scheidung von Fred hinwegkommen wollte.

Das zumindest war ihr gelungen. Der Kampf um Anerkennung aber ging weiter.

„Ob diese Dose zum Nasenmörder gehört, wollte ich wissen", wiederholte Schröter, da sie kurz nicht zugehört hatte.

„Was? Nein, nein", antwortete sie knapp und senkte den Kopf zu den Unterlagen auf ihrem Tisch.

Ihre Augen dennoch weiterhin auf Schröter gerichtet, konnte sie sehen, wie er lediglich seine linke Braue weit nach oben zog. Es war faszinierend, wie ihm das so mühelos gelang.

„Es muss auch nicht unbedingt jemand davon erfahren", sagte sie bemüht beiläufig. „Sagen Sie im Labor einfach, dass … dass … Ach, sagen Sie, was Sie wollen. Oder sagen Sie besser gar nichts."

„Okay, Frau Hauptkommissarin."

Wieder war da dieses berauschende Grinsen auf seinem hübschen, ovalen Gesicht, umrahmt von diesen tiefschwarzen Haaren, von denen eine Strähne ihm ständig über die braungebrannte Stirn fiel. Sie lächelte automatisch zurück.

„Und ich nehme an“, fügte er hinzu, „es ist eilig.“

„Sehr sogar.“

„Dachte ich mir.“

Schröter nickte ihr zu, dann eilte er aus dem Büro.

Vielleicht hätte sie lieber selbst ins Labor gehen sollen, dachte Monika. Aber das wäre zu auffällig gewesen. Nur in dringenden Fällen ließ sie sich dort blicken. Und Schröter würde schon wissen, was zu tun war. Immerhin war er einer der ehrgeizigsten Menschen, den sie kannte, und sie sein Sprungbrett zur Beförderung. Auf Schröter, das wusste sie, war Verlass.

„Was hat Carsten hier gewollt?“, schrie er Alex an, der verschüchtert auf seinem Stuhl saß, den Blick schuldbewusst gesenkt. „Und sieh mir gefälligst ins Gesicht, wenn ich mit dir rede!“

Thomas beugte sich vor, beide Hände flach auf die Tischplatte gepresst, die Ellenbogen durchgedrückt. Diese Haltung zwang ihm eine gewisse Ruhe auf, die er keineswegs spürte. Am liebsten hätte er Alex an beiden Schultern gepackt und kräftig geschüttelt. Dessen lethargische Körperhaltung, diese verträumt entrückten Augen, die nichts mehr wirklich begriffen, ließen Thomas verzweifeln. Er fühlte sich wie das Kindermädchen eines unmündigen Jungen, der, anstatt erwachsen zu werden, mit jeder Woche nur noch unbeholfener wurde.

Kurz bevor er sein Auto auf der gegenüberliegenden Seite ihres Einfamilienhauses geparkt hatte, war Carsten aus ihrem kleinen Vorgarten getreten und in Richtung Hauptstraße davongeeilt. Schon in diesem Augenblick hatte Thomas ein ungutes Gefühl gehabt. Denn nie zuvor war Carsten bei ihnen zu Besuch gewesen. Warum also ausgerechnet heute, so kurz nach Klaus‘ Tod? Misstrauisch hatte Thomas gewartet, bis Carsten hinter der nächsten Biegung verschwand. Erst dann war er fluchend ausgestiegen.

Nur langsam hob Alex seinen Kopf. Um seine Augen lagen dunkle Ringe, und sein Blick wirkte wirr und verschreckt.

„Was. Wollte. Er. Hier?“, wiederholte Thomas, jedes einzelne Wort betonend, damit Alex es endlich begriff.

„Ich, ich weiß nicht genau", stammelte Alex. „Wir haben nur geredet."

Thomas wandte sich ab, atmete tief aus. Natürlich hatte Alex, im Gegensatz zu ihm, nicht den geringsten Argwohn verspürt. Alex wusste überhaupt nicht, was dieses Wort bedeutete. Dabei hätte jeder Idiot gemerkt, dass Carsten niemals ohne Grund gekommen wäre. Nur Alex nicht. Wahrscheinlich hatte Alex sich auch noch gefreut.

Bemüht, die Beherrschung zu bewahren, setzte Thomas sich seinem Freund am Esstisch gegenüber und griff nach dessen Händen, die leicht zu zittern begonnen hatten. Der Tisch, bemerkte er beiläufig, war, wie jeden Mittag, wenn er kurz aus der Praxis nach Hause kam, ordentlich gedeckt. Die weißen Servietten waren gefaltet, Besteck lag bereit und in der Mitte stand eine Vase mit frischgeschnittenen roten Rosen aus ihrem Garten. Für so etwas hatte Thomas jetzt keinen Nerv.

„Ja, Alex. Natürlich habt ihr geredet", sagte er, neutral und besänftigend, um ihn nicht weiter zu verschrecken. „Aber worüber?"

„Über Klaus. Über den Unfall. Es ist alles so … so furchtbar."

Kurz schloss Thomas die Augen. Genau das hatte er befürchtet.

„Du hast es gerade selber gesagt", antwortete er. „Es war ein Unfall. Hör auf, dir Gedanken zu machen."

Alex blickte ihn an. Es war deutlich zu sehen, dass er vor Thomas' Eintreffen geweint haben musste.

„Carsten sagt, Klaus hat Tabletten genommen. Kurz bevor er … Die Tabletten, die ich ihm gegeben habe."

„Wir haben das längst ausdiskutiert. Es ist nicht deine Schuld, okay? Du hast ihm Paracetamol gegeben. Davon stürzt niemand einen Canyon hinunter!"

Alex schwieg. Seine Lippen begannen leicht zu zittern. Was er sagen wollte, schien ihm offensichtlich schwerzufallen.

„Da waren keine Paracetamol drin", sagte er schließlich so leise, dass Thomas es kaum verstand.

Sofort zog Thomas seine Hände zurück, schlug mit der Faust ein Mal hart auf den Tisch und sprang auf.

„Wer behauptet das?“, rief er. „Carsten oder du?“

Erneut begannen Alex’ Finger zu zittern. Seine Pupillen rasten unruhig hin und her. Der Ausdruck auf seinem blassen Gesicht zeigte deutlich, wie wenig er seinem Freund folgen konnte.

„Carsten natürlich“, sagte er verunsichert. „Wieso denn ich? Warum sollte ich so etwas denn sagen? Du hast doch neben mir gesessen und die Dose selber aus dem Rucksack geholt. Weißt du nicht mehr? Dir hat Klaus so furchtbar leidgetan, wie er da allein am Rand gesessen hat. Aber es waren ganz bestimmt nur Paracetamol, ich kenne die Dose genau. Ansonsten hättest du es auch gemerkt, nicht wahr? Du hättest doch was gesagt, wenn es die falschen gewesen wären.“

Thomas war nicht ruhig stehen geblieben, sondern ging, die Hände hinter dem Rücken, im Kreis. Jetzt blieb er vor der breiten Glasfront des Zimmers stehen und sah hinaus. Im Garten, neben dem winzigen Teich, in dem noch die Seerosen blühten, standen die beiden Liegestühle, der zusammengefaltete Sonnenschirm dazwischen. Diesen Sommer hatten weder er noch Alex dort gelegen. Alex stellte die Gartenmöbel jedes Frühjahr hinaus, und jedes Frühjahr beschlossen sie, sich mehr Ruhe zu gönnen und mehr Zeit miteinander zu verbringen, was nie geschah. In dieser Hinsicht war das Haus eine Fehlinvestition gewesen. Hier in Berlin Mariendorf, in dieser kleinen, idyllischen Siedlung, hatte er für sie beide dieses Grundstück gekauft, um Abstand von dem Trubel und der Hektik in der Innenstadt zu gewinnen. Er hatte gedacht, dass sich Alex in dieser kleinbürgerlichen Gegend besser im Griff haben und dass er, nur wenige Minuten von seiner Praxis entfernt, öfter zu Hause sein würde. Beides war nicht der Fall.

Die Arztpraxis nahm Thomas völlig in Beschlag. Pünktlich Feierabend zu machen, konnte er sich nicht leisten, denn trotz der gestiegenen Patientenzahlen wuchsen ihm die Kosten für Personal, für medizinische Geräte und für die Hypothek über den Kopf. Seine kleinen Geschäfte nebenbei waren da eine willkommene und notwendige Einnahmequelle.

Allerdings hatten diese Arbeitszeiten ihren Preis. Alex war zu oft und zu lange allein. Er verließ nur noch selten das Haus.

Selbst die Vorlesungen am Institut für Kunstgeschichte besuchte er seit Monaten nicht mehr. Der Abschluss des Magisterstudiums rückte in weite Ferne. Immer schlimmer wurden seine Depressionen, die selbst die USA-Reise nicht hatte aufhalten können, und langsam wusste Thomas keinen Ausweg mehr. Manchmal ertappte er sich sogar bei dem Gedanken, die Beziehung einfach zu beenden. Ohne Alex wäre sein Leben um einiges leichter.

Aber allein, das wusste er, käme Alex nicht zurecht.

Thomas wandte sich vom Fenster ab und blickte verstohlen auf seinen Freund. Dessen Wangen wirkten eingefallen und die Augen völlig übermüdet. Ihr Leuchten hatten sie längst verloren. Und auch sein strahlendes Lächeln mit den geraden, weißen Zähnen dahinter, war nur noch ein bedeutungsloser Reflex.

Das erste Mal seit Beginn ihrer fünfjährigen Beziehung fühlte Thomas plötzlich, wie sehr sie beide in ihr versagt hatten. Denn was sie damals jeweils im anderen zu sehen geglaubt hatten, war womöglich nichts anderes als eine Wunschvorstellung gewesen, und eine fatale noch dazu. Er brauchte seinen Freund nur anzusehen, um zu wissen, was er aus Alex gemacht hatte. Und Alex aus ihm.

Doch daran durfte er jetzt nicht denken.

„Wie kommt Carsten überhaupt dazu?", fragte Thomas, um zurück zum eigentlichen Thema zu finden. „Dir etwas anderes zu erzählen, meine ich?"

„Er hat die Dose gefunden", hörte er seinen Freund sagen. „Sie lag noch an der Stelle, an der … der er gefallen ist. Es waren kleine, weiße Pillen darin, sagt er. Genau wie die, die du mir immer besorgst."

„Was hat er damit gemacht?"

„Keine Ahnung. Ist das wichtig?"

„Natürlich ist das wichtig!", schrie er wutentbrannt und lehnte sich wie vorhin bereits ruckartig zu Alex über den Tisch, dass dieser zurückfuhr. „Herr Gott, wie blöd bist du eigentlich? Kann ich dich nicht ein Mal für ein paar Stunden allein lassen, ohne dass du gleich den Verstand verlierst? Glaubst du denn wirklich, Carsten kommt hierher und tischt dir Märchen auf zum Spaß?

Machst du dir überhaupt irgendeine Vorstellung davon, was er damit bezwecken könnte?"

Alex war sichtlich in sich zusammengesackt. Den Kopf hatte er eingezogen, das schmale Kinn auf die Brust gelegt, den Blick aus seinen grünen Augen erschrocken zum ihm erhoben. Jeden Moment, das wusste Thomas, würde er wieder zu heulen anfangen. Eilig kniete er sich vor seinen Freund und griff nach seinen Händen.

„Carsten hat dich angelogen", sagte Thomas so gezwungen liebevoll, wie es ihm in dieser Situation möglich war. „Du hast nichts falsch gemacht, Alex. Gar nichts. Wie du selber gesagt hast, ich war dabei. Ich habe es gesehen. Carsten will dir nur Angst einjagen."

Einen Moment lang starrte Alex ihn merkwürdig an, die Stirn ein wenig in Falten gelegt, als hätte er sich gerade an etwas erinnert. Oder als hätte er ihm widersprechen wollen. Dann aber nickte er und sagte: „Ja. Ja, bestimmt. Du hast recht."

„Natürlich habe ich recht. Und nun vergiss das Ganze."

Aus der Hocke heraus sah Thomas seinen Freund durchdringend an. So schnell würde Alex es nicht vergessen können, das war ihm durchaus bewusst. Nicht umsonst schluckte Alex Antidepressiva. Er vergaß nie etwas. Alles machte ihn nervös, ließ ihn halb den Verstand verlieren, weil er alles mit allem verband und auf sich bezog.

„Aber", gab Alex vorsichtig zu Bedenken, „warum erzählt Carsten mir sowas, wenn es nicht stimmt?"

Gute Frage, dachte Thomas. Und genau das musste er herausfinden. Eine Ahnung hatte er bereits, und wenn sich diese bestätigen würde, dann hätte er ein Problem. Ein gewaltiges sogar.

„Was hast du ihm noch erzählt?", fragte er deshalb.

„Nichts. Wirklich. Er war sehr nett zu mir. Er hat ständig gefragt, wie es mir geht und ob die Medikamente, die ich nehme, helfen, und welche das überhaupt sind, und wo ich in Behandlung bin. Er hat sich wirklich Sorgen gemacht."

„Scheiße!"

Mit einem Satz sprang Thomas auf und schlug dabei mit dem Handrücken die Vase vom Tisch, die mit einem lauten Knall auf dem dunklen Parkettboden zersprang. Die roten Rosen flogen wild durcheinander.

Klaus musste geredet haben, eine andere Möglichkeit gab es nicht. Er hatte seinen verdammten Mund nicht halten können. Wie hätte er das jemals auch nur denken können? Niemals hätte er Klaus die Rezepte ausstellen dürfen, ganz egal, wie gut er auch dafür bezahlt hatte.

„Habe … habe ich was Falsches gesagt?“, fragte Alex kleinlaut.

„Wenn du doch nur einmal dein Gehirn einschalten würdest! Oder zumindest deine Klappe halten könntest. Willst du denn, dass ich meine Zulassung verliere? Willst du das etwa?“

Alex schüttelte den Kopf.

„Wenn Carsten auch nur ahnt, was wir hier abziehen, Alex, dann steht uns das Wasser bis zum Hals. Carsten will keine Medikamente, glaube mir, er will Geld. Ich kenne diese Typen. Verbittert und neiderfüllt bis aufs Blut. Was hat er denn bisher gehabt in seinem Leben? Nichts. Ganz im Gegensatz zu seinem Halbbruder. Und womöglich sieht er jetzt seine Chance gekommen.“

„Wird er uns anzeigen?“

Unwillkürlich musste Thomas grinsen. Nein, das würde er nicht. Wahrscheinlich wollte er sie erpressen. Deshalb war er hier gewesen. Um Alex einzuschüchtern. Und zwar zu einer Zeit, in der Thomas in der Praxis sein würde, weil Carsten wusste, dass er sich nicht so leicht hinters Ohr hauen ließe.

„Carsten hat nichts in der Hand“, erläuterte Thomas. „Was er weiß, weiß er von Klaus. Und Klaus ist tot. Selbst wenn Klaus ihm also etwas verraten haben sollte, wird Carsten uns nichts nachweisen können. Und was die andere Sache anbelangt, dass Klaus etwas anderes als Paracetamol geschluckt haben soll, was würde es Carsten nützen? Wir haben nichts vertauscht, hörst du? Und selbst wenn. Dann war es eben ein Versehen, nichts weiter. Damit kommt er nicht durch. Bei keinem Gericht der Welt.“

Seine Ausführungen, bemerkte Thomas, drangen nicht wirklich zu Alex durch. Deutlicher denn je zeigte er Spuren von Verwirrung und Erschöpfung.

„Und außerdem", fügte Thomas lächelnd hinzu, „war es Carsten, der Klaus die Tabletten gebracht hat. Er hätte die Pillen jederzeit selbst austauschen können. Jeder wusste doch, dass du eine ganze Apotheke dabei hattest. Du hast die Medikamente ja brav überall herumliegen lassen."

In seiner Stimme schwang ein leiser Vorwurf mit, den Alex sehr genau hörte. Wenn ihm auch ansonsten alles entging, die geringsten Anschuldigungen gegen seine Person verpasste er nie.

Noch bevor Alex sich verteidigen konnte, fuhr Thomas fort: „Komm mir jetzt nicht mit Ausflüchten, Alex. Wie bei einem Gemischtwarenladen hast du sie im Hotelzimmer ausgebreitet. Jeder konnte sehen, was du da schluckst. Und jeder hätte unbemerkt zugreifen können. Oft genug habe ich es dir gesagt!"

Alex schwieg. Er ließ sich vom Stuhl auf den Teppich gleiten, um langsam die Scherben der Vase aufzulesen, die verstreut umherlagen. Thomas sah auf die Uhr. Es wurde Zeit, zurück in die Praxis zu gehen.

„Sei also in Zukunft vorsichtiger, okay? Ich muss wieder los."

„Was ist mit dem Mittagessen?", fragte Alex.

„Tut mir leid, ich bin wirklich spät dran. Ich werde es heute Abend essen. Und du legst dich besser hin und ruhst dich aus. Ich kümmere mich schon um alles. Wie immer. Aber kein Wort mehr zu irgendjemandem. Hast du verstanden? Schon gar nicht zu Carsten."

Alex' Schweigen machte Thomas nervös. Noch immer sammelte er gedankenverloren die restlichen Scherben zusammen, die er in der linken Hand zu einem fragilen Turm stapelte. Es war ein Fehler gewesen, Alex in seine dubiosen Geschäfte einzubeziehen. So labil, wie er war, entwickelte er sich mehr und mehr zu einem Risiko. Doch damit würde er schon fertig werden. Bisher war er immer mit allem fertig geworden.

„Hast du mich verstanden?", wiederholte er scharf.

Wenigstens bekam er als Antwort ein, wenn auch nur angedeutetes Nicken, ohne dass Alex den Blick von den Scherben nahm.

Thomas musste tief durchatmen, die Hände zu Fäusten geballt, um sich zu beherrschen.

„Was gibt's, Schröter?"

„Ich habe die Ergebnisse, Frau Hauptkommissarin."

Monika sah von den Akten auf, in sein grinsendes Gesicht.

„Ah ja, die Ergebnisse. Und?"

Er reichte ihr den Plastikbeutel mit der Dose zurück, zusammen mit dem Befund.

„Ein Benzodiazepin. Gegen Angst- und Erregungszustände. Gern auch mal als Partydroge zweckentfremdet. Der Markenname konnte so schnell nicht ermittelt werden, bei der enthaltenen Dosierung aber fällt es zweifellos unter das Betäubungsmittelgesetz. Wahrscheinlich ein ausländisches Produkt."

„Verstehe. Also schwer zu beschaffen."

„Ziemlich. Der Erwerb ist strafbar. Und die Nebenwirkungen sind nicht ohne. Verwirrtheit, Schwindel, Störung in der Koordination, um nur einige zu nennen. Bei oraler Einnahme wirkt es verhältnismäßig schnell. Doch Sie wissen ja, wie das ist. Heutzutage kann man übers Internet fast alles bestellen."

„Ja, leider", sagte sie. „Was ist mit Fingerabdrücken?"

„Ihre, Frau Hauptkommissarin."

Monika blickte ihn an. Jeder andere hätte bei einer solchen Bemerkung von ihr was zu hören gekriegt. Schröter wusste ganz genau, was er sich erlauben durfte.

„Sehr witzig", lächelte sie zurück. „Sonst noch welche?"

„Auf den Tabletten keine, oder keine, die nachweisbar sind. Auf der Plastikdose sind neben den Ihren noch drei weitere. Haben Sie einen Verdacht?"

Sie schüttelte den Kopf. Nein, den hatte sie nicht. Sie wusste ja nicht einmal, was sie mit den Ergebnissen wirklich anfangen sollte.

„Hat man im Labor Fragen gestellt?", wollte sie wissen.

„Nein, niemand."

„Gut. Danke, Schröter. Sie sehen abgespannt aus. Sie sollten sich besser pflegen lassen, zu Hause."

Mit der Hand fuhr er sich über sein Solarium gebräuntes Gesicht und wischte sich eine pechschwarze Strähne aus der Stirn. Allein diese Geste, wie Schröter den Kopf ein wenig theatralisch nach hinten warf, das markante Kinn dabei erhoben, fand sie unwiderstehlich.

„Ja, vielleicht haben Sie recht", bestätigte er. „Viel Arbeit in letzter Zeit."

„Ich bin sicher, es gibt jemanden, der sich gut um Sie kümmert."

Warum, um Himmels Willen, hatte sie das gesagt? Doch bevor sie einfach weiterreden konnte, um diese Peinlichkeit zu überbrücken, ging Schröter darauf ein.

„Um ehrlich zu sein, nein. Es gibt niemanden."

Jetzt hatte sie den Salat. Jetzt musste sie irgendwie antworten, noch dazu mit hochrotem Kopf, wie sie nur allzu gut spüren konnte. Warum aber starrte Schröter sie so merkwürdig an?

„Tja", sagte sie hastig, „zu dumm. Das … das ist schade. Also, zurück an die Arbeit."

Schröter senkte den Blick und wandte sich ab. In der offenen Tür blieb er stehen.

„Ist noch was?", fragte sie.

„Ohne neugierig sein zu wollen, woher kommt diese Dose eigentlich?"

„Sie *sind* neugierig, Schröter."

„Stimmt. Entschuldigen Sie."

Dann verschwand er aus dem Büro.

Monika nahm den Plastikbeutel und den Befund in die Hand. Schröters Frage war berechtigt gewesen. Wozu gehörten diese Dinge eigentlich? Zu einem Verbrechen? Oder doch nur zu ihrer überzogenen Fantasie?

Womöglich brauchte sie dringend einen weiteren Urlaub. Und zwar einen ohne Kind und ohne Homosexuelle!

Rolf war viel zu früh.

Die Daumen in die Gürtelschlaufen seiner schwarzen Anzughose gehakt, stand er vor dem Parkplatz und blickte den gepflasterten Weg entlang, der zu der kleinen Kirche führte, in der die Beisetzungsfeier stattfinden sollte. Links neben der Kirche der Ruhlebener Friedhof, zwischen dessen Bäumen und Hecken verstreut die Gräber lagen. Die Sonne schien warm aus einem wolkenlosen Himmel. In seinem schwarzen Jackett, dem weißen Hemd und der Krawatte begann Rolf zu schwitzen. Dort hinten, unter dem schattigen Vordach der Kirche, hatten sich bereits einige Leute versammelt, von denen er aus dieser Entfernung keinen einzigen erkannte, und weswegen er vorerst Abstand hielt.

Dass diese Leute zu Klaus' Familie gehörten, konnte er lediglich vermuten. Die Angehörigen hatte er nie kennengelernt, und selbst Klaus war ja nicht mehr als ein guter Bekannter gewesen. Soweit Rolf sich erinnerte, hatte Alex ihn irgendwann einmal zu ihren Treffen mitgebracht, und obwohl Klaus ihm mit seiner überdrehten und zickigen Art auf die Neven gegangen war, gehörte er bald dazu. Thomas duldete ihn, weil er der einzige Freund war, den Alex je hatte, und auch Jens lud ihn immer wieder ein, weil beide sich im Laufe der Zeit enger miteinander verbunden fühlten, als Peter das lieb sein konnte. Dass Klaus Gerüchte verbreitete und seine Nase in Dinge steckte, die ihn nichts angingen, schien niemanden, außer Rolf, wirklich zu stören. Zumindest nahmen die anderen es in Kauf.

Nein, aus lauter Nächstenliebe war Rolf bestimmt nicht hierhergekommen. Lediglich der Umstand, dass er bei dem Unfall dabei gewesen war, gab ihm das Gefühl, dem Toten den letzten Respekt zollen zu müssen, wobei Respekt ein Wort war, das ihm in Bezug auf Klaus mehr als unangebracht erschien. Wenn Peter ihn nicht gebeten hätte, er wäre zu Hause geblieben.

Den gemeinsamen Urlaub hatte er sich anders vorgestellt. Sie waren ein bunt gemischter Haufen gewesen, lediglich zusammengehalten durch lose Verbindungen, in der irrigen Annahme, dass Schwulsein genügte, um miteinander Spaß zu haben. Er jedenfalls hatte keinen Spaß gehabt. Bereits nach den ersten zwei Tagen in Los Angeles war deutlich geworden, wie verschieden ihre Interessen waren. Enttäuscht von der Oberflächlichkeit seiner Mitreisenden hatte er sich abzusetzen versucht, wann immer sich ihm eine Möglichkeit bot. Wenigstens Peter interessierte sich wie er für Architektur und Kunst anstatt, wie die anderen, nur für Beverly Hills und Hollywood. Disneyland und Las Vegas gingen ihm auf die Nerven. Das war Kitsch im schrecklichsten Sinne. Doch er hatte gute Miene zum bösen Spiel gemacht, in den Achterbahnen ebenso wie in den Casinos. Und der Grand Canyon schließlich hatte ihn für alles entschädigt.

Bis Klaus das Gleichgewicht verlor. Ab diesem Zeitpunkt fing die Hölle erst an.

Die Bergung seiner Leiche, die Fragen der amerikanischen Polizei und der Behörden, die Umbuchung ihrer Flüge – eine einzige Tortur. Wenigstens er hatte einen klaren Kopf behalten. Carsten, dem er erst zweimal vor dieser Reise begegnet war, aber auch Alex und Jens waren zu nichts zu gebrauchen gewesen. Selbst Thomas schien wie vor den Kopf gestoßen. Und Peter benahm sich, als fühlte er sich schuldig, weil er eigentlich nur eines fühlte: Erleichterung.

Wie oft hatte er Peter geraten, sich endlich von Jens zu trennen. Es war doch ein offenes Geheimnis, dass Klaus und Jens ein Verhältnis hatten, und das bereits seit Monaten. Die anderen belächelten Peter hinter vorgehaltener Hand, Jens am allermeisten. Dabei wusste Peter genau Bescheid.

In dieser Hinsicht konnte Rolf seinen Freund nicht verstehen, und seine Hoffnung, nach Klaus' Tod würde alles anders werden, hatte sich längst zerschlagen. Wenn Peter vernünftig war, dann zog er bald endgültig die Konsequenz.

Vor ihm auf dem Parkplatz kam jetzt ein blauer Ford Fiesta zum Stehen. Zwei Personen saßen darin, die Rolf zunächst nicht erkannte. Sie redeten aufeinander ein, als wären sie sich uneins darüber, ob sie bleiben oder gleich wieder umkehren sollten. Schließlich aber stiegen sie aus.

Verwundert runzelte Rolf die Stirn.

Sven, in einem dunklen Zweireiher, der ihm eine Nummer zu groß auf seinen schlaksigen Schultern saß, und seine Mutter in einem dunkelblauen Hosenanzug kamen langsam auf ihn zu. Damit hätte Rolf nicht gerechnet.

Er mochte diesen Sven, das konnte er nicht leugnen. Seine unschuldige, naive Art in Bezug auf die ihn noch völlig verwirrende sexuelle Neigung gab ihm etwas kindlich Verspieltes. Sven war neugierig und verschreckt zugleich. Ein aufkeimendes Verlangen, gepaart mit den Zweifeln und den Vorurteilen seiner Umwelt. Bei dem Ausflug entlang des Canyons hatten sie sich ausführlicher unterhalten, und Rolf hatte sich ständig beherrschen müssen, um ihn nicht irgendwann einfach zu küssen.

Auch jetzt machte Sven einen verschüchterten Eindruck. Womöglich, schoss es Rolf durch den Kopf, war es nicht seine Idee gewesen, an der Beisetzung teilzunehmen, weshalb Rolf fragend auf die Mutter blickte, die ihm die Hand entgegenhielt.

„Wie schön“, begrüßte er sie, nicht ganz aufrichtig, „dass Sie beide kommen konnten.“

„Wie waren uns nicht sicher, ob das angemessen ist“, antwortete sie. „Aber immerhin haben Sven und Klaus sich gekannt. Wenn auch nur kurz.“

Rolf sah zurück auf ihren Sohn, der verlegen zu Boden starrte.

„Ja, das war bestimmt nicht einfach für dich.“

Er lehnte sich vor und küsste ihn auf beide Wangen. Sofort lief Sven dunkelrot an, zog seinen Kopf aber nicht zurück. Er blickte nur vorsichtig zu seiner Mutter.

„Sind wir die Ersten?“, fragte sie, als wäre nichts geschehen.

„Ja. Die anderen werden gleich hier sein. Die Familie scheint bereits vor der Kirche versammelt zu sein.“

„Er kam aus gutem Hause, wie man so sagt, oder?“

Etwas in ihrem Tonfall, bemerkte Rolf, wirkte aufgesetzt. Zu trauern jedenfalls schien sie auf keinen Fall. Eher lag da eine versteckte Neugier in ihrem ovalen, von einem kastanienbraunen Pagenkopf umrahmten Gesicht. Die schmalen Augen hatte sie leicht zusammengekniffen, die vollen Lippen gespitzt. Geschminkt war sie, wenn überhaupt, nur sehr dezent. Burschikos, war das Wort, das ihm zu ihr einfiel.

„Wie man so sagt, ja“, beantwortete er die Frage.

„Es muss schrecklich für die Eltern sein, den einzigen Sohn zu verlieren.“

„Die haben ja noch Carsten. Ich bin sicher, er ist mehr als bereit, in die Fußstapfen seines Halbbruders zu treten.“

Diese Worte rutschten ihm einfach so heraus. Mehr einem inneren Bedürfnis geschuldet als dem Tratsch. Wenn er dem Gerede der anderen Glauben schenken durfte, dann hoffte Carsten endlich auf seine Chance, als vollwertiges Mitglied dieser Familie anerkannt zu werden. Und nicht, wie bisher, nur als unehelicher Ballast. Mag sein, dass er bei seinem Vater damit Erfolg haben würde. Immerhin ging es auch um einen Erben.

Dies allerdings einer ihm beinahe unbekannten Frau auszuplaudern, empfand er als unpassend. Er sollte sich besser in acht nehmen bei dem, was er sagte.

„Wie ich gehört habe", redete die Frau weiter, „waren Sie so ziemlich der Letzte, der mit Klaus gesprochen hat. Er war doch nicht irgendwie betrübt oder traurig?"

Rolf warf einen kurzen Blick auf Sven, der unruhig mit den Schuhen im Kies scharrte.

„Traurig? Wieso sollte er traurig gewesen sein?", fragte er und verschränkte seine Arme demonstrativ vor der Brust.

„Sagen Sie es mir."

„Worauf wollen Sie hinaus?"

„Ich habe mich erkundigt. Klaus war der Erste seit zwei Jahren, dem etwas Derartiges passiert ist. So einfach fällt es sich nicht in den Canyon. Warum also ausgerechnet er? Wäre es nicht möglich, dass er gar nicht abgerutscht ist? Es könnte doch genauso gut, sagen wir mal, seine Absicht gewesen sein …"

Die Pause nach ihrem letzten Wort hörte Rolf ganz genau. Da war noch Platz für eine weitere Möglichkeit.

„Ich habe ihn nicht gestoßen, falls Sie das behaupten wollen."

„Natürlich nicht", rief sie aus und wehrte seine Äußerung mit beiden Händen übertrieben in der Luft schüttelnd ab. „Sie verstehen mich falsch. Aber er hat Tabletten geschluckt, von denen er glaubte, es seien Kopfschmerztabletten. Tabletten, die, als Sie mit Klaus geredet haben, bereits neben ihm auf dem Felsen lagen. Sie müssen sie doch bemerkt haben."

Rolf starrte sie fassungslos an. Wenn Sven nicht an ihrer Seite gestanden hätte, er hätte ihr zweifelsohne mit einer Verleumdungsklage gedroht. So aber riss er sich zusammen.

„Woher wollen Sie wissen, was neben Klaus gelegen hat und was nicht?“

„Dieser Carsten hat es mir gesagt. Er war kurz vor Ihnen bei Klaus am Felsenrand gewesen.“

Eilig versuchte Rolf ihre Bemerkung einzuordnen. Wann sollte Carsten ihr das anvertraut haben? Und vor allem, warum?

„Ich habe ihm etwas zu essen gebracht“, antwortete er langsam und ein wenig verwirrt. „Das war alles. Auf etwas anderes habe ich nicht geachtet. An eine Dose kann ich mich jedenfalls nicht erinnern. Außerdem hat Klaus mir gesagt, dass er keine Tabletten geschluckt hat. Ich habe ihn das gefragt, weil ich wusste, wie sehr er unter Kopfschmerzen litt. Und was Sie da andeuten, ist Unsinn. Sie sollten aufpassen, was Sie behaupten!“

„Ach ja? Warum?“

In diesem Moment fuhren zwei Autos auf den Parkplatz, dass alle drei sich nach ihnen umdrehten. Kurz darauf stiegen weitere Familienmitglieder aus, Carsten an deren Seite. Er trug, wie es schien, einen neuen, maßgeschneiderten Anzug mit goldener Krawattennadel. Seine Haare waren frisch geschnitten, und seinen Kopf hielt er leicht gesenkt. Einerseits war diese Haltung wohl dem traurigen Anlass geschuldet, andererseits notwendig, um den Blicken von Jens und Peter auszuweichen, die aus dem anderen Wagen stiegen.

„Entschuldigen Sie mich“, sagte Rolf, erleichtert über diese Möglichkeit zur Flucht.

Bevor er jedoch den ersten Schritt getan hatte, hielt die Frau ihn am Arm zurück und lehnte sogar ihren Kopf nach vorn, direkt gegen sein Ohr.

„Was glauben Sie, kriegt man für Unzucht mit Minderjährigen?“, flüsterte sie.

Sofort schien es, als versagten ihm die Knie. Er hatte nicht einmal die Kraft, sich von ihrem Griff loszureißen. Stattdessen war sie es, die ihren Arm zurückzog. Ihr freundlicher Gesichtsausdruck, den sie die ganze Zeit beibehalten hatte, war gänzlich verschwunden.

Woher, schoss es ihm durch den Kopf, konnte sie das wissen? Von Carsten bestimmt nicht, und Klaus hatte hoch und heilig geschworen, die Handyfotos längst gelöscht zu haben, die der Idiot geschossen hatte, als er mit diesem, zugegebenermaßen viel zu jungen Stricher in einer Kneipe erwischt worden war. Nicht, dass er Klaus das geglaubt hätte. Auf Klaus war alles andere als Verlass. Doch egal, ob es nun gelogen gewesen war oder nicht, es hatte längst keine Bewandtnis mehr. Denn von Peter wusste Rolf, dass in Klaus' Wohnung nichts Verdächtiges gefunden wurde.

Woher also nahm diese Frau die Frechheit, ihn zu beschuldigen? Oder bluffte sie nur?

„Denken Sie mal darüber nach", sagte sie schließlich, weil er unfähig war zu reagieren. „So, und jetzt sollten Sie Ihre Freunde nicht länger warten lassen."

Kaum war Rolf gegangen, wusste Monika, was sie zu erwarten hatte. Sein Gesicht brauchte sie gar nicht erst zu sehen. Als sie sich dennoch ihrem Sohn zuwandte, starrte er sie fassungslos an.

„Sag mal", stotterte Sven, „bist du jetzt komplett übergeschnappt? Wir sind hier auf einer Beisetzung, nicht auf deinem blöden Revier!"

„Ja, ja, ich weiß. Aber hast du seine Reaktion gesehen?"

„Wie kommst du überhaupt auf diese Behauptung?"

„Das hat Klaus mir gesagt. Ich wollte wissen, ob da was dran ist."

„Wenn ich gewusst hätte, dass du mich hier zum Affen machst, dann … dann …"

Er brach einfach ab. Tatsächlich standen ihm die Tränen bereits in den Augen. Vielleicht, dachte Monika, war sie zu weit gegangen. Natürlich war dies nicht der richtige Ort, um Nachforschungen anzustellen. Aber es war der einzige Ort, an dem sie alle sechs beisammen hatte. So eine Chance würde sich ihr nicht noch einmal bieten. Allerdings hatte sie nicht damit gerechnet, dass Sven es so persönlich nahm. Bei ihrem ganzen Eifer hatte sie seine Gefühle völlig übergangen.

„Tut mir leid", sagte sie entschuldigend, „das war unsensibel von mir."

„Mh."

„Ich sage auch kein Wort mehr, wenn du willst."

Zweifelnd sah Sven sie an. Trotz allem musste er grinsen. Sie grinste zurück, um ihm zu zeigen, dass sie ganz genau wusste, was er gerade dachte. Es war wieder einer dieser kleinen, kurzen und viel zu seltenen Momente, in denen sie sich schweigend verstanden.

„Okay", sagte er dann leise, „da kommen sie. Versuch wenigstens, nicht zu viel zu sagen."

„Geht klar."

Inzwischen war der Parkplatz voll besetzt. In zwei Gruppen gingen die Trauergäste über den Kiesweg zur Kirche. Zuerst die Familienangehörigen, angeführt von Carsten Wieland, an der Seite seines Vaters, wie sie unschwer an den braunen Haaren und dem Grübchen im Kinn erkennen konnte. Gleich dahinter wohl seine Stiefmutter, gefolgt von Verwandten jeglichen Alters. Als Carsten an ihnen vorbeikam, nickte er ihnen unauffällig zu. Er hatte sich entscheiden müssen. Für den neugewonnenen Vater oder für seine schwulen Bekannten. Wie es aussah, war beides nicht in Einklang zu bringen.

In einigem Abstand folgte die Gruppe der Männer.

Jens war als Erster an Svens Seite und drückte ihn fest gegen seine Brust. Sein Freund Peter, so glaubte sie sich jedenfalls zu erinnern, schüttelte ihm die Hand. Dann war die Reihe an dem hübschen, jungen Mann mit den verführerischen Augen, der sie ungewollt an Schröter erinnerte. Nur war dieser hier dünner, beinahe magersüchtig, und seine Hände, als er Sven umarmte, zitterten. Das musste wohl derjenige mit der Tablettensucht sein.

Der Breitschultrige mit dem kurzgeschorenen Haar und der gebrochenen Nase hielt sich mit Rolf im Hintergrund. Sein Blick auf sie ließ keinerlei Zweifel darüber aufkommen, dass Rolf ihn gewarnt hatte. Wovor genau, hätte sie zu gern gewusst.

Gemeinsam gingen sie dann den Pfad entlang und betraten die Kirche, einen neumodischen Bau mit spitz zulaufender Decke, mit schmalen, bunten Glasfenstern und unbequemen Holzbänken. Vorne auf dem schlichten Altar stand die Urne, umgeben von Blumenkränzen, die die Trauernden dort abgelegt hatten. Um nicht aufdringlich zu wirken, setzte sie sich mit Sven in die letzte Reihe.

Wenn Monika gehofft hatte, durch die Predigt des Pfarrers Näheres über den Toten zu erfahren, dann wurde sie enttäuscht. Kein einziges Wort über seine Homosexualität oder auch nur über seine Freunde. Stattdessen lobte er den Verstorbenen als liebevollen Sohn, den das Schicksal aus der Mitte seiner aufopferungsvollen Familie gerissen hatte, um eine schmerzliche Wunde zu hinterlassen, die nur die Zeit und der Glaube an Gott würden heilen können.

Bei diesen Worten fing Jens zwei Reihen vor ihr zu kichern an. Sie sah seinen blondgefärbten Hinterkopf, wie dieser sich zu Alex beugte und flüsterte: „Das ist ja wohl der größte Schwachsinn, den …"

Von rechts bekam er von seinem Freund einen Stoß in die Rippen.

Gelegentlich, bemerkte Monika, drehten Klaus' Freunde sich verstohlen um. Glücklich, sie hier zu sehen, war keiner von ihnen. Sie schienen allesamt verunsichert, und das war, zumindest aus ihrer kriminalistischen Sicht, ein gutes Zeichen.

Sven dagegen hielt neben ihr die ganze Zeit den Kopf gesenkt. Unwillkürlich musste sie an die Beerdigung von Freds Mutter denken, bei der Sven heulend aus der Kirche gerannt war. Ihre Ehe mit Fred hatte zu dieser Zeit ihren Zenit längst überschritten und bestand nur noch auf dem Papier. Monatelang bereits hatten sie kein einziges Wort miteinander gewechselt, sondern hatten Sven als ihr unfreiwilliges Sprachrohr benutzt. Für einen Jungen von zwölf Jahren alles andere als eine leichte Aufgabe. Während der Trauerfreier war es dann zum Eklat gekommen. Mitten in der Rede des Pfarrers hatten Fred und sie sich in die Haare bekommen, über irgendeine Nichtigkeit, dessen Inhalt ihr längst entfallen war. Die gesamte Familie war schockiert gewesen, und Sven hatte diese Peinlichkeit nicht länger ertragen.

Manchmal, dachte sie, mit einem wehleidigen Blick auf ihren Sohn, mutete sie ihm ungewollt so einiges zu.

Nachdem die Andacht endlich vorüber war, trat die Trauergemeinde nach draußen. Der Pfarrer hielt die Urne in den Händen und schritt den Pfad voran zu dem Friedhof und der Stelle unter einer alten Buche, an der die Urne in der Erde versenkt werden würde. Carsten ging erneut zwischen seinem Vater und seiner Stiefmutter, begleitet von den restlichen Mitgliedern der Familie.

Rolf hatte Sven am Arm genommen und folgte mit den anderen fünf der kleinen Prozession. Monika beschloss, nicht mitzugehen. Es schien angebrachter, zurückzubleiben und auf dem Parkplatz zu warten.

Gegen ihren Fiesta gelehnt, dauerte es keine fünf Minuten, bis Peter über den Kiesweg auf sie zugeeilt kam. Als er bei ihr war, zog sie fragend die Augenbrauen nach oben.

„Es wird Zeit", sagte er, ohne Umschweife, „dass Sie uns in Ruhe lassen."

„Kein Problem", antwortete sie ebenso unhöflich. „Sobald ich weiß, was hier gespielt wird."

„Was geht Sie das überhaupt an?"

„Mord geht mich immer etwas an."

Seine grünen Augen wurden augenblicklich kleiner. Die Mundwinkel unter seinem dichten Schnauzbart zuckten. Ansonsten ließ er sich nichts anmerken.

„Carsten hat nicht alle Tassen im Schrank."

„Er hat es Ihnen also erzählt?"

Peter zuckte mit den Schultern.

„So etwas spricht sich schnell herum."

„Ich kann mir nicht vorstellen, warum Herr Wieland Dinge in die Welt setzen sollte, die keinerlei Grundlage besitzen", sagte sie, weil es tatsächlich keinen Sinn ergab, seinen Freunden brühwarm unbegründete Verdächtigungen an den Kopf zu werfen. Was wollte er damit denn bezwecken, außer ihre Wut auf sich zu ziehen?

„Was weiß ich, warum er das tut. So genau kenne ich ihn nicht. Aber ganz egal, welche Gründe er gehabt haben mag", winkte Peter ab, „sie sind völlig aus der Luft gegriffen. Es gibt kein Verbrechen! Und selbst wenn …"

„Ja? Was dann?"

„Dann werden Sie nie etwas beweisen können. Niemand hat Klaus angefasst. Niemand war in seiner Nähe, als es passierte. Und selbst wenn es wahr sein sollte, was Thomas meinte, dieses Gerede von irgendwelchen vertauschten Pillen …"

Peter blickte zur Seite auf den Asphalt. Er hatte wohl schon mehr gesagt, als er beabsichtigt hatte.

„Selbst dann haben Sie natürlich nichts damit zu tun. Haben Sie das damit gemeint?"

Monika wartete auf eine Antwort, aber ihr Gegenüber schwieg.

„Der Rucksack mit den Tabletten lag genau in der Mitte des Felsens", fuhr Monika fort. „Das kann Sven bezeugen. Und niemand hat sich darum gekümmert, solange Sie alle die Aussicht genossen. Jeder hat sich daraus bedient, um etwas zu trinken oder zu essen herauszuholen. Dazu war er schließlich da. Und ich bin sicher, auch Sie hätten einen geeigneten Moment gefunden, die Tabletten zu vertauschen, wenn Sie gewollt hätten."

„Ja. Wenn ich gewollt hätte. Aber ich habe es nicht gewollt. Wozu auch? Carsten war der Einzige, der wirklich von Klaus' Tod profitiert hat. Sie haben ihn ja gerade gesehen, an der Seite seines reichen Vaters. Warum also erzählt er Ihnen etwas von Mord, wenn er derjenige mit einem Motiv ist?"

„Eifersucht", warf sie ein, „ist auch ein gutes Motiv. Finden Sie nicht?"

Kurz war Peter irritiert, so wie auch Rolf bereits irritiert gewesen war. Darüber, wie gut sie informiert zu sein schien. Er versuchte in ihren Augen zu lesen, inwieweit sie tatsächlich wusste, was sie da sagte.

„Na schön", antwortete er dann. „Spielen Sie Ihre Spielchen ruhig weiter. Aber Beweise werden Sie nicht finden. So oder so."

Mit diesen Worten drehte er sich um. Kurz allerdings blieb er noch einmal stehen. Halb über die Schulter blickend, sagte er: „Ach, übrigens. Wie Sie selbst vorhin so treffend bemerkt haben, war Ihr Sohn ja dabei. Wer beweist uns denn, dass nicht er die Tabletten vertauscht hat?"

Dann eilte Peter zurück auf den Friedhof.

Sie blickte ihm nach. Sie war erschöpft. Wahrscheinlich hatte er recht. Wo wollte sie denn hin mit ihren Fragen und der kleinen Plastikdose Paracetamol mit den Fingerabdrücken darauf, die von jedem stammen könnten, selbst vom Apotheker? Sie hatte sich etwas eingeredet. Sich einfach an einen Strohhalm geklammert, weil sie dachte, einem Verbrechen auf der Spur zu sein. Einem Verbrechen, das in ihren Augen mehr Erfolg versprach als die abgetrennte Nase und die herausgestochenen Augen, die sie seit Wochen um den Schlaf brachten. Es war zum Verrücktwerden! Irgendwo mussten die restlichen Körperteile doch sein. Aber wie es aussah, hatten die sich in Luft aufgelöst. Sollte das so weitergehen, bekäme sie bald ordentlich Druck von ganz oben. Von der Schadenfreude der Kollegen ganz zu schweigen.

Das war wohl auch der Grund gewesen, warum sie diesem Carsten sofort glauben wollte. Wenn Sie schon bei Nasen und Augen versagte, dann wollte sie wenigstens in einem anderen Fall gewinnen. Die Frage war nur, ob es diesen zweiten Fall überhaupt gab.

Ganz überzeugt war sie nicht, und genau genommen ging sie das überhaupt nichts an. Sie sollte hier schleunigst verschwinden und die Sache endgültig vergessen.

„Na, los“, rief Monika ihrem Sohn deshalb ungeduldig entgegen, nachdem die Beisetzung der Urne vorbei war und sie ihn langsam auf sich zukommen sah. „Steig ein. Beeil dich.“

Kurz verabschiedete sich Sven von den anderen, dann sprang er zu ihr in das Auto.

„Was ist denn los?“, fragte er.

„Ach, nichts.“

Monika startete den Wagen, trat aufs Gaspedal und bog viel zu schnell auf die Straße Richtung Innenstadt ein.

„Den Gesichtsausdruck kenn ich“, sagte Sven belustigt. „Du hast nicht gekriegt, was du wolltest, stimmt‘s?“

„Ach, Unsinn. Aber ich mache dir einen Vorschlag. Wir reden nie wieder über diese Reise und diesen verdammten Unfall, okay?“

Vorsichtig, und auch ein wenig beschämt, schielte sie zu ihrem Sohn herüber. Sven grinste über das ganze Gesicht. Und Monika grinste dankbar zurück.

Im Nachhinein erwies sich das Essen als Reinfall.

Alex hatte sich unbestritten viel Mühe gegeben, hatte bereits am frühen Morgen der Beisetzung die Brötchen geschmiert, Bouletten gebraten und die beiden Salate angerichtet, die jetzt auf dem Esstisch standen, der in die Mitte des Wohnzimmers gerückt worden war. Weiße Lilien standen in zwei hohen, gläsernen Vasen zwischen den Schüsseln sowie ein Kerzenständer, auf dem eine einzige, weiße Kerze brannte.

Zu fünft standen sie um das Buffet herum, jeder mit einem Glas Prosecco in der Hand, und wussten nicht recht, worüber sie reden sollten. So ein Leichenschmaus war eine Tradition, die Jens nie begriffen hatte. Ihm zumindest war noch flau im Magen. Bisher hatte er kaum einen Bissen herunterbekommen, und selbst der Prosecco versagte ihm seine belebende Wirkung.

Den anderen erging es ähnlich. Die Gespräche blieben zurückhaltend, als wagte niemand, die beiden Ereignisse anzusprechen, die ihnen allen auf der Zunge lagen.

Diese schweigsame und bedrückende Stimmung wurde Jens langsam zu dumm.

„Ich begreife Carsten nicht“, sagte er in den Raum hinein, an niemanden direkt gerichtet, und biss endlich in seine Boulette. „Was verspricht er sich davon?“

Zumindest Peter wandte sich ihm zu, in seinem Blick die unausgesprochene Aufforderung, den Mund zu halten. Jens zuckte mit den Schultern.

„Was denn? Ich frage doch nur, was sowieso alle denken. Oder?“

Niemand schien gewillt zu antworten. Die Flasche, die Alex in der Hand hielt, schlug laut gegen sein Glas. Jens ging einen Schritt auf ihn zu und nahm sie ihm ab. Unaufgefordert goss er ihm ein, ohne dass Alex widersprach oder auch nur verwundert darüber schien.

„Wie siehst du das, Alex?“, wollte er wissen und legte den Arm um dessen schmale Hüfte.

Alex zog weder den Arm fort, noch sah er Jens an. Hastig trank er sein Glas leer und senkte anschließend den Kopf.

„Ich … ich weiß nicht, was du meinst“, sagte er leise.

„Doch. Ich glaube, du weißt ganz genau, was ich meine. Klaus war immerhin dein Freund, und es waren deine Tabletten, weswegen er von dem Felsen gestürzt ist. Und wenn Carsten behauptet, es wäre kein Unfall gewesen, dann solltest du dich unbedingt verteidigen. Du kannst doch nicht zulassen, dass …“

„Schluss damit!“, rief Thomas laut und eilte wütend, vom anderen Ende des Zimmers, auf seinen Freund zu. Mit einem harten Griff packte er Jens am Handgelenk und stieß ihn unsanft von Alex fort.

„Niemand glaubt, was Carsten behauptet“, fuhr Thomas an sie alle gerichtet fort, „weil es Blödsinn ist. Ihr wisst das genauso gut wie ich. Vergesst das endlich alles! Carsten geht uns nichts mehr an.“

„Ach ja?“, fragte Jens herausfordernd, da er sich zurechtgewiesen fühlte wie ein dummes Kind. Außerdem schmerzte die Stelle am Handgelenk, dort wo Thomas zugepackte hatte. „Und was ist mit dieser Polizistin, die er uns auf den Hals gejagt hat? Geht die uns auch nichts an?“

„Nur, wenn du ein schlechtes Gewissen hast.“

Jens sah überrascht auf Rolf, der in der weit geöffneten Verandatür gegen den Rahmen lehnte und dem er eine solche Bemerkung nicht zugetraut hätte. Gewöhnlich hielt Rolf sich mit seinen Gedanken zurück. In seinem bärtigen Gesicht zu lesen war nicht einfach, und auch diesmal waren es lediglich die Worte, aus denen Jens einen gewissen Vorwurf heraushören konnte.

„Hab ich nicht“, widersprach er eilig, da er nicht damit rechnen konnte, dass Peter ihm Rückendeckung gab. Er sah ihn ja nicht einmal an, sondern starrte durch die Fensterfront hinaus in den Garten. „Aber warum, frage ich euch, war die Frau dann überhaupt auf der Beisetzung? Abgesehen davon, dass sie Svens Mutter ist, meine ich. Und warum diese Andeutungen Peter gegenüber?“

„Weil Carsten sie überzeugt hat", erwiderte Rolf. „Deshalb."

„Genau. Sie glaubt ihm. Ist das nicht Grund genug, beunruhigt zu sein?"

„Hört mit diesem idiotischen Gerede auf", unterbrach Thomas scharf. „Soll sie doch denken, was sie will. Wir haben uns nichts vorzuwerfen."

Neben ihm ließ sich Alex auf einen der Stühle fallen. Jens hatte den Eindruck, als würde er gleich ohnmächtig werden. Ganz bleich war er im Gesicht und seine Augen waren glasig und trüb. Er beugte sich zu ihm herunter.

„Ist dir nicht gut?", fragte er.

Diesmal zuckte Alex unter der Berührung seiner Hand zusammen. Anschließend zwang er sich zu einem Lächeln.

„Doch, doch. Es geht schon."

Thomas drückte seine Zigarette im Aschenbecher aus und griff nach Alex' Arm.

„Komm jetzt", sagte er. „Du legst dich besser hin. Du bist völlig fertig."

Ohne Widerspruch stand Alex auf.

„Keine Sorge", fügte Thomas hinzu, weil er Alex' Blick zum Buffet bemerkt hatte. „Wir räumen nachher alles in die Küche. Das schaffen wir schon."

Dann drängte er seinen Freund aus dem Zimmer.

Dieser Rausschmiss, erschien es Jens, hatte etwas Erzwungenes. In Alex' wässrig grünen Augen war kurz ein Widerstand aufgekeimt, der allerdings sofort wieder in sich zusammenfiel, als hätte Alex nicht gewagt, seinen eigenen Willen zu äußern. Diese Tatsache an sich wäre nicht weiter verwunderlich. Alex tat meistens, was Thomas ihm sagte. Das war immerhin das verkorkste Prinzip ihrer Beziehung. Diesmal jedoch wurde Jens das Gefühl nicht los, dass Alex sich hatte auflehnen wollen. Seine Augen hatten für einen winzigen Moment ihre Trübung verloren, und sein Mund war zum Sprechen bereit gewesen. Bevor er sich allerdings durchringen konnte, hatte Thomas ihn fortgezogen.

Um sich zu vergewissern, ob auch Peter und Rolf diesen merkwürdigen Eindruck verspürten, drehte er sich zu ihnen um. Peter zumindest runzelte die Stirn.

„Langsam", sagte Jens, „treiben sie es mit ihrem Daddy-Sohn-Verhältnis ein wenig zu weit."

„Lass sie doch", erwiderte Peter schulterzuckend. „Immerhin funktioniert es."

Dieser Seitenhieb war deutlich. Er schenkte sich ein weiteres Glas Prosecco ein und trank es in einem Zug aus.

„Ja. Solange Alex den Mund hält", sagte Jens. „Er sieht von Treffen zu Treffen furchtbarer aus. Sollten wir nicht mal mit Thomas reden? Alex braucht eine Therapie oder so was."

„Als Arzt wird er schon wissen, was richtig ist", antwortete Peter.

Jens wandte sich zur Tür. Noch war Thomas nicht wieder zurück.

„Na, hoffentlich."

„Wie sieht es denn mal mit einer Paartherapie für euch beide aus?", fiel Rolf dazwischen, mit verschränkten Arme über dem dicken Bauch und einem Grinsen inmitten seines kurzgeschorenen Vollbarts.

Peter schob die restlichen Brötchen auf dem Tablett zusammen, stellte den Teller mit den Bouletten dazu, um beides in die Küche zu tragen.

„Das hat keinen Sinn", sagte er, ohne Jens auch nur anzusehen, und eilte aus dem Zimmer.

Rolf hob fragend die Augenbrauen.

„Tu nicht so scheinheilig", fuhr Jens ihn an. „Du weißt schließlich besser als ich, was in Peter vorgeht."

„Ja. Ist doch verrückt, oder? Ich frage mich, woran das liegen mag."

„Weil du mit deinen Minderjährigen nicht reden kannst und weil du über andere erfahren musst, wie eine echte Beziehung läuft. Ganz einfach!"

Äußerlich schien die Bemerkung an Rolf abzuprallen. Er stellte die verbliebenen Teller übereinander, legte das benutzte Besteck darauf und folgte Peter in die Küche. Als er an Jens vorbeikam, blieb er dicht vor ihm stehen.

„Deine Beziehung", sagte er kühl, „existiert nicht. Du hast sie endgültig kaputt gemacht. Ganz egal, was du dir durch Klaus'

Tod auch erhofft haben magst. Diesmal ist deine Rechnung nicht aufgegangen."

„Ich habe mir nichts erhofft. Klaus war mein Freund!"

„Ja, ein Freund, der dich nicht durchgefüttert hätte wie Peter, selbst mit seinem ganzen Geld nicht. Glaubst du denn wirklich, Klaus hätte deine ewigen Eskapaden mitgemacht? Nein, er hätte dich hochkant rausgeworfen. Wenn Peter die Sache mit Klaus und dir nicht solange ertragen und den Mund gehalten hätte, du wärst doch längst schon ein Fall fürs Sozialamt geworden. Aber das, mein Lieber, wirst du sowieso bald sein."

Rolf ließ ihn stehen, bevor Jens eine passende Retourkutsche eingefallen war. Er blickte ihm nur angewidert nach und verzog die Mundwinkel. Soviel auf einmal hatte er Rolf noch nie zu ihm reden hören, und leider lag er mit dem, was er gesagt hatte, nicht ganz falsch.

Ihm das allerdings vorzuwerfen, war eine Frechheit gewesen. Sollte er etwa wie früher kellnern oder putzen gehen? Peter verdiente genügend Geld als Abteilungsleiter, um zu zweit gut davon leben zu können. Deswegen hatte Peter ihm niemals Vorhaltungen gemacht, jedenfalls solange er sich um den Haushalt kümmerte und ihm ab und an sagte, wie sehr er ihn liebte. Mehr hatte Peter nicht verlangt. Er war ja sowieso die meiste Zeit kaum zu Hause. Seine Arbeit fraß ihn auf und gab Jens genügend Spielraum für seine Liebhaber. Und wenn er es mit seinen Seitensprüngen trotz allem mal wieder zu weit getrieben hatte, dann hatte Jens seinen Freund jedes Mal zu besänftigen vermocht. Die Balance zwischen Beziehung und Fremdgehen, die hatte Jens stets gehalten. Immerhin war ihm durchaus bewusst, wie viel er Peter verdankte.

Solange es aber niemanden gab, der wie Peter bereit war, ihn durchzufüttern, solange musste er alles geben, um diese Liebe aufrechtzuerhalten. Denn sollte Peter ihn verlassen, hätte er tatsächlich ein Problem.

Nachdenklich blickte Jens auf die Fingernägel seiner linken Hand. Sie wussten allesamt viel zu viel übereinander, und das war nicht gut. Aber auch keineswegs neu. Was sie sich plötzlich gegenseitig vorwarfen, hatten sie lange schon gewusst und niemand hatte sich einen Deut darum geschert. Die Sorgen und vermeintlichen Geheimnisse gehörten zu jedem einzelnen von ihnen, ohne dass sie sich früher deswegen gegenseitig beschuldigt oder unmoralisches Verhalten vorgeworfen hätten. Diese Dinge waren einfach vorhanden, und sie hatten sich damit arrangiert. Alle, bis auf Klaus, der glaubte, mit diesem Wissen spielen und ihnen Angst einjagen zu können. Und spätestens seit Klaus in den Tod gestürzt war, schien er sein Ziel erreicht zu haben.

Plötzlich trieb dieses Wissen sie auseinander. Plötzlich war Misstrauen aufgekeimt. Und dass Carsten ihnen in den Rücken fiel, machte die Situation nur noch schlimmer, ganz gleich, ob er seine Anschuldigungen nun beweisen konnte oder nicht. Das Gerücht, es wäre etwas anderes als ein Unfall gewesen, genügte. Dieses Gerücht würde sich festsetzen wie ein Geschwür.

Wenn es das war, was Carsten erreichen wollte, dann hatte er bereits gewonnen.

Jemand sollte ihm dringend eine Lektion erteilen. Und zwar bald!

Kapitel 5

„Sie brauchen Ihren Mantel gar nicht erst auszuziehen, Frau Hauptkommissarin."

„Wieso? Und überhaupt, was ist so dermaßen wichtig, daass Sie mich mitten in der Nacht aus dem Bett klingeln müssen? Noch dazu an einem Sonntag?"

Den Mantel halb von ihren Schultern gerutscht, verzog Monika Seyfarth genervt ihr übermüdetes Gesicht. Schröter hatte sie aus dem Tiefschlaf gerissen, sich tausendmal entschuldigt und sie gebeten, sofort in Polizeipräsidium zu kommen. Nach dem Grund zu fragen, hatte sie völlig vergessen. Gähnend war sie aufgestanden, hatte eilig geduscht, sich angezogen und war hierhergeeilt. Die Gänge und Büros hinter ihr waren, bis auf wenige Ausnahmen, völlig verwaist. Zu dieser unmenschlichen Zeit wollte sie vor allem in Ruhe gelassen werden, wollte ihren vollen Becher Kaffee mit dem fetten Garfield darauf, und sonst nichts. Um fünf Uhr morgens sah man ihr das Alter an, und das ließ sich nur allein im Büro ertragen. Außerdem hatte sie bereits genug Aufregung gehabt, nachdem sie in der Hektik feststellen musste, dass Sven nicht in seinem Bett gelegen hatte. Kein Wunder also, dass sie gereizt klang.

Sven war noch nie die ganze Nacht fortgeblieben. Gut, er war ausgegangen gestern, tanzen, oder was Jugendliche sonst so trieben heutzutage, aber selbst das war kein Grund, nicht im Bett zu sein, wenn sie um halb fünf das Haus verließ. Sie wusste ja noch nicht einmal, wo genau er hingegangen war.

Vielleicht, überlegte sie, blieb ihr nichts anderes übrig, als Fred anzurufen. Doch den Vorwurf in seiner Stimme, sie würde sich um seinen Sohn nicht ordentlich kümmern, würde sie jetzt nicht ertragen können. Schon gar nicht, wenn sie ihn aus dem Bett klingelte. Das hätte unweigerlich zu Streit geführt. Es wäre schließlich nicht das erste Mal, dass Fred in solchen Situationen ihr die Schuld in die Schuhe schob und sich selbst plötzlich als der besorgte Vater ausgab. Nein, diesen Stress wollte sie sich so früh am Morgen nicht antun, zumal die Wahrscheinlichkeit, dass Sven mitten in der Nacht zu ihm gegangen war, gegen Null tendierte. Viel eher sollte sie die Notaufnahmen der gesamten Stadt anrufen oder nachfragen, ob er in irgendeiner Ausnüchterungszelle saß.

Oder war das alles zu übertrieben gedacht? Womöglich hatte Sven einfach nur Spaß, wo und mit wem auch immer. Das war es schließlich, was sie sich für ihn gewünscht hatte.

Bis heute Morgen jedenfalls.

Doch so wie es aussah, musste sie die Gedanken an ihren Sohn notgedrungen verschieben, da Schröter bereits unruhig wurde und sie auffordernd ansah.

„Und hören Sie endlich auf damit“, sagte sie schroff, „mich mit meinem blöden Titel anzureden! Bin ich in Ihren Augen denn nichts weiter als eine besetzte Stelle? Ich bin ein menschliches Wesen, verdammt noch mal! Jedenfalls, wenn ich meinen Kaffee getrunken habe.“

Sofort blickte Schröter beschämt zu Boden. Sie hatte nicht so hart klingen wollen, zumal sie auch ihn jedesmal mit seinem Nachnamen anredete, obwohl sie seinen vollen Namen ganz genau kannte. Vincent hieß er. Vincent Schröter. Für sie allerdings war er einfach nur Schröter. Vincent klang zu intim, wie sie fand. Wie aus einem schnulzigen Liebesroman oder einem alten Seeräuberfilm in Schwarz-Weiß.

„Tut mir leid“, stammelte er, „den Kaffee gibt's erst im Wagen. Wir haben eine Leiche.“

Augenblicklich zog sie ihren Mantel wieder an.

„Ohne Nase?“, fragte sie, mit einer gewissen Vorfreude in der Stimme, die sie gar nicht erst zu verbergen suchte. Denn wenn es endlich eine Leiche zu den abgetrennten Nasen und Augen gäbe, wären sie der Lösung des Problems einen gewaltigen Schritt näher.

Schröter schüttelte den Kopf. Beinahe bedauernd, wie ihr schien.

„Nein. Soweit ich weiß, hat er seine Nase noch. Und die Augen auch. Offenbar ein Selbstmörder. Hat sich aus dem zehnten Stockwerk eines Hochhauses gestürzt.“

„Dann ist das nicht unser Problem. Also, her mit dem Kaffee! Wenn ich schon hier bin, kann ich wenigstens die alten Akten sortieren."

Sie wandte sich augenblicklich ab, um endlich in ihrem Büro zu verschwinden.

„Es gibt Ungereimtheiten", hörte sie ihn sagen, noch bevor sie die Tür hinter sich schließen konnte. Sie stöhnte so laut auf, dass Schröter es hören musste.

„Okay, okay. Ich komme ja schon."

Im Streifenwagen dann, als Schröter ihr einen kochend heißen Pappbecher in die Hand drückte, versorgte er sie mit Einzelheiten.

„Ein junger Mann. Höchstens Mitte zwanzig. Viel ist nicht mehr von ihm übrig, wie Sie sich denken können. Er ist auf die Steinplatten gestürzt, mit dem Kopf voran, was allein schon merkwürdig ist. Er muss sich in der Luft gedreht haben. Als wäre er mit dem Oberkörper zuerst über die Brüstung gekippt und nicht gesprungen. Und es gibt dort keinerlei Abdrücke, die er aber hinterlassen haben müsste, wenn er da raufgestiegen wäre."

„Woher wollen Sie dann wissen, dass es der zehnte Stock war?", fragte sie.

„Wie bitte?"

„Sie sagten vorhin, der Mann sei aus dem zehnten Stock gestürzt. Woher wissen Sie das, wenn es dort keine Spuren gibt?"

„Weil man zumindest Fingerabdrücke in der Nähe der Brüstung gefunden hat. An einer Glastür. Ob die von dem Toten stammen, wird gerade geprüft. Außerdem ist dieses Stockwerk das Oberste, und so wie der Leichnam aussehen soll …"

„Verstehe. Sonst noch was?"

„Eine Anwohnerin will ihn kurz zuvor zusammen mit einer anderen männlichen Person gesehen haben."

„Aha."

Sie schlürfte vorsichtig an dem Kaffee.

„Und? Hat die Leiche schon einen Namen?"

„Nein, noch nicht. Er sähe mir ähnlich, hat der Arzt gesagt. Merkwürdig, was?"

Jetzt verschluckte sie sich.

„Zu heiß?“, fragte Schröter besorgt.

Monika schüttelte stumm ihren Kopf. Natürlich hatte sie sich die Zunge verbrüht, aber das war nicht der eigentliche Grund gewesen.

„Der Tatort liegt nicht zufällig in der Nähe der Bosporusstraße?“, fragte sie, als sie endlich wieder sprechen konnte. „In dieser Wohnsiedlung in Mariendorf?“

„Nein, wir fahren nach Tempelhof. Wieso? Wie kommen Sie auf Mariendorf?“

„Oh, keine Ahnung. Weibliche Intuition, dachte ich. War wohl falscher Alarm.“

Schröter sah sie merkwürdig an. Schnell winkte sie ab.

„Ach, vergessen Sie’s.“

Monika blickte seitlich aus dem Fenster, auf die lediglich von den Straßenlaternen beleuchtete Stadt und den verdunkelten Fenstern, hinter denen die Bewohner noch schlafen durften. An den Toten und ihre Vorahnungen dachte sie lieber nicht. Noch bekam sie das unerhörte Verhalten ihres Sohnes nicht aus dem Kopf.

„Sagen Sie mal, Schröter“, fragte sie, ohne sich ihm zuzuwenden, „mit siebzehn, sind Sie da mal eine ganze Nacht fortgeblieben?“

Seine Verwunderung konnte sie ganz genau hören. Und auch sein Grinsen konnte sie ganz genau vor sich sehen.

„Ja“, sagte er, nicht ohne einen gewissen Stolz in der Stimme, „bin ich. Und nicht nur ein Mal.“

„Weswegen?“

„Oh. Wegen Sex natürlich. Warum fragen Sie? Ihr Sohn?“

Jetzt sah sie ihn an. Ihr Gesicht musste ihre Sorge preisgegeben haben, da Schröter sofort weitersprach.

„Ach, machen Sie sich mal keine allzu großen Gedanken. Das ist doch normal, oder? Er kann ja schließlich kein Mädchen mit nach Hause nehmen, wenn seine Mutter im Nebenzimmer schläft. Und aufgeklärt wird er wohl sein, nehme ich an?“

Sie nickte. Ja, aufgeklärt hatte sie ihn. Jedenfalls wie man eine Schwangerschaft verhütet. Den Rest würde Sven wohl früher oder später allein ergründen müssen, wenn er nicht gerade in diesem Moment dabei war, es herauszufinden. Wenn sie Zeit hatte, würde sie sich für ihn freuen. Bis dahin aber konnte er sich auf was gefasst machen!

„Wie haben Ihre Eltern darauf reagiert?"

„Die waren froh, dass ich überhaupt wiederkam. Und keine krummen Sachen gedreht habe."

Überrascht hob Monika die Augenbrauen. Das hätte sie ihm nicht zugetraut. Für sie sah er aus wie die Unschuld in Person.

„Na ja", erwiderte er peinlich berührt, „ich war wohl kein allzu guter Sohn gewesen damals. Wenigstens habe ich niemanden geschwängert."

„Immerhin."

„So", rief Schröter erleichtert aus und deutete aus dem Seitenfenster. „Wir sind da."

Vor ihnen befand sich ein Hochhaus, zehn Stockwerke in den anbrechenden Morgenhimmel ragend, dessen Gelände bereits abgeriegelt war. Einige Frühaufsteher standen dicht gedrängt an dem Absperrband, hinter dem ein Leichenwagen und zwei Polizeiautos parkten. Neben dem Haupteingang, in dem gepflasterten Areal für die Mülltonnen, legten zwei Sanitäter gerade die Leiche oder das, was von ihr übrig geblieben war, auf eine Bahre. Überall auf den Steinplatten, Reste von Blut.

Mit Schröter an ihrer Seite bahnte Monika sich einen Weg durch die Schaulustigen, nickte einigen Kollegen zu und blieb vor der Bahre stehen.

„Da ist nicht mehr viel zu erkennen", sprach einer der Polizisten sie an und hob das Laken in die Höhe, unter dem sich tatsächlich nicht mehr viel erkennen ließ.

„Wer hat ihn gefunden?", fragte sie, zwanghaft bemüht, genauer hinzusehen. Die Schädeldecke war zertrümmert, das Gesicht entstellt und blutverschmiert. Das linke Auge zugeschwollen, das rechte offen.

Wie zerbrechlich ein menschlicher Körper doch war, dachte sie. Die harten Knochen, das weiche Gewebe, alles brach und platzte wie ein rohes Ei.

„Ein junger Mann", erwiderte der Polizist. „Er kam von der Nachtschicht. Wir haben um vier Uhr fünfundvierzig seinen Anruf erhalten. Ich glaube kaum, dass er uns groß weiterhelfen wird. Aber der Tote hatte seinen Ausweis dabei. Hier."

Monika nahm ihm den Ausweis aus der Hand, der bereits für die Spurensicherung in Plastikfolie eingeschweißt worden war. Ein kurzer Blick auf das Passbild genügte, um ihre Befürchtung zu bestätigen. Ja, kein Zweifel, er war es. Alex. Oder, wie er mit vollem Namen hieß, Alexander Schneider.

„Verdammt!", rief sie, dass Schröter sofort herbeigeeilt kam.

„Was ist?", fragte er und starrte in ihr verkniffenes Gesicht.

„Nichts. Gar nichts."

„Kennen Sie den etwa?"

Einen Moment lang überlegte sie.

Womöglich, schoss es Monika durch den Kopf, dürfte sie gar nicht vor Ort sein und ermitteln. Nicht, wenn Alex' und Klaus' Tod in irgendeiner Verbindung zueinander standen, was ja noch keineswegs bewiesen war. Noch könnte es sich lediglich um einen dummen Zufall handeln. Und bis dahin bräuchte sie sich auch nicht zu rechtfertigen.

„Na ja", antwortete sie zögerlich und ebenso ein wenig gereizt, weil jetzt nicht der richtige Zeitpunkt war, Schröter alles zu erklären. „Nur sehr, sehr flüchtig. Also, wo ist die Grazie, die was gesehen haben will?"

„Dort drüben. Hinter der Absperrung."

Auf keinen Fall wollte sie jetzt an Alex denken und vor allem nicht daran, was sein Tod bedeuten könnte. Nicht jetzt. Später war genug Zeit, sich Vorwürfe zu machen.

Denn leider blieb das in ihrem Beruf nicht aus, sobald man falsche Schlüsse zog oder ein Verbrechen nicht verhindert hatte, das sich gar nicht verhindern ließ. Mit Vernunft kam man da nicht weiter. Es war die ewige Frage nach dem Wenn. Wenn sie dies und jenes getan hätte, wenn sie nur genauer zugehört hätte, dann – sinnlos. Das war ihr durchaus bewusst.

Schröter blickte seine Vorgesetzte weiterhin an, verwundert und verletzt darüber, dass sie ihm plötzlich etwas zu verschweigen schien. Doch ganz gleich, wie bettelnd er sie auch ansehen mochte, mit seiner Neugier würde er noch eine Weile leben müssen.

Schnell wandte sie sich deshalb der älteren Frau zu, die verängstigt und eingeschüchtert nahe dem Haupteingang stand. Viel zu berichten allerdings hatte sie nicht.

Ja, sagte die pummelige, kleine Frau, da sei dieser Tote gewesen, zusammen mit einem anderen Mann. Sie sei gerade aus der Haustür getreten, als die zwei Männer vor dem Klingelschild nach einem Namen suchten. Der eine, ergänzte sie nach kurzem Zögern, habe noch höflich gegrüßt, weil sie ihnen die Tür aufgehalten habe. Nein, gesehen hätte sie die beiden noch nie zuvor, aber so genau hätte sie auch nicht darauf geachtet. Immerhin sei dies ein Hochhaus, da interessiere sich niemand wirklich für den anderen. Zu viele Leute gingen hier täglich ein und aus. Sie kannte ihre direkten Nachbarn, vielleicht noch ein, zwei andere auf ihrem Stockwerk, mehr nicht. Es wohnten schon merkwürdige Leute hier, das sei früher nicht so gewesen.

„Dieser zweite Mann", fragte Monika, „gab es da irgendetwas Auffallendes an ihm? Jeder Hinweis kann nützlich sein."

Die Frau schüttelte den Kopf.

„Nur, dass er einen gepflegten Eindruck machte", erwiderte sie schließlich. „Aber wie gesagt, wirklich geachtet habe ich nicht auf ihn. Ich hatte es schließlich sehr eilig gehabt, weil doch der Zug, mit dem meine Schwester heute eintreffen wollte, so früh schon am Hauptbahnhof ankam. Ich habe es gerade noch rechtzeitig geschafft. Und dann war Charlotte gar nicht drin. Hilft Ihnen das weiter?"

Eigentlich nicht. Denn die Personen, die möglicherweise in Frage kämen, sahen alle mehr oder weniger gepflegt aus.

Ein wenig enttäuscht bedankte sich Monika bei der alten Dame und bat sie, Schröter ihre Personalien zu geben. Dann blickte sie nach oben.

Jedes Stockwerk hatte zwischen den beiden Treppenaufgängen eine Art freizugänglichen Balkon, der die linke und rechte Hälfte des Wohngebäudes miteinander zu verbinden schien. Dort oben im zehnten Stock musste Alex gestanden haben und, wenn Schröters Schlussfolgerungen stimmten, hinuntergestoßen worden sein. Sie senkte den Blick zum Haupteingang und runzelte die Stirn. Es war nur eine Eingebung, wieder so eine Art Intuition.

Eilig schritt sie zu dem riesigen Klingelschild neben der Haustür und fuhr mit dem Finger die Namensschilder entlang.

Na also, dachte sie, wer sagt's denn?

Sie klingelte Sturm.

Nach einiger Zeit meldete sich eine männliche Stimme.

„Herr Wieland?“, rief sie in die Sprechanlage. „Hier spricht die Polizei. Wir hätten gern einen Moment mit Ihnen gesprochen. Es ist wichtig.“

„Was? Haben Sie überhaupt eine Ahnung, wie spät es ist?“, knarrte es zurück.

„Und haben Sie eine Ahnung“, erwiderte sie trocken, „was hier unten überhaupt los ist?“

Carsten Wieland öffnete die Wohnungstür in einem dunkelroten Morgenmantel, unter dem er eine Jogginghose trug sowie Pantoffeln an den Füßen. Seine Frisur ließ keinen Rückschluss darauf zu, ob er gerade aus dem Bett kam oder noch gar nicht drin gelegen hatte. Müde jedenfalls wirkte Carsten nicht im Geringsten. Es gab sie wohl, diese Menschen, die um sechs Uhr morgens aussahen wie aus dem Ei gepellt. Eine Fähigkeit, um die Monika andere immer beneidet hatte.

Neben ihm hockte ein kleiner Beagle, der mit seinem schwarz gefleckten Schwanz wedelte und an ihren Schuhen schnüffelte. Sein Kläffen hatte bereits durch den gesamten langen Flur des achten Stockwerks gehallt, gleich nachdem sie und Schröter aus dem Fahrstuhl getreten waren.

„Was ist denn los?“, fragte Carsten verwirrt, den Blick zwischen ihr und Schröter hin und her gleitend.

„Dürfen wir hereinkommen?“

Carsten kratzte sich am Kopf und sah ein Mal kurz über die Schulter. Dann nickte er und trat beiseite.

Sie und Schröter folgten ihm ins Wohnzimmer. Nur das Nötigste stand hier, ein Sofa mit Couchtisch, eine Regalwand und vor dem Fenster ein Esstisch. Dazu zwei gerahmte Poster neumodischer Maler an den Wänden. Die Wohnung machte einen ordentlichen und geputzten Eindruck. Nichts lag herum, keine Zeitschriften, kein benutztes Geschirr, und sie wunderte sich, wie andere Leute dies so scheinbar mühelos bewerkstelligten. Sie konnte putzen und schrubben, wie sie wollte, und dennoch hatte sie anschließend den Eindruck, gleich wieder von vorne beginnen zu können.

Schröters Blick neben ihr war noch immer leicht verstört. Auch im Fahrstuhl hinauf in den achten Stock hatte sie sich geweigert, seine hektischen Fragen zu beantworten. Ihr war die Situation unangenehm, doch im Moment fühlte sie sich nicht in der Stimmung, ihm zu erklären, woher sie Carsten Wieland kannte. Schröter würde sich weiterhin gedulden müssen. Eine Tatsache, die ihm sichtlich schwerfiel.

„Was ist denn nun passiert?", fragte Carsten erneut, nachdem er ihnen einen Platz auf dem Sofa angeboten hatte.

„Jemand", antwortete Schröter seelenruhig und streckte seine Hand aus, um dem Hund hinter dem Ohr zu kraulen, „hat sich aus dem zehnten Stock Ihres Hauses gestürzt."

„Oh."

Carsten lehnte sich im Sessel zurück. Sein Ausdruck verriet nichts.

„Nicht irgendwer", fügte sie hinzu. „Alexander."

„Alex? Hier im Haus? Wieso sollte er ...?"

Verunsichert darüber, ob Carsten ihr glauben sollte, glitt sein Blick unwillkürlich zur Wohnungstür. Dann wollte er aufspringen. Sie hielt ihn zurück.

„Es ist besser, wenn Sie jetzt nicht hinuntergehen. Der Krankenwagen hat ihn bereits mitgenommen, aber die Spuren auf dem Asphalt ... also, die sind nicht besonders schön anzusehen. Glauben Sie mir."

„Ist er ...?"

„Ja. Er ist tot."

Ganz genau studierte Monika sein Gesicht. Da war noch der Zweifel, der langsam wich, ohne einem wirklichen Entsetzen oder einer Trauer Platz zu machen, die entweder seine Zeit brauchten, um spürbar zu werden, oder die er gar nicht erst empfand. Jedenfalls blieb Carsten erstaunlich gefasst.

„Wieso sollte er das tun?“, fragte er schließlich mit einer Stimme, die trotz allem eine gewisse Unruhe verriet. „Und warum hier? Bei mir?“

„Deshalb wollen wir ja mit Ihnen reden, Herr Wieland“, sagte Schröter, der sich ein wenig nach vorne lehnte, die Ellenbogen auf die Knie gestützt. „So, wie ich das eben verstanden habe, kannten Sie den Toten?“

Carsten starrte erst ihn, anschließend sie verwundert an.

„Natürlich kannte ich ihn. Was soll die Frage?“

Eilig legte Monika ihrem Kollegen kurz die Hand auf den Arm, weil sie wusste, wie schnell er wütend werden konnte und weil es ihre Schuld war, wenn sie ihn in eine peinliche Situation gebracht hatte.

„Sie müssen schon entschuldigen, Herr Wieland. Mein Kollege hier konnte nicht wissen, dass wir uns bereits kennen. Immerhin waren unsere Begegnungen bisher ermittlungstechnisch völlig irrelevant gewesen. Doch das scheint sich ja gerade zu ändern.“

Mit Schröters vorwurfsvollem Blick und seinem süßen Schmollmund musste sie jetzt leben. Irgendwie würde sie es wiedergutmachen. Später.

„Ich verstehe trotzdem nicht“, sagte Carsten. „Ich dachte, Sie sind von der Mordkommission. Weshalb …?“

„Wir haben den Verdacht, dass Alexander nicht ganz freiwillig gesprungen ist.“

Plötzlich wurde Carstens Blick vorsichtiger. Unwillkürlich zog er seinen Morgenmantel enger um die Brust zusammen. Seine Hand blieb dort liegen, sichtlich verkrampft.

„Was wollen Sie damit andeuten?“

„Gar nichts“, fiel sie eiligst ein. „Noch gar nichts. Wir wollen Ihnen lediglich ein paar Fragen stellen, das ist alles. Immerhin ist Alexander von diesem Hochhaus gefallen und nicht irgendwo sonst.“

„Verstehe.“

„Haben Sie eine Ahnung, was Ihr Freund hier gewollt haben könnte?“

Carsten sah sie direkt an. Seine abstehenden Ohren erröteten.

„Nein. Er war nicht bei mir, falls Sie das meinen. Ich war die ganze Nacht in meiner Wohnung und habe geschlafen, bis Sie mich geweckt haben. Allein."

„Könnte es sein, dass er Sie besuchen wollte?"

„Ich wüsste nicht, warum. Schon gar nicht mitten in der Nacht. Ich habe Alex nicht mehr gesehen seit der Beisetzung von Klaus. Wir standen uns nicht besonders nah. Ich kannte ihn ja kaum."

Schröter hatte die ganze Zeit aufmerksam zugehört, die Arme vor seiner breiten Brust verschränkt. Dass er noch immer schmollte, war offensichtlich. Langsam aber wurde er unruhig, und sie schwieg, um ihm die Gelegenheit zu geben, sich wieder an dem Verhör zu beteiligen. Kurz warf er ihr einen Blick zu, den sie mit einem Nicken kommentierte.

„Was also", fragte er, „hat dieser Alexander dann hier gewollt?"

„Woher soll ich das wissen? Alex war nicht immer ganz bei Sinnen. Was weiß ich, was ihn getrieben hat?"

Erst jetzt bemerkte Carsten, wie verkrampft er seine Hand am Morgenmantel hielt, und ließ sie augenblicklich fallen.

„Ach, kommen Sie schon", erwiderte Schröter in einem schärferen Tonfall. „Er wird nicht ohne Grund ausgerechnet Ihr Hochhaus gewählt haben, wenn genügend andere in dieser Gegend zur Verfügung stehen, von denen er sich hätte herunterstoßen lassen können. Es wäre deshalb nur in Ihrem eigenen Interesse, uns die Wahrheit zu sagen. Wir finden sie sowieso heraus. Bereits eine einzelne Schuppe oder ein einzelnes Haar von Ihnen an seiner Kleidung, und Sie sind geliefert!"

„Da hat mein Kollege nicht ganz Unrecht", warf Monika ein.

„Das ist doch kompletter Schwachsinn!", rief Carsten aus. „Warum sollte ich das denn getan haben?"

Erneut warf Schröter ihr einen Blick zu. Diesmal, weil er befürchtete, sich zum zweiten Mal lächerlich zu machen und weil er wusste, dass sie – aus einem ihm noch unbekannten Grund – mehr über die Hintergründe dieses Verbrechens zu wissen schien als er. Sie verstand und setzte das Verhör fort.

„Ja, warum nur?", fragte Monika ein wenig scheinheilig zurück. „Das beschäftigt mich bereits seit Längerem. Warum haben Sie mich zum Beispiel in meiner Wohnung aufgesucht und mir weismachen wollen, einer Ihrer Reisebegleiter wäre in den USA ermordet worden?"

„Ich habe Ihnen nichts weismachen wollen! Ich habe Ihnen die Pillen doch gezeigt!"

„Die Pillen?", fuhr Schröter dazwischen, direkt an sie gewandt. „Meint er etwa die Tabletten, die ich ...?"

„Nicht jetzt, Schröter", wies sie ihn zurecht, was er nicht verdient hatte, was sie jetzt aber nicht ändern konnte. Und an Carsten gewandt, sagte sie: „Ach ja, die Pillen. Genau das ist es, was ich nicht begreife. Warum kamen Sie damit zu mir? Warum dieses Theater, warum seine eigenen Freunde eines Mordes bezichtigen?"

Auf Carstens Stirn, bemerkte sie, hatten sich winzige Schweißperlen gebildet, und im ersten Moment verschlug es ihm die Sprache.

„Und heute", setzte sie unbeirrt fort, „stürzt sich Alexander von Ihrem Haus. Zufall? Oder hat Alexander etwas gewusst, das ihm schlecht bekommen ist?"

„Wenn Sie damit andeuten möchten, dass ..."

„Nein. Ich deute gar nichts an. Ich stelle fest. Alexander hat geahnt, wer die Tabletten ausgetauscht hat, die Klaus versehentlich geschluckt hat. Und die Sie ihm gebracht haben."

„Ich habe doch nicht gewusst, was das für welche waren!"

„Hat Klaus die Tabletten eigentlich in Ihrem Beisein geschluckt?", fragte sie.

Carsten schüttelte den Kopf.

„Nein. Er hat die Dose neben sich gelegt. Danach bin ich gegangen."

„Er muss sie wohl anschließend genommen haben", schlussfolgerte sie. „Alexander jedenfalls wird sich erinnert haben, und deshalb wurde er vom Balkon gestoßen. Weil er zu viel wusste. Und zwar keine zwanzig Meter von Ihrer Wohnungstür entfernt."

„Das muss ich mir nicht anhören. Die anderen hatten zehn Mal mehr Grund, ihn tot zu wünschen als ich! Warum fragen Sie nicht Jens und Peter oder Rolf? Oder seinen Freund?"

„Oh, das werde ich, keine Sorge. Sie sind nur der Anfang."

Dann war es still.

Carsten hob mehrmals seine rechte Hand, unschlüssig darüber, ob er den Schweiß von der Stirn wischen sollte oder nicht. Jedesmal entschied er sich dagegen und ließ die Hand wieder sinken. Der Beagle neben ihm hatte sich auf seine Hinterbeine gesetzt und sah sein Herrchen mit schief gestelltem Kopf an.

„Würde es Ihnen etwas ausmachen", fragte Schröter in die Stille hinein, „wenn ich mich kurz mal umsehen würde?"

„Tun Sie, was Sie nicht lassen können."

Schröter erhob sich und ging hinaus in den Flur. Carsten blickte ihrem Kollegen hinterher.

„Wie heißt denn der Hund?", fragte sie, um irgendetwas zu sagen.

Monika mochte keine Hunde. Diese sabbernde Anhänglichkeit machte sie nervös. Irgendwie hatte sie den Eindruck, dass Hunde ihren Besitzern etwas vorspielten, nur um Aufmerksamkeit oder Futter zu bekommen. Kleine Heuchler, nannte sie sie, und machte aus ihrer Abneigung normalerweise keinen Hehl. Jetzt aber zwang sie sich, Interesse zu zeigen, da sie wusste, wie stolz Hundebesitzer auf ihre Vierbeiner sein konnten.

„Oh, das ist Snoopy", antwortete Carsten, und, genau wie sie es geahnt hatte, sofort mit einem Lächeln auf dem Gesicht. „Wie der von den …"

„Ja, ja. Ich weiß schon. Wie niedlich."

Sie sah Snoopy nicht einmal an. Ihre Äußerung hatte auch alles andere als überzeugend geklungen, was Carsten nicht entgangen war. Sie konnte nur hoffen, dass Schröter sie so schnell wie möglich aus dieser Situation befreien kam.

„Was glaubt er denn zu finden?", fragte Carsten unsicher, als hätte er ihre Gedanken erraten.

„Polizisten schnüffeln gern überall herum."

Carsten verzog das Gesicht.

„Ein kleiner Scherz, verzeihen Sie. Aber leider ist das hier kein Scherz mehr, auch wenn ich dachte, die Sache mit Klaus sei nichts weiter als ein solcher gewesen. Ein schlechter. Doch wie es aussieht, bestehen wohl keinerlei Zweifel mehr."

Langsam zeigte sich die Anspannung, die Carsten die ganze Zeit unterdrückt hatte. Seine Hände zitterten und seine Stimme wurde brüchig.

„Ich habe nichts damit zu tun, ehrlich. Ich wäre doch verrückt, wenn ich ihn in meinem eigenen Haus umgebracht hätte."

„Oder verzweifelt", erwiderte sie trocken.

„Warum hätte ich so was überhaupt …?"

Carsten brach ab.

„Das Motiv kennen wir beide sehr genau. Sie vergessen, dass Klaus selbst mir gegenüber seinen Mund nicht halten konnte. Und was er gesagt hat, wird sich ohne Weiteres überprüfen lassen."

Resigniert nickte Carsten mit dem Kopf.

„Apropos", fuhr sie fort und zückte ihr kleines in Leder gebundenes Notizbuch. Ein Geschenk von Sven, das sie letztes Jahr von ihm zum Geburtstag erhalten hatte. „Ich bräuchte noch die vollen Namen und Adressen Ihrer Freunde."

„Das sind nicht meine Freunde", erwiderte er plötzlich so verbittert, dass Monika von ihrem Notizbuch aufsah. Sofort nahm Carsten das Gesagte ein wenig zurück.

„Es … es waren vor allem Klaus' Freunde, wollte ich sagen. Ich kannte sie erst seit einigen Monaten. Und Sie haben ja selbst gesehen, wie sie mich alle auf dem Friedhof gemieden haben."

Wer dort wen gemieden hatte, darüber wollte Monika jetzt kein Urteil fällen.

„Heißt das, Sie haben die Adressen nicht?", hakte sie nach.

„Doch, warten Sie."

Ein wenig widerwillig stand Carsten auf, ging kurz in den Flur und kam mit einem altmodischen Telefonverzeichnis zurück. Monika hielt ihren Stift bereit in der Hand und schrieb auf, was er ihr diktierte.

„Ich hätte Ihnen niemals vertrauen dürfen", murmelte er abschließend und klappte das Telefonverzeichnis übertrieben laut zu.

Sie runzelte die Stirn. Dieser Satz klang seltsam, auch wenn sie nicht genau sagen konnte, warum. Um nicht antworten zu müssen, sprang sie auf, um nachzusehen, was Schröter nebenan solange trieb. Carsten blieb im Sessel zusammengesackt sitzen.

Als sie in den Flur trat, kam Schröter aus dem Schlafzimmer.

„Und?“, fragte sie. „Was gefunden?“

„Nein, nichts. So sauber und aufgeräumt ist es nicht mal bei meiner Mutter. Und das soll schon was heißen. Nicht eine einzige Socke liegt herum. Hektisch umgezogen, als wir geklingelt haben, hat er sich jedenfalls nicht.“

„Okay“, antwortete sie, „lassen Sie uns verschwinden.“

Schröter ging zurück ins Wohnzimmer. Er würde Carsten Wieland seine Karte geben und ihm erläutern, dass er sich für weitere Ermittlungen bereit zu halten habe, und er würde diesem Snoopy ein paar Streicheleinheiten verpassen. Sie hörte seine gedämpfte Stimme und Carstens Schweigen. Wenige Minuten später hatten sie die Wohnung verlassen.

„Okay, okay“, begann sie bereits im Fahrstuhl, noch bevor Schröter Gelegenheit hatte, ihr zuvorzukommen. „Ich hätte es Ihnen sagen sollen.“

„Allerdings.“

„Aber bis vor zwei Stunden waren das doch nichts als Hirngespinste.“

„Ein paar Sätze hätten genügt. Ich kam mir vor wie ein Vollidiot!“

Sie standen nebeneinander in dem engen Aufzug, dessen Aluminiumwände über und über mit Graffiti und Kratzern verunstaltet waren. Schröter blickte stur geradeaus gegen die geschlossene Tür, seine Hände hinter dem Rücken verschränkt. Vorsichtig sah sie zu ihm hoch. Wenn Schröter eins nicht ertrug, dann Kritik und unprofessionelles Verhalten im Dienst. Aus seiner Sicht hatte sie ihn blamiert. Seine, wie mit einem Lineal gezogenen Brauen lagen tief über den Augen.

„Ach, kommen Sie schon“, sagte sie und stupste ihn sanft in die Rippen.

In diesem Moment öffnete sich die Fahrstuhltür, und Schröter eilte hinaus in den Hausflur des zehnten Stockwerks.

Männer, dachte sie seufzend und folgte ihm. Irgendwie sind sie alle gleich. Fred war genauso gewesen, viel zu schnell beleidigt und viel zu schnell in seiner männlichen Ehre gekränkt. Wenn sie jedes Mal, wenn Fred sie gegen den Kopf gestoßen hatte, so ein Theater veranstaltet hätte, wäre er abgehauen, lange bevor sie sich wünschte, er würde es endlich tun. Sie dagegen hatte sich natürlich beherrschen und Lappalien vergeben und vergessen können. Lappalien, die dennoch nur zu dem einzig unausweichlichen Ziel geführt hatten: der Scheidung.

Na, wenn schon, dachte sie, mit Blick auf Schröters breiten Rücken. Er würde ihr schon verzeihen. Denn dieser junge, schöne Mann besaß neben seiner Eitelkeit einen Ehrgeiz, der ihn Kränkungen schnell verdrängen ließ.

Seitlich hinter dem Aufzugsschacht, den man sowohl von links als auch von rechts umrunden konnte, führte jeweils eine Glastür hinaus auf diesen merkwürdigen Balkon. Er schien eine Art Übergang von einem Treppenaufgang zum anderen zu sein, ohne dabei eine wirkliche Funktion zu erfüllen, wenn man von dem Müllschlucker absah, der sich rechts in der Rückwand befand. Vom jeweiligen Balkon des nächsten Stockwerks überdacht, war er höchstens zwei Meter breit, und besaß eine durchgehende Betonplatte als Brüstung. Zumindest hatte man hier einen wunderbaren Ausblick über die Stadt, bis hin zu der Landebahn des ehemaligen Flughafens Tempelhof.

Der Polizist, der vor einer der Glastüren Wache hielt, öffnete ihnen ungefragt und nickte Monika schweigend zu. Vor der Balustrade hatte Schröter bereits sein Detektivgesicht aufgesetzt. Das Kinn leicht erhoben, seine linke Braue weit in die Stirn gezogen und die Lippen zusammengekniffen, erinnerte er sie jedes Mal an Warren Beatty als Dick Tracey in der gleichnamigen Comicverfilmung.

Darüber amüsiert, beugte sie sich mit ihm über die Brüstung, um hinunter auf die Steinplatten zu sehen, auf denen Alex zerschellt war.

„Ziemlich hoch“, sagte sie mit einem mulmigen Gefühl im Magen.

„Und nicht ganz leicht, einfach zu springen. Er hätte sich hier rücklings drauf setzen müssen. Selbstmörder hüpfen nicht wie bei einem Hürdenlauf. Sie halten inne, atmen tief durch und lassen dann erst los."

„Wir werden abwarten, ob Fingerabdrücke gefunden wurden. Der Typ von der Spurensicherung sagte zwar, es gäbe keine, außer die an der Tür, aber wer weiß."

Schröter sah sie merkwürdig an, als führte er etwas im Schilde.

„Stellen Sie sich bitte mal einen Moment mit dem Rücken zur Brüstung", sagte er, fasste sie an den Schultern und drehte sie behutsam um hundertachtzig Grad. Die Balustrade, spürte sie, reichte ihr nur knapp bis über das Gesäß.

„Wenn ich Ihnen jetzt", fuhr Schröter fort, seine Hände ausgestreckt vor ihren Busen haltend, „einen kräftigen Stoß versetzten würde …"

Sie wusste nicht, was irritierender war. Das mulmige Gefühl, nach hinten über die Balustrade kippen zu können, oder Schröters Hände so dicht an ihrer Brust. Der Blick seitlich nach unten verursachte jedenfalls einen leichten Schwindel wie am Abgrund des Grand Canyons, und unwillkürlich trat sie einen Schritt nach vorn.

Oder nicht ganz so unwillkürlich, wie Monika sich später eingestand.

Länger als nötig verharrten sie beide in dieser peinlichen Position. Dann zog Schröter mit hochrotem Kopf seine Hände zurück.

„Verzeihen Sie", stammelte er. „Ich wollte nicht …"

„Schon okay. Das kann passieren. Es war ja rein … rein beruflich."

„Ja, natürlich."

Eilig warf sie einen Blick in Richtung der Glastür. Der Polizist dahinter tat, als hätte er nichts bemerkt.

„Die ältere Frau", sagte sie, den Kopf zu ihren Brüsten gesenkt, als wollte sie sich vergewissern, ob Abdrücke entstanden waren, „hat Alexander mit einem zweiten Mann kommen sehen."

„Wer sollte es schon gewesen sein, außer Herr Wieland?"

„Ist Ihnen in der Wohnung etwas aufgefallen?", erwiderte sie mit einer Gegenfrage.

Schröter zuckte mit den Schultern.

„Nein, nichts. Wie gesagt, Kleidung lag nicht herum, und das Bett war ungemacht. Aber das muss nichts heißen. Er wird damit gerechnet haben, dass die Polizei bei ihm klingelt. Wieso fragen Sie?"

„Weil es andere Kandidaten gäbe, deshalb."

Jetzt waren sie wieder beim Anfang. Schröter wusste noch immer nichts von den Hintergründen, und sofort wurde sein Blick wieder ernst. Bevor er erneut einschnappen konnte, was sie im Moment nicht riskieren wollte, sagte sie: „Am besten wir gehen. Unterwegs erkläre ich Ihnen alles."

Gemeinsam verließen sie den Balkon, fuhren mit dem Fahrstuhl ins Erdgeschoss und gingen über den Vorhof zurück zum Wagen. Unterdessen war es hell geworden. Der Tatort zeugte noch von dem Aufprall. Ganz verwischen ließen sich die Spuren nicht, und die Delle in den Steinplatten würde ausgebessert werden müssen.

Als sie im Auto saßen, machte Monika einen Vorschlag.

„Wäre es sehr vermessen", fragte sie, „wenn wir zu mir fahren und ich Sie dort aufklären würde? Über die Vorgeschichte zu dem Fall, meine ich. Solange ich nicht weiß, was mit meinem Sohn ist, habe ich keine Ruhe."

„Kein Problem. Aber ich bin sicher, er liegt friedlich in seinem Bett."

Das konnte sie nur hoffen. Und wenn dem so war, dann würde sie ihm ordentlich die Leviten lesen! Und wenn nicht, dann … Sie blickte seitlich aus dem Fenster und versuchte solange die Ruhe zu bewahren, bis sie Gewissheit hatte. Schröter neben ihr sagte kein Wort mehr. Sie konnte seine Anspannung spüren wie auch die Blicke, denen sie jetzt nicht begegnen wollte. Die kurze Berührung auf dem Balkon hatte sie aus der Bahn geworfen. Das hätte nicht passieren dürfen. Klar, wenn es nur die Berührung an sich gewesen wäre, gäbe es keinen Grund, weiter darüber nachzudenken. Die Tatsache aber, dass sie darüber nachdachte, verhieß nichts Gutes. Nicht, wenn es sich um einen Kollegen handelte, dessen Vorgesetzte sie war.

Warum musste alles immer so kompliziert sein?

Vor ihrem Haus angekommen, stiegen sie aus, und Schröter schickte den Fahrer zurück ins Präsidium. Dann zwang sie sich, langsam zu gehen, langsam die Treppen hinaufzusteigen und langsam den Schlüssel ins Schloss zu stecken.

Im Flur blieb Schröter stehen, während sie die Tür zu Svens Zimmer öffnete und hineinsah.

Er lag unter der Bettdecke, alle viere von sich gestreckt und atmete tief. Auf seinem Gesicht lag ein sanftes Lächeln.

„Er schläft", sagte sie zu Schröter, nachdem sie die Tür geschlossen hatte.

„Na, bitte. Alles in Butter."

Von wegen. Nichts war in Butter. Nicht für eine Mutter, die kaum weiterwusste, die an der Laune ihres Sohnes verzweifelte und die sich Sorgen machte, weil sie keine Ahnung hatte, was in ihm vorging.

„Kommen Sie mit in die Küche. Ich mache uns Kaffee."

Etwas unsanft bugsierte sie Schröter in die Küche.

„Er wird erwachsen", sagte Schröter gegen den Herd gelehnt, während sie die Kanne mit Wasser füllte. „Haben Sie denn früher nie rebelliert?"

„Es ist komplizierter als das", sagte sie und zählte innerlich die Löffel Kaffee ab, die sie in den Filter tat. „Sven ist … na, er ist eben anders. Und die Scheidung hat nicht gerade geholfen."

„Hat er noch Kontakt zu seinem Vater?"

Sie zuckte mit den Schultern.

„Sporadisch, ja. Seit der Scheidung hat Fred sich nie viel um ihn gekümmert, und seit er seine neue Freundin hat, scheint ihm Sven nur noch im Weg zu sein."

Schröter blickte durch die offene Küchentür zu dessen Zimmer und nickte.

„Ja", sagte er leise. „Ich weiß, wie das ist."

Über das Gurgeln der Kaffeemaschine hinweg horchte sie auf. Leider war jetzt nicht der richtige Zeitpunkt, darauf einzugehen.

„Also“, lenkte sie ab, „was diesen Fall angeht …“

Er wandte sich ihr zu, etwas überrascht und wohl auch enttäuscht darüber, wie scheinbar gleichgültig sie seine letzte Bemerkung überging. In seinen Augen lag ein seltsamer Ausdruck, den sie nicht ganz zuordnen konnte oder wollte. Sie griff nach der Kanne und schenkte ihnen ein.

„Während unseres Urlaubs in Amerika sind einige Dinge passiert, die wohl gerade eine ganz neue Bedeutung bekommen. Daher kenne ich diesen Carsten Wieland und den Toten. Wir waren gemeinsam am Grand Canyon. Aber gehen wir lieber ins Wohnzimmer.“

Sie reichte ihm den dampfenden Becher und verließ die Küche.

An dem Esstisch setzten sie gegenüber, dort, wo sie mit Carsten bereits gesessen und ihm nicht wirklich geglaubt hatte. Dann begann sie zu erzählen. Schröter beugte sich weit über den Tisch, nippte ab und an am Kaffee und hörte aufmerksam zu. Schließlich, als sie die Tabletten erwähnte, die Carsten ihr übergeben hatte, hellten sich Schröters Gesichtszüge auf, da er ihr nun ohne Weiteres folgen konnte.

„Na ja“, kam sie endlich zum Schluss, nicht ohne eine Spur von Reue in der Stimme, „und nach Klaus Teichmanns Beerdigung habe ich beschlossen, die Sache zu vergessen. Es wäre sinnlos, weiter nachzuforschen, habe ich gedacht. Und ich hielt es für Stänkereien zwischen ehemaligen Freunden. Ausflüchte, um dem Tod irgendeine Erklärung zu geben. Ich habe mich gründlich geirrt.“

Einen Moment lang sagte Schröter nichts, sondern starrte in seinen halbleeren Becher.

„Könnte es nicht sein“, erwiderte er, „dass beide Todesfälle nichts miteinander zu tun haben? Wenn, wie Sie sagen, Alexander Schneider tablettenabhängig war, dann gibt es bestimmt auch andere Gründe.“

„Ja, ich weiß schon, was Sie meinen. Drogengeschäfte, Erpressung, Krach mit dem Freund. Könnte natürlich alles sein. Aber ich bin sicher, das war es nicht.“

Schröter grinste sie herausfordernd an.

„Weibliche Intuition, was?“
„Machen Sie sich nicht über mich lustig!“
„Fiele mir nicht im Traum ein, Frau Hauptkommissarin.“
Beide blickten sich an, was Monika nicht lange ertrug. Schnell nahm sie einen großen Schluck lauwarmen Kaffee. Vielleicht hätte sie Schröter nicht mit in die Wohnung nehmen sollen. Wenn die Kollegen davon erfuhren, gäbe es dummes Gerede. An das Getuschel während ihrer Scheidung und der Beförderung konnte sie sich noch allzu gut erinnern, und dies hier würde um ein vielfaches Schlimmer ausfallen.

Schröter hatte ihr Unbehagen bemerkt, was ihn keineswegs zu stören schien. Sie konnte nur hoffen, dass er nicht die Absicht hatte, sich hochzuschlafen. Und wenn, dann bitte nicht nur aus Karrieregründen heraus.

Bei diesen Gedanken verschluckte sie sich. Das zweite Mal an diesem Morgen.

„Entschuldigung“, sagte Schröter, nachdem sie ihren Husten unter Kontrolle bekam. „Ich wollte auf keinen Fall Ihre Kombinationsgabe in Frage stellen.“
„Ich weiß.“
Über den Rand des Bechers hinweg sah Monika ihn an, unsicher, ob er sie auf den Arm nahm oder mit ihr flirtete. Männer, die so aussahen wie Schröter, hielten sich gewöhnlich für unwiderstehlich. Und wahrscheinlich waren sie das für viele Frauen auch. Schröters stahlblaue Augen, seine pechschwarzen Haare, von denen eine Strähne ihm oft lasziv ins Gesicht hing, gepaart mit diesem Lächeln, hinter dem seine weißen Zähne funkelten … Wie sollte Schröter da je an sich zweifeln? Und uninteressant oder dumm war er schließlich auch nicht. Ganz im Gegenteil.

Um Himmels willen, schoss es ihr peinlich berührt durch den Kopf, was war denn bloß los mit ihr? War sie bereits derart ausgehungert?

Nun, wenn sie ehrlich sein wollte, dann wäre körperlicher Kontakt nicht unbedingt verkehrt, auch oder gerade wegen ihrer Enttäuschungen. Mit Fred hatte sie nach den ersten zwei Jahren ihrer Ehe so gut wie überhaupt keinen Sex mehr gehabt, was hauptsächlich seiner Unlust geschuldet blieb. Fußball, ja, darüber konnte er sich erregen, wobei es dabei auch meist geblieben war. Wahrscheinlich ging er ins Bordell oder ins Sex-Kino oder verabredete sich über das Internet. Ihr gegenüber wurde er lediglich streitsüchtig und behandelte sie wie eine Dienstmagd. Und als sie irgendwann mehr Geld mit nach Hause brachte als er, konnte sein Ego das kaum verkraften. Jede Kleinigkeit brachte ihn aus der Fassung. Zunächst waren es verbale Angriffe und Beleidigungen, bis ihm irgendwann das erste Mal die Hand ausrutschte. Nur eine halbherzige Ohrfeige, weder schmerzhaft noch unverzeihlich, wäre es dabei geblieben. Doch hier war etwas, bei dem Fred sich endlich überlegen fühlen und bei dem er seine Macht ausspielen konnte, die ihm ansonsten zu entgleisen drohte. Und nachdem er arbeitslos geworden war, wurde alles nur schlimmer. Er kam sich nutzlos vor und kompensierte seine Minderwertigkeitsgefühle mit Gewalt. Sie dagegen kompensierte seine Wutausbrüche mit einem Liebhaber.

Herbert Grasinski hatte sie im Supermarkt angesprochen, zwischen Reis und Kartoffelpüree. Sie fühlte sich geschmeichelt, obwohl er um einiges älter war als sie und seine Anmache abgedroschen klang. Für drei Wochen aber gab er ihr, was sie so schmerzlich vermisste. Zuneigung, Wärme und Sex. Damit, dachte sie, könnte sie ihre Ehe ertragen. Allerdings erwies sich Herbert als der perfekte Gentleman und das in jeglicher Hinsicht. Eines Abends stand er vor ihrer Tür und drohte Fred, der ihm öffnete, er solle seine dreckigen Finger von ihr lassen. Seitdem hatte sie Herbert nie wieder gesehen, und die Zustände zu Hause wurden unerträglicher als jemals zuvor.

Was ihr dann nach der Scheidung an Männern unter die Finger gekommen war, nun, auch das war nicht wirklich der Rede wert gewesen. Was das andere Geschlecht anbelangte, hatte sie bisher kläglich versagt. Wieso also, glaubte sie, sollte es diesmal anders werden?

Glücklicherweise hatte Schröter die ganze Zeit einfach weitergeredet, ohne ihren abwesenden Gesichtsausdruck zu bemerken. Sie selbst hätte in diesen Momenten kein einziges Wort herausgebracht. Jetzt allerdings sollte sie sich zusammenreißen.

„Also mal angenommen“, sagte er, „Sie haben recht. Dann ließe sich die Zahl der Verdächtigen erheblich verringern. Dann könnten wir den Kreis auf fünf Personen einschränken, richtig?“

„Ja. Die, die beim Grand Canyon dabei waren“, erwiderte sie erleichtert, da sie sich zurück auf sicherem Terrain befand.

„Gut. Und Sie? Wo waren Sie eigentlich beim Zeitpunkt des ersten Mordes?“, fragte er, als wäre er Hercule Poirot.

Sie lehnte sich weit im Stuhl zurück.

„Ich bin in der Nähe des Hotels geblieben“, sagte sie. „Wenn ich es mir recht überlege, hätte ich diesen Felsvorsprung, auf dem es passierte, über den Canyon hinweg sogar sehen können. Der Canyon macht eine Art Biegung, wie ein Halbrund, so dass sich Hotel und Felsvorsprung beinahe gegenüber liegen. Wenn auch in etlicher Entfernung.“

„Und Sven war dabei?“

„Ja. Er hatte einen Narren an diesen Typen gefressen, und sie haben ihn auf diesen Ausflug mitgenommen. Er hat aber nichts Verdächtiges gesehen.“

Schröter blickte kurz über die Schulter hinweg in Richtung Flur. Aus Svens Zimmer war noch immer nichts zu hören.

„Sie wissen schon“, sagte er dann, „dass Sie den Fall abgeben müssen, wenn bekannt wird, dass Sie und Ihr Sohn darin verwickelt sind.“

„Natürlich weiß ich das.“

Schröter hob seine eine Augenbraue und grinste.

„Aber Sie werden es nicht tun, richtig?“

Statt sofort zu antworten, nahm Monika einen weiteren, diesmal vorsichtigen Schluck aus dem Becher. Selbstverständlich kannte sie die Vorschriften, und ebenso selbstverständlich würde sie sie diesmal übergehen.

„Sie könnten ein Disziplinarverfahren an den Hals kriegen“, gab Schröter zu Bedenken. „Und womöglich zurückgestuft werden. Wollen Sie das riskieren?“

„Ich habe gar keine Wahl“, erwiderte sie entschlossen. „Sven hat genug mitgemacht in letzter Zeit. Und damit meine ich nicht nur den Mord. Meine Scheidung, die Schule und überhaupt. Im Moment ist er, glaube ich, ziemlich labil. Wenn er jetzt auch noch von fremden Personen ausgefragt wird, die ihn womöglich verdächtigen könnten – das wäre zu viel für ihn. Das werde ich auf keinen Fall zulassen."

„Auf dem Revier gibt es sicherlich einige, die diese Entscheidung nicht billigen werden, sollte sie publik werden. Durch Ihre Beförderung letztes Jahr hat sich so manch einer übergangen gefühlt. Sie wissen bestimmt, wen ich meine. Kommissar Lohse wäre mehr als erfreut, wenn man Ihnen ein Verfahren anhängt."

„Und Sie?", fragte Monika. „Was ist mit Ihnen?"

Schröter zuckte mit den Schultern, als ginge ihn die Diskussion nichts an.

„Mir gegenüber brauchen Sie sich nicht zu rechtfertigen. Was kümmert es mich, was Sie im Urlaub getrieben haben. Ich will nur wissen, was hier in Deutschland passiert ist."

„Soll das heißen ...?"

Ein wenig schuldbewusst sah Schröter in seinen Becher, den er mit beiden Händen umfasst hielt. Sie konnte sehen, wie sehr er mit sich rang. Immerhin stand sein Ruf mit auf dem Spiel, der ihm mehr bedeutete als alles andere. Warum also zögerte er?

„Sie sollten wissen", sagte er, den Kopf noch immer gesenkt, „dass ich Ihre Situation sehr gut nachvollziehen kann, auch wenn es ewig her ist. Meine Eltern wurden, als ich noch ein Kind war..."

Schröter brach ab.

Plötzlich wirkte ihr ansonsten so selbstbewusster Kollege verletzlich. Sie errötete. Sie hatte nicht in seiner Vergangenheit spionieren wollen, obwohl sie eine Neugier in sich aufsteigen spürte, die sie kaum unterdrücken konnte. Denn hier schien jemand zu sein, dessen Leben nicht ganz so perfekt und glatt verlaufen war, wie sein Äußeres es einem vorzugaukeln vermochte. Das machte ihn in ihren Augen um einiges interessanter, als sie ihn ohnehin schon fand.

Schnell schüttelte Monika bei diesen Gedanken den Kopf. Es ging doch überhaupt nicht um ihn, es ging um sie. Das war das Einzige, um das sie sich kümmern sollte. Und wenn das, was Schröter ihr gerade angeboten hatte, ernst gemeint war, dann sollte sie ihm dankbar sein. Dankbar. Und weiter nichts.

„Wenn es Ihnen hilft“, sagte Schröter in das Schweigen hinein, das sich um sie herum gebildet hatte, „dann habe ich also vorhin bei Ihrer Erzählung über den Vorfall am Grand Canyon gar nicht zugehört.“

„Sie müssen das nicht tun, Schröter. Das kann ich nicht verlangen. Nicht, wenn es um Ihre Zukunft geht.“

„Ich weiß“, erwiderte er schulterzuckend und fügte, um seine plötzlich aufgekommene Verlegenheit zu überspielen, ausweichend hinzu: „Also, wie wollen Sie jetzt vorgehen?“

Sie nickte ihm lächelnd zu. Was immer Schröter auch veranlasst haben mochte, ihr so selbstlos zu helfen, sie sollte es als das hinnehmen, was es war. Als eine freundschaftliche und ungemein großzügige Geste.

„Na, das Übliche“, antwortete sie, ebenso sachlich, wie er gefragt hatte. „Wir werden alle fünf Verdächtigen vernehmen. Und darauf hoffen, dass die Spurensicherung irgendetwas Brauchbares findet.“

„Wie spät ist es denn?“

Sie blickte auf die Armbanduhr.

„Halb neun“, antwortete sie.

„Noch zu früh, um den möglichen Mörder aus dem Bett zu klingeln?“

„Dafür ist es nie zu früh.“

Schröter stand auf und richtete seine Krawatte.

„Dann lassen Sie uns keine Zeit verlieren“, sagte er, als dränge es ihn plötzlich, die Wohnung so schnell wie möglich zu verlassen. „Sie wissen ja nun, dass Ihr Sohn friedlich in seinem Bett liegt.“

„Ja, das beruhigt mich. Gehen wir.“

Das war gelogen. Natürlich war sie nicht beruhigt. Im Gegenteil. Am liebsten hätte sie Sven aus dem Bett gezerrt und ihn solange geschüttelt, bis er versprach, nie wieder die Wohnung zu verlassen!

Aber ihr Arbeitstag war noch längst nicht vorbei, und sie sollte zurück aufs Präsidium. Die Standpauke würde warten müssen.

Kapitel 6

„Jens? Hier ist Carsten."

Einen Moment war Stille.

„Hallo?"

„Was willst du?

„Ich … ich wollte dich nicht wecken, aber …"

„Danke. Hat großartig funktioniert. Wieso rufst du an? Ich will nichts mehr mit dir zu tun haben. Keiner von uns."

„Wie geht es Thomas?"

„Wie es …? Rufst du mich etwa mitten in der Nacht an, nur um mich das zu fragen? Thomas hat selber Telefon. Sogar drei, wenn ich nicht irre."

„Dann weiß er es also noch nicht?"

„Was? Was soll er noch nicht wissen? Komm endlich zum Punkt, damit ich auflegen kann."

„Es ist Alex. Er …"

Kurz versagte Carsten die Stimme.

„Die Polizei war gerade hier. Mit der Mutter von Sven."

„Es reicht! Hör endlich auf, uns alle in den Dreck zu ziehen. Ich warne dich zum letzten Mal!"

„Warte, Jens. Leg nicht auf, bitte! Darum geht es ja gar nicht. Alex, er … er ist tot."

„Sag das noch mal."

„Er … er ist vom Hochhaus gestürzt. Hier. Bei mir."

„Wenn das ein blöder Scherz sein soll …"

„Nein. Leider nicht. Sie haben ihn gerade erst abtransportiert. Deshalb war auch die Kripo da."

„Bei dir im Haus?"

„Ich weiß nicht, warum. Er war nicht bei mir. Nicht in der Wohnung, meine ich. Ich habe ihn ja ewig nicht mehr gesehen. Keine Ahnung, was er hier wollte. Die Polizei behauptet, er wurde gestoßen."

Wieder war es still.

„Du weißt, was das bedeutet, Jens. Oder?"

„Natürlich weiß ich das. Ich bin nicht bescheuert."

„Wir werden zusammenhalten müssen, Jens. Deshalb wollte ich es dir gleich sagen. Damit wir uns überlegen können …“

„Du verdammtes Arschloch!“

„Jens?“

Carsten wartete verzweifelt auf eine Antwort. Dass es nicht leicht sein würde, mit Jens zu reden, war ihm durchaus bewusst gewesen. Auf eine solche Reaktion aber war er nicht gefasst.

„Jens? Bitte, Jens. Bist du noch dran?“

Rolf öffnete Jens die Tür, nachdem er dagegen gehämmert hatte wie ein armer Irrer. Und wie ein solcher sah er wohl auch aus.

Überstürzt hatte Jens sich angezogen, ohne zu duschen oder sich die Haare zu kämmen, hatte lediglich seinen Mund mit Odol ausgespült und war mit dem Fahrrad vom Bayrischen Platz bis zu Rolfs Wohnung am Mehringdamm gerast. Zweimal hatte er eine rote Ampel überfahren und konnte beim ersten Mal nur knapp einem abbiegenden Auto ausweichen. Ansonsten war an diesem Sonntagmorgen zum Glück wenig Verkehr. Fünfzehn Minuten später hatte Jens dann hektisch sein Rad an einen Laternenmast angeschlossen und war, völlig außer Atem, die Stufen hinaufgerannt.

„Ist Peter bei dir?“, fragte er keuchend und mit Tränen in den Augen, von denen er nicht genau wusste, ob sie vom kühlen Gegenwind oder vom Weinen herrührten.

„Was ist denn so dringend?“

Rolf war bereits vollständig angezogen, obwohl es gerade mal sieben Uhr war. Er trug Jeans und dieses Cowboyhemd, das er sich in Las Vegas gekauft hatte, und ein wenig um seinen Bauch spannte. Sein kurzer Vollbart war sorgfältig gestutzt. Er stand breitbeinig in der Tür, so als wollte er Jens gleich wieder fortschicken.

„Lässt du mich jetzt rein oder nicht?“

Schließlich zuckte Rolf gleichgültig mit den Schultern und trat beiseite.

„Aber ich will keinen Ehekrach in meiner Wohnung, verstanden?“

Diesen Seitenhieb versuchte Jens zu ignorieren. Der Grund, weswegen er gekommen war, ging über seine zerbröckelnde Beziehung mit Peter weit hinaus. Darüber wollte und konnte er sich jetzt keinen Kopf machen. Früher oder später würde Peter sowieso zu ihm zurückgekrochen kommen, davon war er überzeugt. Peter war noch immer zu ihm zurückgekehrt, und er würde es wieder und immer wieder tun. Da war es egal, dass Peter glaubte, es mit ihm zurzeit nicht mehr auszuhalten. Am Abend zuvor hatte er wutentbrannt seinen Rucksack gepackt und war zu Rolf geflüchtet. Das kannte Jens bereits. Das ging vorüber. Das hatte nichts zu bedeuten.

Dass Jens nun ihm hinterherlaufen musste, könnte womöglich einen falschen Eindruck erwecken. Doch die Situation ließ keine andere Möglichkeit zu.

Im Wohnzimmer saß Peter am runden Esstisch und blickte verwundert auf. Anders als Rolf hatte er lediglich ein T-Shirt und seine Boxershorts an, aus denen seine stämmigen, behaarten Beine ragten. Rolf war Jens langsam durch den Flur gefolgt und blieb hinter ihm im Türrahmen stehen.

Jens holte tief Luft. Wie immer konnte er einen gewissen Neid bei Rolfs Einrichtung nicht ganz verbergen. Nur die teuersten Möbel und Elektrogeräte standen hier, die sich Peter und er niemals würden leisten können, solange er selbst keine Lust verspürte zu arbeiten. Bereits auf der USA-Reise war es ihm unangenehm aufgestoßen, dass Rolf in jedem Hotel ein Einzelzimmer in einer besseren Kategorie bezog.

Allerdings herrschte heute in der ansonsten so penibel aufgeräumten Wohnung eine gewisse Unordnung. Peters Rucksack lehnte in einer Ecke gegen aufgerissene Kartons und einem Computer, der in seine Einzelteile zerlegt worden war. Diese lagen wahllos neben dem Schreibtisch auf dem Boden.

Als Jens endlich seinen Blick von dem kaputten Gerät nehmen konnte, starrte Peter ihn misstrauisch an. Seine Wut schien noch immer nicht verflogen.

„Ganz egal, was du hier zu suchen hast“, sagte er gereizt, „ich will es nicht hören. Also verschwinde wieder.“

„Hör mir doch erst mal zu", erwiderte Jens im selben Tonfall. „Es geht überhaupt nicht um uns. Glaub mir, deswegen würde ich nicht rennen."

„Stimmt. Es geht immer nur um dich."

„Ach ja? Wie einfach ist das denn?"

„Ganz einfach. Und ich habe endgültig genug davon."

Hinter ihnen begann Rolf sich laut zu räuspern. Ruckartig wandte Jens sich um. Dass Peter so genervt klang, daran war Rolf bestimmt nicht ganz unschuldig. Jens wusste schließlich genau, wie gern Rolf es sähe, wären er und Peter endlich getrennt. Wer weiß, was Rolf seinem Freund gestern Abend alles eingeredet hatte!

„Keinen Streit, habe ich gesagt", ermahnte Rolf.

Notgedrungen schluckte Jens seinen Ärger hinunter. Dies war weder der richtige Ort, geschweige denn der richtige Zeitpunkt, um Rolf jetzt Paroli zu bieten.

„Ich will keinen Streit", antwortete Jens zähneknirschend. „Das ist das Letzte, was wir im Moment gebrauchen können. Ich bin nur hier, um – wegen Alex. Er ist tot."

Rolf ließ die Arme sinken, die er vor der Brust verschränkt hielt. Peter weitete überrascht die Augen.

„Woher willst du das wissen?", fragte er.

„Carsten hat mich angerufen", erwiderte Jens und wiederholte die wenigen Sätze, die Carsten am Telefon ihm mitgeteilt hatte.

„Und wie es aussieht", endete er, „ist Alex nicht freiwillig gesprungen."

An ihm vorbei warf Peter einen Blick hin zu Rolf, der sich endlich vom Türrahmen löste und sich neben Peter an den Tisch setzte. Jens blieb weiterhin stehen, auch weil es niemand für nötig hielt, ihm einen Platz anzubieten.

„Was sollen wir jetzt tun?"

„Erst mal Ruhe bewahren, Jens", sagte Rolf, der tatsächlich so gefasst war, als ginge ihn die ganze Sache nichts an.

„Ruhe bewahren?", rief er aufgebracht zurück und warf beide Arme in die Luft. „Jeden Moment kann die Polizei hier hereinstürmen und uns alle einsperren."

„Dann wäre deine Hysterie genau das Falsche", warf Peter ein. „Wir haben uns doch nichts vorzuwerfen, oder?"

Jens sah auf seinen Freund, der seinen Blick ausdruckslos entgegnete. Irgendwie hatte er den Eindruck, als fänden die beiden seine Reaktion völlig überzogen. Dass er stand und sie saßen, machte die Situation keineswegs besser.

„Nein", stammelte er verunsichert, „natürlich nicht."

„Gut", sagte Rolf. „Uns wird also nichts passieren. Carsten sitzt viel tiefer im Dreck als wir. Immerhin ist es bei ihm passiert."

Seine Ruhe fand Jens weiterhin verstörend, wenn nicht gar herzlos. Zwar war Rolf noch nie ein Mensch gewesen, der seine Gefühle offenlegte, aber ein wenig Anteilnahme könnte er schon zeigen. Wenigstens Peter verriet eine gewisse Unruhe. Mehrmals fuhr er sich mit der rechten Hand über den Schnauzbart, die andere Hand auf der Tischplatte zur Faust geballt, um das leichte Zittern zu unterdrücken, das Jens sehr wohl bemerkt hatte.

„Was ist mit Thomas?", fragte Rolf.

„Keine Ahnung", erwiderte Jens. „Was soll mit ihm sein? Wahrscheinlich weiß er es noch gar nicht."

Ruckartig sprang Rolf von seinem Stuhl auf, dass dieser nach hinten umkippte. Eine solch spontane Reaktion hätte Jens ihm nicht zugetraut, zumal diese Hektik gestellt und einstudiert wirkte.

„Ich fahre zu ihm", rief er aus. „Es ist besser, er erfährt es von mir als von der Polizei."

„Willst du uns hier etwa allein lassen?", rief Jens überrascht zurück.

Beinahe schadenfroh grinste Rolf ihm entgegen.

„Ja, das will ich. Es macht keinen Sinn, wenn wir plötzlich alle drei bei ihm aufkreuzen. Und ich bin sicher, ihr werdet euch vertragen. Oder möchtest du lieber allein zurück in eure Wohnung?"

Jens verzog das Gesicht zu einer Grimasse. Nein, das wollte er auf keinen Fall. Er sah hinüber zu Peter, der noch immer am Tisch saß, beide Hände darauf verschränkt. Seine Augen wirkten unausgeschlafen, und die beiden Falten seitlich der Mundwinkel tiefer als sonst. Eine eigene Meinung zu Rolfs Vorschlag schien er nicht zu haben.

„Na, meinetwegen."

Rolf klopfte ihm herablassend mit der flachen Hand auf die Schulter, die Jens augenblicklich unter der Berührung fortzog. Dann ging Rolf zu dem in Einzelteile zerlegten Computer und legte alles in den aufgerissenen Karton.

„Was ist das überhaupt?", fragte Jens und trat einen Schritt näher.

„Ich habe mir einen neuen gekauft", antwortete Rolf, ohne von seiner Arbeit aufzusehen. „Ich schmeiße den alten weg."

Unter dem kleinen Schreibtisch neben dem Karton stand tatsächlich ein neuer Computer, zusammen mit einem riesigen Monitor auf der Tischplatte.

„Hättest du den nicht uns geben können?"

„Ach was, der war völlig hinüber. Peter und ich haben den neuen gestern erst angeschlossen. Ich entsorge die Reste auf dem Weg."

„Hoffentlich kommt Thomas klar", sagte Peter hinter ihm. „Es wird ein Schock für ihn sein, wenn er das erfährt."

Jens wandte sich um. Sein Freund starrte zwischen ihm und Rolf hindurch ins Leere. Die Situation hatte ihn plötzlich altern lassen. Seine Müdigkeit war wohl nicht nur dem frühen Morgen geschuldet.

Wie Thomas reagieren würde, wusste niemand von ihnen. Seine harte Schale mochte für eine solche Hiobsbotschaft nicht hart genug sein. Besonders gemocht hatte Jens ihn nie, ebenso wenig wie er seine Beziehung zu Alex verstanden hatte. Aber das beruhte wohl auf Gegenseitigkeit. Seinen Freund allerdings auf diese Weise zu verlieren, war ein harter Schlag, den Jens nur allzu gut nachempfinden konnte. Denn auch er hatte erst vor Kurzem einen Freund verloren. Einen Freund, der viel mehr als nur ein Liebhaber gewesen war.

Unterdessen hatte Rolf fertig gepackt, stand auf und klemmte sich den Karton unter den Arm.

„Also", sagte er, „ich werde dann mal los."

„Soll ich nicht doch mitkommen?", bot Peter an.

„Nein, lieber nicht. Wahrscheinlich will Thomas sowieso allein sein, wenn ich es ihm gesagt habe."

„Okay."

Irgendwie kam Jens sich überflüssig vor. Er wusste nicht einmal, wie er sich verhalten sollte. Die ganze Zeit hatte er nur blöd mitten im Zimmer gestanden, und jetzt mit Rolf auf dem Weg zur Tür, allein mit Peter, fühlte er sich noch blöder. Was sollte er hier? Nicht einmal seine Jacke hatte er ausgezogen, und die Situation ließ nicht gerade eine ungezwungene Atmosphäre aufkommen. Ganz abgesehen davon, dass mit Peter eine solche schon lange nicht mehr aufgekommen war.

Natürlich könnte er ebenfalls gehen, zurück nach Hause. Doch so, wie Peter dort saß, angespannt und bemüht, nicht zu weinen, tat er ihm plötzlich leid.

Als die Wohnungstür ins Schloss fiel, sah er Peter an.

„Und nun?", fragte er seufzend.

„Nun bleibt uns nichts anderes übrig, als auf die Polizei zu warten."

„Glaubst du, die kommt so schnell dahinter, mit wem Alex befreundet war?"

Peter runzelte die Stirn und blickte ihn verwundert an.

„Ich denke mal", sagte er dann, „dass Svens Mutter ihnen schon den richtigen Weg weisen wird."

„Oh."

Daran hatte Jens nicht gedacht. Diese neugierige Person, hatte er gehofft, wären sie endgültig los. Jetzt aber war sie zurück, noch dazu in beruflicher Funktion. Und sie wusste bereits mehr, als ihnen allen lieb sein konnte. Denn dass Alex' Tod mit dem von Klaus im Zusammenhang stand, dafür brauchte es keine Meisterdetektivin.

Mit einem unguten Gefühl im Magen drehte Jens sich zur Tür. Jeden Moment, so befürchtete er, würde es klingeln.

An Thomas' Gesichtsausdruck war deutlich abzulesen, dass er Bescheid wusste.

Tränen hatte er keine in den Augen, aber sein zusammengepresster Mund verriet eine Anspannung, die Rolf so an ihm nicht kannte. Auch ballte er ständig seine Finger zur Faust, knetete sie unkontrolliert, und nie blieben seine Blicke länger als ein, zwei Sekunden irgendwo haften. Mit seinen ein Meter neunzig und den breiten Schultern wirkte seine Verzweiflung umso hilfloser.

„Woher weißt du es?", fragte Rolf, nachdem Thomas ihm die Tür geöffnet hatte, um dann ohne ein Wort den Flur entlang in das riesige Wohnzimmer zu gehen. Dort blieb er vor der gläsernen Terrassentür stehen. Rolf war ihm gefolgt.

„Die Polizei ist hier gewesen. Vor einer halben Stunde. Nur ein Beamter, der mir gesagt hat, dass Alex gesprungen ist."

„Mehr nicht?"

Ganz langsam drehte Thomas sich um, die Augenbrauen tief nach unten gezogen.

Rolf berührte leicht seinen Arm, den Thomas nur kurz ertrug.

„Angeblich", sagte er leise, „ist er nicht gesprungen."

Thomas nickte, den Blick hinaus in den Garten gerichtet, auf dessen Rasen noch immer die beiden Liegestühle standen.

„Ja. Das habe ich mir denken können. Dazu wäre Alex nicht fähig gewesen."

„Du weißt, was das heißt, oder?"

„Natürlich weiß ich das. Ich bin ja nicht blöd!"

Rolf sah ihn an. Unter seinen Augen lagen tiefe, dunkle Ringe, als hätte Thomas seit Tagen nicht geschlafen. Sein Gesicht wirkte hager, so dass die gebrochene Nase markanter hervortrat. Auch seine Haltung war weniger aufrecht als sonst. Eine Hand hatte er an den Rahmen der Terrassentür gelegt und sein gesamtes Gewicht dagegen gelehnt.

„Und? Wie geht es dir?"

Thomas zuckte mit den Schultern. Bevor er antwortete, zog er eine Zigarette aus der Packung, die auf dem Fensterbrett lag, und zündete sie an. Er inhalierte tief und blies den Rauch in die Höhe.

„Wie soll es mir schon gehen? Beschissen. Ich warte ja nur darauf, dass die Bullen zurückkommen, um mich auszuquetschen. Dabei weiß ich gar nichts."

„Wann hast du Alex denn zuletzt gesehen?"

„Gestern Abend. Er ist noch ausgegangen. Ich war zu müde und bin ins Bett."

„Weißt du, wohin er gegangen ist?"

Thomas sah wieder hinaus in den Garten, den Alex liebevoll gepflegt hatte. Die Blumenbeete, die Hecke, das geschnittene Gras waren sein Verdienst. Thomas war das immer egal gewesen. Um das Haus kümmerte sich Alex, während sein Freund die meiste Zeit in der Praxis verbrachte. Nicht nur in dieser Hinsicht, wusste Rolf, waren die Rollen klassisch verteilt, wie auch bei Peter und Jens. Mit dem entscheidenden Unterschied, dass Alex sich gegen diese Rollenverteilung niemals aufgelehnt hätte. In dieser strengen Abgrenzung fühlte sich Alex geborgen, die ihm das Gefühl von Sicherheit vermittelte. Jede Verschiebung oder gar Auflösung hätte ihn aus seinem labilen Gleichgewicht gebracht.

„Keine Ahnung", sagte Thomas nach einer kurzen Pause. „In einen Club, nehme ich an."

„Seit wann geht Alex denn in Clubs? Ich dachte, dazu wäre er viel zu …"

Viel zu lethargisch, hatte Rolf sagen wollen, unterbrach sich dann aber lieber selbst.

„Kam ja auch nicht oft vor. Alle paar Monate mal, wenn er sowieso nicht schlafen konnte. Soweit ich weiß, hat er nie getanzt oder so, sondern hat immer nur zugeguckt, selbst wenn er auf Ecstasy war. Ich glaube nicht, dass er dort andere Männer kennengelernt hat. Ganz zu schweigen von Sex."

„Und heute Morgen? Hast du dich nicht gewundert, dass Alex nicht zu Hause war?"

In seiner Frage lag eine leise Anschuldigung, die Thomas sehr wohl verstand. Doch davon ließ Thomas sich nicht irritieren.

„Nein", antwortete er knapp und zog erneut an der Zigarette. „Hab ich nicht. Ich bin nicht sein Kindermädchen. Außerdem schlafen wir seit ungefähr einem Jahr in getrennten Zimmern. Wenn Alex ausgeht, liege ich nicht die ganze Nacht wach, um darauf zu warten, dass er mit dem Taxi zurückkommt. Der Polizist hat mich aus dem Schlaf geklingelt. Ich hatte keine Ahnung, dass Alex nicht hier war."

„Du hast also gar nichts bemerkt?"

„Was soll die Fragerei?"

„Ich will nur verstehen, was passiert ist, weiter nichts. Und wenn du es nicht weißt, dann müssen wir rauskriegen, ob Alex sich mit jemandem getroffen hat. Und wie er zu Carsten gekommen ist."

Jetzt wandte Thomas sich um, sah ihn fragend an. Niemand schien ihm bisher die Einzelheiten berichtet zu haben. Eilig wiederholte Rolf deshalb das Wenige, was Jens ihm erzählt hatte.

„Mehr weiß ich leider auch nicht", schloss Rolf hilflos. „Carsten hat mit Jens telefoniert, und Jens ist zu mir gekommen, um es uns zu sagen."

„Uns?", fragte Thomas erstaunt.

„Zu mir und Peter, wollte ich sagen. Peter hält es mit Jens nicht mehr aus. Wir haben gestern meinen neuen Computer angeschlossen. Danach ist er über Nacht geblieben."

„Wie praktisch für dich."

„Inwiefern?"

Thomas warf ihm einen merkwürdigen Blick zu. Dann drückte er die Zigarette im Aschenbecher aus und ging einfach an ihm vorbei in die Küche.

„Ich mach Kaffee", sagte er, als er bereits aus dem Zimmer war. „Willst du auch einen?"

Notgedrungen musste Rolf ihm folgen.

„Was meintest du damit?", wiederholte er, während Thomas das Wasser aufsetzte.

„Dreimal darfst du raten. In solchen Situationen können Alibis sehr hilfreich sein. Du scheinst ja eins zu haben. Im Gegensatz zu mir."

„Warten wir erst mal ab, was die Polizei dazu sagt. Ich bin sicher, es gibt irgendwelche Spuren oder Zeugen."

„Mag sein."

Thomas zählte die Löffel Kaffee ab, die er in den Filter häufte. Dann schaltete er die Maschine an und lehnte sich mit dem Rücken gegen die Küchenzeile.

„Wir werden zusammenhalten", sagte Rolf, nachdem Thomas nur nachdenklich zu Boden gestarrt hatte. Bei diesen Worten aber horchte er auf.

„Ach ja?"

„Natürlich."

„Du weißt ebenso gut wie ich, weswegen Alex sterben musste. Er konnte schließlich an nichts anderes mehr denken als an diese verdammten Tabletten. Und womöglich ist ihm eingefallen, wer sie vertauscht hat. Und das wiederum bedeutet, dass es einer von uns war, der Klaus die falschen Tabletten gegeben und Alex vom Hochhaus gestoßen hat. Einer von uns, verstehst du? Wie lange also, glaubst du, werden wir da zusammenhalten?"

Thomas' Stimme klang verbittert. Rolf war dabei, auf ihn zuzugehen, ihn irgendwie zu beruhigen. Sofort spannte sich dessen gesamter Körper und ging auf Abwehrhaltung, so dass Rolf augenblicklich innehielt.

„Wer sollte es denn gewesen sein, außer ...?"

Rolf brach ab. Den Namen wollte er nicht nennen.

„Außer Carsten", ergänzte Thomas.

„Ja."

Die Kaffeemaschine röchelte und Thomas nahm zwei Becher aus dem Schrank über ihm und goss ein.

„Carsten ist nicht blöd", fuhr er dann fort. „Kurz vor der Beisetzung von Klaus war er hier und hat Alex seine Version erzählt. Und ihm damit einen verdammten Floh ins Ohr gesetzt. Natürlich hat Alex ihm geglaubt. Ich war außer mir, wie du dir denken kannst. Doch so wie es aussieht, hat Carsten wohl recht behalten. Keine Ahnung, wem Alex das alles weitererzählt hat."

„Na also. Und deshalb musste er Alex zum Schweigen bringen."

Thomas nahm einen Schluck aus dem Becher.

„Das macht keinen Sinn. Erst überzeugt Carsten Alex davon, Klaus sei ermordet worden, nur um ihn anschließend ebenfalls umzubringen? Von allein wäre Alex doch nie auf die Idee gekommen, dass mit Klaus' Unfall etwas nicht stimmt. Warum ihn also erst darauf aufmerksam machen?"

Ratlos kratzte Rolf sich an seinem Vollbart. Den Kaffeebecher rührte er nicht an. So wie Thomas es schilderte, ergab es tatsächlich keinen Sinn.

Dieser lächelte ihm kühl und gleichzeitig resigniert entgegen.

„Und machen wir uns nichts vor. Wir haben alle unsere Leichen im Keller."

Rolf presste seine dünnen Lippen fest aufeinander. Ja, dachte er, die hatten sie. Und zumindest bei Thomas und ihm handelte es sich um Leichen, die ihnen, selbst ohne den Tod von Klaus und Alex, das Genick brechen könnten.

„Hast du dir darüber bereits Gedanken gemacht?", fragte er.

„Wann denn? Nein, das hätte auch gar keinen Sinn. Wenn die Polizei Nachforschungen anstellt, bin ich erledigt. So oder so. Was ist mit dir?"

„Ich habe Vorkehrungen getroffen", antwortete Rolf. „So gut es eben ging."

Thomas nickte. Sie brauchten es nicht auszusprechen, um zu wissen, was sie meinten. Und ebenso wenig brauchten sie sich gegenseitig etwas vorzuwerfen. Sie kannten sich lange genug. Der Missbrauch von Rezepten und Arzneimitteln sowie der Umgang mit Minderjährigen und der Besuch verbotener Internetseiten konnten sie nicht mehr erschrecken. Diese Dinge hatten sie akzeptiert und toleriert, schon allein deshalb, weil das jeweilige Wissen um die Verfehlung des anderen einen Schutz darstellte, der ihre Freundschaft weiter gefestigt hatte.

Ein Schutz, der womöglich gerade seine Wirkung verlor.

„Wir haben also gar keine andere Wahl", schlussfolgerte Rolf, nachdem sie beide kurz ihren eigenen Gedanken nachgegangen waren, „als uns gegen Carsten zu verbünden. Und ich bin sicher, Peter und selbst Jens werden das genauso sehen."

„Nett von dir", antwortete Thomas, nicht wirklich überzeugt, „dass du nach einer Erklärung suchst, die uns außen vor lässt."

„Du wirst schon sehen. Niemand wird ernsthaft glauben, dass du etwas damit zu tun hast!"

„Warten wir's ab."

Als ihr endlich geöffnet wurde, war Monika einigermaßen überrascht. Kurz beugte sie sich zur Seite, um einen zweiten Blick auf das Klingelschild zu werfen.

„Na, so was", sagte sie dann zu dem Mann vor ihr. „Ich könnte schwören, ich hätte bei Meybach geklingelt."

„Haben Sie ja auch", antwortete Peter, an den sich Monika noch gut erinnern konnte. Auf dem Parkplatz vor dem Friedhof hatte er die Frechheit besessen, indirekt ihren Sohn zu beschuldigen. Eine Bemerkung, die sie ihm keineswegs verziehen hatte.

„Wie auch immer. Das erspart mir später den Weg zu Ihnen. Darf ich eintreten?"

Ein wenig widerwillig trat Peter zur Seite.

„Ich nehme an", fragte sie und blieb im Flur stehen, „Sie wissen, warum ich hier bin?"

„Ja. Eine schreckliche Sache. Wir sind noch völlig geschockt."

„Sicherlich. Zwei Todesfälle, so kurz hintereinander ..." Sie zog ihren dünnen Sommermantel aus und legte ihn in die Beuge ihres linken Armes.

„Geben Sie her."

Peter nahm ihr den Mantel ab, warf ihn einfach über einen der Haken an der Garderobe und sah sie anschließend herablassend an.

„Ich hoffe", sagte er zynisch, „Sie sind jetzt zufrieden. Jetzt, nachdem sich Ihre Vermutungen endlich bestätigt haben."

„Haben sie das denn?", fragte sie und versuchte lediglich ihre linke Augenbraue hochzuziehen, was ihr kläglich misslang. Sie würde Schröter später fragen müssen, wie er das anstellte.

„Gehen Sie schon rein."

Monika lächelte ihm zu und ging ins Wohnzimmer, in dem Jens vor einem Regal voller CDs hockte und jede einzelne hervorzog, um sie missbilligend zu betrachten. Als er sie bemerkte, richtete er sich auf.

„Ich hatte allerdings wirklich gehofft", sagte sie, nachdem Jens ihrem Blick einfach auswich, „ich würde Herrn Meybach hier antreffen."

Peter ging an ihr vorbei und setzte sich auf die schwarze Ledercouch mit den bunt bestickten Kissen darauf. Einer Couch, wie auch sie sich immer schon eine gewünscht hatte, aber niemals würde bezahlen können.

Schwul und wohlhabend müsste man sein, schoss es ihr neiderfüllt durch den Kopf. Geschiedene Heterofrauen ließ man in solche Möbelgeschäfte wahrscheinlich gar nicht erst hinein.

„Rolf ist nicht hier", sagte Peter knapp.

„So früh an einem Sonntagmorgen schon ausgeflogen? Na, ich bin sicher, er hat seine Gründe gehabt. Darf ich?"

Ohne auf eine Antwort zu warten, setzte sie sich in den breiten, äußerst bequemen Sessel der Couch gegenüber. Jens blieb hinter ihr stehen.

„Es wäre sehr nett", sagte sie, den Kopf weit in den Nacken gelehnt, „wenn auch Sie sich setzen würden. Herr Knobloch, wenn ich nicht irre?"

Mit einem grunzenden Geräusch und verschränkten Armen gesellte Jens sich zu seinem Freund. Beide warfen sich stumm einen Blick zu, den sie nicht einschätzen konnte. Einerseits lag darin wohl die gemeinsame Ablehnung ihres unangemeldeten Besuches, andererseits schien sich dort auch eine gewisse Abneigung aufeinander widerzuspiegeln.

„Sie werden sicherlich verstehen", begann sie, „dass ich Ihnen ein paar Fragen stellen muss." Und da sie weder eine Antwort noch ein Nicken bekam: „Je eher wir gemeinsam die Sache aufgeklärt haben, desto besser für uns alle."

„Bitte", sagte Peter, mit einer abfälligen Handbewegung, „fangen Sie an."

„Mit wem von Ihnen hat Herr Wieland telefoniert?"

Erneut sahen beide sich an. Jens richtete sich dabei etwas auf. Seine beleidigt nach unten gezogenen Mundwinkel inmitten seines blonden Bärtchens und seine ein wenig zusammengekniffenen Augen erinnerten sie an Klaus, der ebenso verbissen dreingeschaut hatte. Und wenn sie sich recht besann, dann hatten Klaus und er ein Verhältnis gehabt.

„Irgendwen muss er angerufen haben", sagte sie gereizt, da sie noch immer keine Antwort erhielt. „Immerhin wussten nur er und der Mörder, dass Alex tot ist."

Diese Worte zeigten endlich eine Wirkung.

„Mich hat er angerufen", gestand Jens. „Er hat mir kurz geschildert, was los ist. Dann bin ich sofort hierher."

„Um es Herrn Meybach zu erzählen?"

„Nein. Hauptsächlich, um es Peter zu sagen."

„Ich habe die Nacht hier verbracht", erläuterte dieser, da Monika kurz verwundert aufgehorcht hatte. „Wir … wir haben ein paar Differenzen zur Zeit, nichts Ernstes."

„Das kommt in den besten Familien vor", erwiderte sie. „Ich hoffe nur, dass es nichts mit Klaus zu tun hat."

Erbost lehnte Peter sich ruckartig vor, die Ellenbogen auf die Knie gestützt.

„Wie kommen Sie denn darauf?"

„Okay. Reden wir Klartext. Der Urlaub ist vorbei. Doch Sie sollten endlich begreifen, dass ich einiges aus Ihrem Leben weiß, wie ich Ihnen, falls Sie sich erinnern, auf der Beisetzung bereits angedeutet habe. Und auch, wenn ich bisher nicht wirklich an Ihre Schwierigkeiten mit Klaus Teichmann und einen Mord geglaubt habe, so hat sich die Situation doch gewaltig geändert. Es wäre daher angebracht, mir nicht mit Ausflüchten zu kommen, wenn Sie Ärger vermeiden wollen."

Kurz hielt sie inne. Peter war zurück in die Kissen gefallen, und Jens starrte sie mit offenem Mund an.

„Also. Können wir fortfahren?"

Einen Moment lang schien es, als wollte Peter nun gar nichts mehr sagen. Er fuhr sich mit der Hand über den Schnauzbart und riss sich sichtlich zusammen.

„Schön, wie Sie meinen. Jens und ich haben Probleme. Gewaltige sogar. Und wie Sie richtig bemerkt haben, war Klaus nicht ganz unschuldig daran. Was aber nicht bedeuten soll, dass ich deshalb einen Mord begehen würde. Geschweige denn zwei."

„Sie hatten", wandte sie sich an Jens, „eine Affäre mit ihm?"

Beleidigt wie ein Kind, das man beim Lügen ertappt hat, zuckte Jens, den Kopf gesenkt, mit den Schultern.

„Na ja", sagte er leise, „eine Affäre würde ich das nicht unbedingt nennen."

„Was denn dann?", fiel ihm Peter aufgebracht ins Wort.

„Es war viel mehr als das, wenn du es genau wissen willst!"

Sie blickte interessiert von einem zum anderen. Innerlich musste sie lächeln. Wie sich Beziehungen doch gleichen, dachte sie. Und wenn Peter jetzt zuschlagen würde, dann hätte sie tatsächlich ein Déjà-vu. Soweit wollte sie es aber keinesfalls kommen lassen. Um die Beziehung der beiden einschätzen zu können, hatte sie längst genug gehört.

„Ich verstehe schon“, sagte sie in einem versöhnlichen Tonfall. „Doch kommen wir zu gestern Nacht. Sie behaupten also, Sie wären hier bei Herrn Meybach geblieben.“

„Das behaupte ich nicht nur, dass kann Rolf sogar bezeugen, wenn er zurück ist.“

„Schon gut. Das lässt sich ja ohne Weiteres überprüfen. Wobei ich annehme, dass Sie beide die Wohnung die ganze Zeit nicht verlassen haben. Was haben Sie gemacht? Ferngesehen?“

„Ja, und den neuen ...“ Zu spät bemerkte Peter, was ihm da gerade entglitten war. Eilig zog er die Hand zurück, mit der er auf den Schreibtisch gedeutet hatte. „... und den neuen Computer eingerichtet.“

Monika wandte sich um.

„Ein schickes Teil, wirklich“, sagte sie interessiert. „So einen kann sich die Polizei leider nicht leisten. – Und Sie? Was haben Sie gemacht?“, richtete Monika ihre nächste Frage an Jens.

„Ich war zu Hause.“

„Gibt es Zeugen?“

Vorsichtig schielte Jens auf seinen Freund.

„Nicht direkt. Na ja, ich war später noch aus. Tanzen. Ziemlich lange sogar. Keine Ahnung, wann genau ich ins Bett gefallen bin.“

Überrascht drehte Peter seinen Kopf, entschied sich aber zu schweigen.

Langsam begriffen die beiden wohl, dachte sie, dass es nicht einträglich war, sich vor der Polizei gegenseitig zu beschimpfen.

„Wo waren Sie denn ... tanzen?“

„Wo man halt so hingeht. Im Berghain.“

„Aha.“

Sie schrieb den Namen in ihr Notizheft, das längst auf dem rechten Oberschenkel ihrer übereinander geschlagenen Beine lag.

„Haben Sie dort jemanden getroffen? Jemand, der bezeugen kann, dass Sie dort gewesen sind? Oder sogar bezeugen kann, wo Sie die ganze Nacht gewesen sind?“

„Na, hören Sie mal!“, rief Jens entrüstet aus und bekam gleichzeitig einen hochroten Kopf. Den interessierten Blick von

Peter ignorierte er. „Das geht Sie ja wohl einen … also, jedenfalls geht Sie das gar nichts an."

„Ich versuche lediglich, Ihnen ein mögliches Alibi aus den Rippen zu schneiden."

Jens verzog die Mundwinkel und grunzte.

„Nein", murmelte er dann. „Ich bin allein nach Hause. Und getroffen habe ich im Berghain auch niemanden. Oder warten Sie", fügte er hinzu, als wäre ihm gerade erst etwas in den Sinn gekommen. Dabei war an seinem gehässigen Gesichtsausdruck unmissverständlich abzulesen, dass er nur auf den richtigen Augenblick gewartet hatte. „Ich habe jemanden getroffen. Ihren Sohn. Ja, den habe ich dort gesehen."

„Sven?"

Beinahe fiel ihr der Stift aus der Hand. Nur in letzter Sekunde konnte sie ihn noch halten. Peter allerdings hatte ihre Überraschung sehr wohl bemerkt.

„Ja, Sven", wiederholte Jens. „Ganz schön abgefeiert hat er, mein lieber Scholli!"

Kurz war Monika zu irritiert, um reagieren zu können. Damit hatte sie nicht gerechnet. Andererseits, irgendwo musste Sven schließlich gewesen sein.

Am liebsten hätte sie ihre Professionalität sofort aufgegeben, um Jens über jede Kleinigkeit auszuquetschen, die ihm aufgefallen sein könnte. Mit wem Sven getanzt, wen er geküsst oder mit wem er es womöglich noch schlimmer getrieben hatte. Ob er auf Drogen oder besoffen gewesen und ob er womöglich mit jemandem mitgegangen war.

Nur mit Mühe schluckte sie all diese Fragen hinunter.

„Das … das tut jetzt nichts zur Sache", sagte sie eiligst. „Hat Sven Sie denn bemerkt?"

„Keine Ahnung", erwiderte Jens. „Gesprochen jedenfalls haben wir nicht miteinander."

„Ich werde ihn fragen, danke."

„Wann ist es denn passiert?", mischte Peter sich ein. „Alex' Sturz, meine ich."

Beinahe war sie ihm für diese Frage dankbar, da sie sie ein wenig von ihren Gedanken an Sven ablenkte.

„Der genaue Zeitpunkt steht noch nicht fest. Ich muss auf den Obduktionsbericht warten. Ein junger Mann hat ihn gefunden, etwas abseits vom Haupteingang, bei den Mülltonnen."

„Und Sie sind sicher, dass es Mord war?"

„Davon müssen wir im Moment wohl ausgehen", wich sie der Frage ein wenig aus, da dies bisher nur Schlussfolgerungen waren. Aber das musste sie ihm ja nicht unter die Nase reiben.

„Was hat Carsten denn zu seiner Rechtfertigung gesagt?", fragte Peter weiter. „Es ist immerhin in seinem Wohnhaus passiert."

„Hat er es Ihnen nicht gesagt?", fragte sie zurück.

Peter ahnte ganz genau, worauf sie hinauswollte, versuchte jedoch angestrengt sich nichts anmerken zu lassen. Dass Carsten und der Rest der Bande nicht gut aufeinander zu sprechen waren, wusste sie nur allzu gut. Und Peter sollte wissen, dass sie es wusste.

„Carsten hat mit mir telefoniert", schaltete Jens sich ein und legte demonstrativ seine Hand auf Peters Knie. Diese Geste wirkte berechnend, als wollte er seinem Freund beweisen, dass er trotz aller Unstimmigkeiten auf ihn zählen konnte. „Und natürlich würde Carsten mir nichts erzählen, selbst wenn er was wüsste. Carsten will uns nur mit in die Sache hineinziehen. Dass Alex tot sei, hat er gesagt. Weiter nichts."

„Aber irgendwie", ergänzte Peter, der seine eigene Hand jetzt auf die von Jens legte und sie vorsichtig drückte, „muss Alex schließlich ins Haus gelangt sein. Er wird also bei Carsten geklingelt haben."

„Oder jemand, der Herrn Schneider womöglich begleitet hat."

Jens leichtes Grinsen fiel augenblicklich in sich zusammen. Gleichzeitig zog er seine Hand unter der von Peter wieder fort.

„Wie kommen Sie auf so was", fragte Jens überrascht. „War Alex denn nicht allein? Wurde er etwa gesehen?"

Die leichte Röte, die sich die ganze Zeit über auf seinen schmalen Wangen gezeigt hatte, verschwand. Auch Peters Gesicht wurde blass.

„Im Moment“, erläuterte sie, befriedigt über die Reaktionen der beiden Männer, „sind das alles reine Spekulationen. Eine ältere Dame will Alexander Schneider mit einem zweiten Mann gesehen haben, wie sie beide das Haus betraten. Wir müssen der Sache noch nachgehen. Bis dahin versuche ich lediglich, so viel wie möglich in Betracht zu ziehen. Reine Routine.“

„Weiß man, wer der zweite Mann war?“

Jens' Überheblichkeit, als er ihr vor wenigen Minuten von seinem Zusammentreffen mit Sven berichtet hatte, war endgültig fort.

„Keine Angst. Das finden wir schon heraus.“

Siegesbewusst lächelte sie beiden entgegen. Peter nickte, nicht wirklich erleichtert, während Jens sich auf die Unterlippe biss.

„Tja“, sagte Monika, steckte das Notizheft zurück in ihre Hemdtasche und stand auf. „Ich denke, das wäre zurzeit alles. Ich wollte zunächst nur hören, wo Sie beide gestern Nacht gewesen sind. Für alles Weitere werde ich bestimmt noch mal vorbeischauen. Vielleicht habe ich dann ja auch das Glück, Herrn Meybach persönlich in seiner Wohnung anzutreffen.“

„Tut mir leid“, erwiderte Peter und erhob sich ebenfalls. Jens blieb sitzen, die Arme wie zu Beginn ihres Gesprächs vor der Brust verschränkt. „Rolf musste wirklich ganz dringend fort. Ich werde ihm sagen, dass Sie hier waren. Für sein Alibi kann ich zumindest bürgen. So wie er für meins.“

„Schön für Sie. Ich bin sicher, Herr Meybach wird meinem Kollegen bereits alles bestätigt haben.“

„Ihrem …?“

Peter starrte sie irritiert an.

„Eine Sache sollten Sie niemals tun“, sagte sie trocken und war kurz versucht, ihm mit dem Finger gegen die Brust zu tippen. „Mich zu unterschätzen. Ich kann nämlich eins und eins zusammenzählen, und das schneller, als Sie ‚Ich war's nicht‘ rufen können!“

Der Blick, den Peter und Jens sich zuwarfen, war diese schnippische Bemerkung allemal wert gewesen.

Innerlich zufrieden, drehte Monika sich um. Doch bereits im Flur, als sie ihren Mantel vom Haken nahm, kehrten die Gedanken an Sven und seine nächtlichen Eskapaden unweigerlich zurück.

Ihr kleiner Sieg kurz zuvor zerplatzte wie eine Seifenblase in der Luft.

In ihrem Büro ließ sich Monika erschöpft in den Stuhl fallen und vergrub ihr Gesicht in den Händen. Dann atmete sie tief durch und griff nach dem Telefonhörer. Die Finger bereits auf den Tasten, ließ sie den Hörer wieder fallen.

Nein, entschied sie, das war keine Sache, die man am Telefon besprach. Das musste sie persönlich erledigen, unter vier Augen. Solange Schröter allerdings unterwegs war, konnte sie nicht einfach von hier verschwinden. Wo steckte der Kerl bloß?

Vor ihr auf dem Schreibtisch stand das obligatorisch gerahmte Bild, das beinahe jeden bürgerlich anständigen Bürotisch zierte. Seufzend griff sie danach und starrte auf das halbe Foto in dem silbernen Rahmen. Sven lächelte ihr breit entgegen, ein abgetrennter Arm auf seiner Schulter. Freds Arm.

Ihn hatte sie noch am Scheidungstag herausgeschnitten und mit dem Feuerzeug im Mülleimer unter dem Schreibtisch verbrannt, nachdem sie Freds Gesicht mit dem Brieföffner bis zur Unkenntlichkeit zerkratzt hatte. Eine kleine Zeremonie war aus der Aktion geworden, ihr ganz persönlicher Voodoo-Zauber. Viel genutzt hatte es nicht, doch zumindest war es ihr anschließend besser gegangen. Jedenfalls ein paar Stunden lang.

Auf dem Bild musste Sven so elf oder zwölf Jahre alt gewesen sein. Zu einer Zeit also, als ihre Ehe bereits in Scherben lag. Wie viel Sven davon mitbekommen hatte, konnte sie nicht einschätzen. Fred und sie waren, jedenfalls zu Beginn, stets darauf bedacht gewesen, ihren Streit hinter verschlossenen Türen auszufechten, um sich mit unterdrücktem Zorn gegenseitig anzuzischen. Lange ging das natürlich nicht gut. Türen knallen, Schimpfworte und Handgreiflichkeiten wurden zur Tagesordnung. Und nachdem Fred sie geschlagen und sie ihn betrogen hatte, eskalierte die Situation. Die Blutergüsse an der Schläfe und an den Armen hatte sie glücklicherweise unter dem Haar und ihren Blusen kaschieren können, das vergiftete Schweigen, die hasserfüllten Blicke dagegen nicht. Sven verkroch sich die meiste Zeit in seinem Zimmer und zog sich auch innerlich immer weiter zurück. Über seine Gedanken und Gefühle verlor er kein einziges Wort. Nur dass er ihren Seitensprung verwerflicher fand als Freds Gewalt, das hatte er ihr einmal deutlich zu verstehen gegeben. Eine Einschätzung, die sie entsetzt hatte. Dass er die seelische Verletzung seines Vaters über ihre körperliche stellte, konnte sie nicht begreifen, selbst da sie wusste, wie sehr die Jugend sich an das Ideal einer glücklichen, treuen Bindung klammerte, weil sie noch nicht ahnen konnte, wie weit diese Vorstellung an einer Realität vorbeizog. Er würde es schon früh genug erfahren. Und dann, so hoffte sie, würde Sven sie auch endlich besser verstehen.

Monika schüttelte den Kopf. Was waren das denn für Gedanken? Jetzt wünschte sie ihrem Sohn bereits eine zerrüttete Beziehung, ehe er überhaupt das erste Mal richtig verliebt war. Nur damit sie sich rechtfertigen und reinwaschen konnte. Wie erbärmlich!

„Da bin ich."

Erschrocken fuhr sie zusammen, da sie Schröter nicht hatte eintreten hören. Schnell stellte sie das Bild zurück an seinen Platz und lächelte ihm gequält entgegen.

„Sagen Sie mal", stöhnte er, wischte sich die Haarsträhne aus dem Gesicht und ließ sich auf den Stuhl vor dem Schreibtisch fallen, „sind die eigentlich alle schwul?"

„Alle durch die Bank weg, ja. Wie aus dem Bilderbuch."

„Begreife ich nicht. Was ist bloß so toll an diesem Ding zwischen den … also, ich meine, an, an …" Schröter wurde puterrot im Gesicht. „Na, Sie wissen schon, was ich meine."

„Soll ich Ihnen das wirklich erklären?"

Verschämt begann er zu kichern.

„Nein, nein. Natürlich nicht. Geht mich ja auch gar nichts an."

„Irgendwelche Neuigkeiten?"

Schröter räusperte sich und setzte sein ernstes Beamtengesicht auf, von dem er glaubte, es verleihe ihm eine gewisse Professionalität. Seine Bemühungen dahingehend fand sie rührend, wenn auch erzwungen.

„Ein paar. Ich war bei dem Lebensgefährten des Toten, einem gewissen Thomas Krause. Da war noch jemand anderes bei ihm, ein Freund. Rolf Meybach. Irgendwie scheint sich die Neuigkeit bereits herumgesprochen zu haben. Wie auch immer. Herr Krause behauptet, dieser Alex sei ausgegangen gestern Nacht, während er selbst früh ins Bett gegangen wäre. Er hätte gar nicht bemerkt, dass sein Freund nicht zurückgekehrt sei."

„Wie sah er aus?" unterbrach sie ihn.

„Na ja, wenn Sie mich fragen, schien er nicht sonderlich betroffen. Eher verärgert. Was für ein Schrank! Mit dem möchte ich keinen Ärger bekommen. Er ist Arzt für Allgemeinmedizin, mit einer Praxis nicht weit von seinem Haus. Übrigens in Mariendorf, dort, wo Sie heute früh im Auto den Tatort vermutet haben."

„Ich möchte, dass Sie die Praxis und auch die Wohnung durchsuchen lassen."

Schröter hob seine linke Augenbraue.

„Irgendeinen Verdacht?"

Sie nickte.

„Ich will wissen, ob es Unregelmäßigkeiten bei den Rezepten und Abrechnungen gab. Immerhin kamen die Benzodiazepine von Krause."

„Verstehe."

„Gibt es Zeugen, dass Herr Krause die Nacht zu Hause verbracht hat?"

„Nein. Niemanden."

„Also kann er kein Alibi vorweisen. Gut. Und überprüfen Sie die Telefonate, die Alexander Schneider seit gestern geführt hat. Das gilt auch für alle anderen Verdächtigen. Womöglich hat Schneider mit einem von ihnen telefoniert, bevor er zum Tatort ging."

„Wird erledigt."

„Der zweite“, sagte sie dann, „der bei ihm war, dieser Rolf Meybach. Was hat der gesagt?“

„Dass er mit einem Freund zusammen war, einem Peter Müller.“

„Okay, das wäre geklärt.“

Jetzt war es an ihr, Schröter ihre Neuigkeiten zu berichten, die er aufmerksam verfolgte. Als sie geendet hatte, fasste Monika die Ergebnisse zusammen.

„Das bedeutet also“, sagte sie, „dass nur zwei ein Alibi haben. Meybach und Müller.“

„Was ist mit den Motiven?“, fragte Schröter.

„Wenn wir davon ausgehen, dass die Gründe von Herrn Schneiders Tod mit dem Tod von Klaus Teichmann zusammenhängen, dann kann ich mich nur auf das berufen, was Herr Teichmann mir selbst am Canyon angedeutet hat. Und wie es scheint, hatte er damit nicht ganz unrecht. Deshalb die Durchsuchung von Herrn Krauses Praxis. Ach ja, und stellen Sie fest, ob Rolf Meybach irgendwelche Vorstrafen wegen sexuellen Missbrauchs an Kindern und Jugendlichen hat.“

Schröter schrieb alles so schnell er konnte auf einen Notizzettel. In einer Handschrift, die wohl niemand außer ihm entziffern konnte.

„Bei Herrn Wieland“, fuhr Monika fort, „ging es angeblich um Familienstreitigkeiten. Als unehelicher Sohn wollte er zurück in den Schoß seines wohlhabenden Vaters, und Teichmann mag ihm da im Weg gestanden haben. Und was Peter Meybach und Jens Knobloch anbelangt, da ging es um Eifersucht. Klaus Teichmann und Knobloch hatten ein Verhältnis.“

„Ah, das klassische Motiv. Aber würde Knobloch seinen eigenen Liebhaber umbringen wollen?“

Sie sah Schröter an und zuckte mit den Schultern.

„Wer weiß? Auch Liebhaber können lästig werden, wenn sie zu viel Aufmerksamkeit für sich in Anspruch nehmen.“

Schröter legte den Stift beiseite. Die nächste Frage lag ihm offensichtlich bereits auf der Zunge. Wohlweißlich schluckte er sie herunter. Soviel Indiskretion wagte Schröter dann doch nicht. Stattdessen runzelte er lediglich die Stirn.

„Hoffentlich ergibt die Spurenermittlung etwas Konkreteres“, sagte er, ohne auf ihre letzte Äußerung einzugehen. „Oder wir finden Zeugen, die das Opfer in der Nacht gesehen haben. Abgesehen von der alten Frau. So jedenfalls erscheint mir das alles ein wenig dürftig. Haben Sie schon eine Vermutung? Eine … Intuition vielleicht?“

Sie lehnte sich weit in ihrem Stuhl zurück, um ihm einen sarkastischen Blick zuzuwerfen.

„Wie wäre es zur Abwechslung mal mit männlicher Intuition? Falls es das überhaupt gibt.“

„Nein“, grinste Schröter so zuckersüß, dass sie unwillkürlich an seine Berührung auf dem Balkon denken musste. „Uns Männern fehlt da das entsprechende Gen.“

„Dachte ich mir. Aber leider hat die innere Stimme auch zu mir noch nicht gesprochen. Ich weiß nur, dass mich Carsten Wielands Rolle in dem ganzen Drama irritiert. Immerhin hat er den Stein mit den falschen Tabletten ins Rollen gebracht. Und ich werde das Gefühl nicht los, dass er mehr weiß, als er zugibt.“

„Hat er sein Ziel bei seinem reichen Vater denn erreicht?“

„Gute Frage. Sollten wir klären.“

Sie zumindest war mit den Ausführungen fertig. Schröter hingegen schien noch nicht völlig zufrieden. Er richtete übertrieben sorgfältig seine Krawatte. Ein untrügliches Zeichen dafür, dass ihm etwas unter den Nägeln brannte, und ein unmissverständlicher Hinweis darauf, dass sie ihn zu fragen hatte. Sie verdrehte die Augen.

„Okay, was noch?“

„Hinsichtlich des ersten Mordes“, sagte er, ohne zunächst den gesenkten Blick von der Krawatte zu nehmen. „Könnte man da jemanden ausschließen?“

„Ich glaube nicht“, überlegte sie. „Carsten Wieland hat Klaus Teichmann die Tabletten gebracht, und Rolf Meybach ist kurz darauf ebenfalls zu dem Opfer gegangen und hätte Gelegenheit gehabt, sie auszutauschen. Auch wenn er behauptet, sie gar nicht bemerkt zu haben.“

„Oder jemand hatte sich die falschen Tabletten bereits vorher besorgt“, fügte Schröter hinzu. „Dann wäre es einfacher gewesen, sie in die Dose zu schmuggeln, ohne lange im Rucksack suchen zu müssen. Wäre das möglich?“

„Ich denke schon. Es war ja kein Geheimnis, was Herr Schneider so alles auf der Reise dabei hatte. Und die Hotelzimmer werden sie nicht voreinander verschlossen gehalten haben. Allerdings wäre der Mord dann geplant und keine spontane Entscheidung gewesen. Und die Sache sieht mir doch sehr nach einer Kurzschlusshandlung aus, da niemand vorhersagen konnte, dass Herr Teichmann am Felsenrand sitzen und Kopfschmerztabletten schlucken würde. Nein, ich glaube eher, die Entscheidung, ihn zu ermorden, fiel erst kurz vorher. Dabei stellt sich natürlich die Frage, inwieweit man auf seine Freunde achtet, wenn es um einen herum ein gewaltiges Naturschauspiel zu betrachten gibt. Gut möglich, dass es niemandem aufgefallen wäre, wenn sich einer von ihnen an einem der Rucksäcke zu schaffen gemacht und die Dose manipuliert hätte. Vor allem, weil dort auch der Proviant drin steckte. Carsten Wieland glaubte zwar, dass Alexander Schneider der Täter sei, aber Schneider scheidet ja wohl aus. Womöglich hat Schneider sich daran erinnert, wer Klaus die falschen Tabletten untergejubelt hat. Wenn er dann mit dem Mörder geredet hätte, wäre das sein Todesurteil gewesen.“

„Klingt, als ob Schneider mit Wieland darüber gesprochen hat. Immerhin ist er zu ihm ins Hochhaus gefahren und nicht zu irgendjemandem sonst.“

„Es sei denn“, wiegelte sie ab, „das war eine Finte. Um Carsten Wieland den Mord anzuhängen. Vergessen Sie nicht den zweiten Mann, mit dem Schneider gekommen ist.“

„Rolf Meybach und Peter Müller haben zumindest ein Alibi.“

Sie nickte.

„Ja. Oder sie stecken unter einer Decke. Ansonsten bleiben Thomas Krause, Jens Knobloch und natürlich Carsten Wieland. Mit ihnen werde ich anfangen. Und Sie kümmern sich, worum ich Sie gebeten habe.“

„Jawohl, Frau Hauptkommissarin!", rief Schröter aus und sprang von seinem Stuhl auf. An der Tür blieb er noch einmal stehen und sah sie an.

„Ach ja, wegen … wegen heute morgen", stammelte Schröter verlegen. „Sie wissen schon … das auf dem Balkon."

Eilig winkte sie ab.

„Habe ich längst vergessen", versicherte sie ihm, was, wie ihr schien, nicht dem entsprach, was er gerne gehört hätte. Die Enttäuschung stand ihm deutlich ins Gesicht geschrieben.

Bevor sich Monika jedoch darüber wundern konnte, welche Antwort Schröter denn hatte hören wollen, war er aus ihrem Büro entschwunden, und sie mit ihren Gedanken längst wieder bei Sven.

Kapitel 7

Den Weg zurück überlegte sie angestrengt, wie sie ihrem Sohn begegnen sollte. Einerseits war sie noch immer wütend und aufgebracht, dass er einfach die Nacht über fortgeblieben war, andererseits wollte sie keineswegs die spießige Mutter sein, die ihrem fast erwachsenen Sprössling allzu scharfe Vorschriften auferlegte, so wie ihre Mutter es bei ihr getan hatte.

Damals herrschte ein eisernes Reglement. Solange sie mit ihren Eltern unter einem Dach lebte, musste sie, selbst als Monika lange schon volljährig war, spätestens um Mitternacht zu Hause sein, selbst an den Wochenenden. Einen Jungen mit aufs Zimmer zu nehmen, daran durfte sie gar nicht erst denken. Also trafen sie sich heimlich. Zunächst, mit sechszehn, mit Stefan, und ein Jahr später mit Fred.

Fred wohnte nur ein paar Häuserblocks entfernt. Sie kannte ihn vom Vorbeigehen, wenn er mit seinen Freunden auf der Bank vor dem Spielplatz hockte, rauchte und Bier aus der Flasche trank. Meistens trug er eine abgewetzte Lederjacke, enge Jeans und lange Haare, was ihr mächtig imponierte, wie überhaupt seine lässige und ruppige Art sie faszinierte, weil er damit gegen irgendetwas zu rebellieren schien, wozu sie bei der Mutter nicht den Mut fand.

Eines Tages sprach Fred sie schließlich an, und seitdem trafen sie sich entweder auf jener Bank oder bei seinem Freund Heiner, der bereits eine eigene Wohnung besaß. Und dort, auf einer alten Matratze am Boden, auf der sie ihre ersten sexuellen Erfahrungen machte, begann sie zu glauben, dass Fred ihre große Liebe sei. Vielleicht, weil sie allzu naiv gewesen war, vielleicht aber auch nur, weil ihre Eltern ihr den Umgang mit diesem Halbstarken verboten. Eine Trotzreaktion. Das erste Mal in ihrem kurzen Leben setzte Monika sich durch, und tatsächlich trug sie, dank dem Kind in ihrem Bauch, dieses eine Mal den Sieg davon. An den Ausdruck auf dem Gesicht ihrer Mutter, als die Ehe zwölf Jahre später endgültig in die Brüche ging, konnte sie sich noch gut erinnern. Diesen so typischen Ausdruck, der ihr unmissverständlich zu verstehen gab, es von vorneherein gewusst zu haben.

Nein, wie ihre Mutter hatte Monika nie werden wollen. Diesen Vorsatz hatte sie bereits während der Schwangerschaft gefasst und ihn mit jedem Streit mit ihrer Mutter erneuert. Doch unbemerkt und ganz allmählich war sie trotz aller Bemühungen in diese, ihr so verhasste Rolle gerutscht, bis eine Situation wie die heutige ihr vor Augen hielt, was womöglich längst aus ihr geworden war.

Damit, beschloss sie, den Wohnungsschlüssel bereits im Schloss, war jetzt endgültig Schluss. Sie war eine moderne, tolerante Frau. Eine Frau, die sich sehr wohl an ihre eigene Jugend erinnern konnte und wusste, was es hieß, seine Freiheit selbstbestimmt genießen zu wollen. Mit all den Fehlern, die unweigerlich dazugehörten.

Als sie eintrat, dröhnte laut Musik aus Svens Zimmer, dass er auf ihre Begrüßung gar nicht reagieren konnte.

„Sven!", schrie sie erneut, diesmal mit Erfolg.

Langsam drehte er sich in seinem Schreibtischstuhl um hundertachtzig Grad. Hinter ihm flimmerte eines dieser Ballerspiele auf dem Monitor. Eigentlich sollte er lernen. Wenn ihr Sohn sich nicht langsam auf das Wesentliche besann, sah sie schwarz für das Abitur. Im Moment allerdings blieb sein Gesichtsausdruck so leer, als wäre er sich keiner Schuld bewusst.

„Mach die Musik und dieses Geballere aus! Ich muss mit dir reden."

Sven verzog die Mundwinkel. Dennoch beugte er sich vor, um den CD-Player zumindest leiser zu stellen. Monika hängte ihren Mantel an die Garderobe, ging zu ihm ins Zimmer und setzte sich auf sein ungemachtes, völlig zerwühltes Bett gleich neben dem Schreibtisch. Unwillkürlich schweifte ihr Blick über die Regale und den Teppich. Wann, fragte sie sich, hatte er hier zum letzten Mal sauber gemacht? Diesen Monat bestimmt nicht.

Eigentlich erwartete Monika, dass Sven sich entschuldigen würde. Worüber sie mit ihm reden wollte, bedurfte ja wohl keinerlei Erläuterung. Sven allerdings schien das anders zu sehen.

„Was ist?", fragte er.

Innerlich spürte sie wieder die Wut aufsteigen und das Bedürfnis, ihn anzuschreien. Nur mit Mühe schluckte sie diesen Drang hinunter.

„Wo, um Himmels willen“, sagte sie so gelassen, wie es ihr möglich war, „bist du heute Nacht gewesen? Du kannst doch nicht einfach fortbleiben, ohne mir zumindest Bescheid zu geben!“

Halb drehte er sich auf dem Stuhl zurück in Richtung seines Bildschirms. Der leichte Flaum über seiner Oberlippe war fort. Seit wann, dachte sie verwundert, hatte er begonnen, sich zu rasieren? Und vor allem, womit? Einen Rasierapparat hatte es seit Freds Auszug aus dieser Wohnung nicht mehr gegeben. Oder hatte er ihren Lady-Shave benutzt?

„Was ist denn schon dabei?“, fragte er trotzig und doch mit einer gewissen Vorsicht in der Stimme, die sehr wohl ahnte, was folgen würde.

„Was dabei ist? Na, hör mal, du bist noch keine achtzehn, das ist dabei! Außerdem hätte dir sonst was zustoßen können. Ich weiß doch, in welchem Zustand ihr Jugendlichen eingeliefert werdet, volltrunken, zusammengeschlagen oder zugekifft.“

„Ich kiffe nicht.“

„Das will ich schwer hoffen“, erwiderte sie, ohne zu wagen, die anderen Drogen anzusprechen, die heutzutage wohl eher an der Tagesordnung waren.

„Mir ist ja nichts passiert, und neunundneunzig Prozent der Jugendlichen passiert auch nichts. Hör auf, mir immer mit deinen Schreckensmeldungen zu kommen.“

„Ich sag das doch nicht zum Spaß. Ich sage das, weil …“

Sie brach ab. Atmete tief durch, um sich zusammenzureißen.

„Ich meine ja nur“, fuhr sie fort, „dass ich mir wünschen würde, dass du mir Bescheid gibst, vorher. Ich habe mir Sorgen gemacht, das ist alles. Natürlich kannst du ausgehen, solange du willst.“

Sven zog die Augenbrauen nach unten, als hätte er sich verhört. So ganz schien er ihr nicht zu glauben.

„Ach ja? Vati macht mir nie irgendwelche Vorhaltungen. Bei ihm kann ich wenigstens tun und lassen, was ich will.“

Dass er seinen Vater ins Spiel brachte, war unfair, wenn auch nicht unbedingt neu. Wie jedes aufgeweckte Scheidungskind wusste auch Sven seine Elternteile gegeneinander auszuspielen, meistens mit Erfolg. Diese Spielchen standen ihm wohl zu. Sozusagen als kleines Trostpflaster für seine verkorkste Kindheit.

Dennoch, fühlte sie, durfte sie ihm diesen Vorwurf jetzt nicht durchgehen lassen.

„Kein Wunder", sagte sie zähneknirschend, „wie oft siehst du ihn denn? Alle zwei Monate ein Mal? Zwei Mal? Fred muss sich ja keine Gedanken machen, wie du dein Leben verbringst und was aus dir wird. Natürlich lässt er dich für die paar Tage im Jahr gewähren, die ihr euch seht. Glaube ja nicht, das wäre immer so. Du kannst gerne mal einige Monate bei ihm wohnen, wenn es dir besser gefällt. Aber eins sag ich dir gleich. Ihm wäre es alles andere als egal, wo du dich herumtreibst, und vor allem nicht, dass du …"

„Dass ich was?"

Dass du schwul bist, hatte sie sagen wollen.

„Dass … dass du die ganze Nacht fortbleibst", ergänzte sie schnell. „Wo warst du überhaupt gewesen?"

„Den Laden kennst du sowieso nicht", antwortete er ausweichend.

„Ach, meinst du? Und was hast du in diesem Laden gemacht?"

„Herrgott!", rief er aus und warf die Arme in die Luft. „Getanzt. Gequatscht. Was glaubst du denn?"

„Keine Ahnung, was man im Berghain so treibt."

Entgeistert starrte Sven sie an. Selbst sein Mund blieb offen stehen. So direkt hatte sie es ihm nicht verraten wollen, aber seine ausweichende Art war zum Verrücktwerden. Wäre er ehrlich gewesen, hätte sie ihn jetzt nicht so überrumpeln müssen.

„Man hat dich gesehen", sagte sie beiläufig, als wäre es ihr egal.

„Ich verstehe nicht. Wieso hast du mit Alex heute schon gesprochen?"

Jetzt war es an ihr, verwirrt zu sein.

„Mit Alex?"

„Tu nicht so unschuldig. Wer soll es dir sonst verpetzt haben? Aber das hat doch nichts zu bedeuten. Heutzutage umarmt jeder jeden. Das heißt absolut gar nichts."

„Moment", fiel sie dazwischen, weil alles plötzlich zu viel wurde. „Du hast ihn …?"

Wenn Sven glaubte, selbst eine Umarmung verteidigen zu müssen, dann, befürchtete sie, war es dabei bestimmt nicht geblieben.

„Ist auch egal", winkte sie schleunigst ab. „Darum geht es nicht. Noch nicht! Bist du dir sicher, dass es Alex war?"

„Ich werd doch noch wissen, mit wem …"

„Ja, ja, schon gut."

Dass etwas in ihrem Gespräch schiefzulaufen schien, war Sven durchaus bewusst. Seine Pupillen begannen unruhig hin und her zu wandern. Pupillen, die, wie sie glücklicherweise feststellen konnte, ihre normale Größe hatten.

„Hör zu", sagte sie ernst, „ich muss dir was sagen."

Diesen Tonfall kannte Sven nur allzu gut. Augenblicklich kniff er den Mund zusammen, in Erwartung einer Zurechtweisung.

„Es ist bestimmt nicht einfach für dich. Nicht nachdem … Also, Alex. Er ist tot."

„Das ist unmöglich! Ich habe mit ihm geredet, mit ihm … Das ist nicht mal acht Stunden her!"

Sie beugte sich weit vom Bett aus vor und streckte ihm die Hand entgegen, um sie auf die ihres Sohnes zu legen, die er um die Lehne seines Stuhles verkrampft hielt.

„Es muss kurz danach passiert sein", fuhr sie fort. „Er ist von einem Hochhaus gestürzt. Ich war heute Morgen kurz vor sechs dort. Und deshalb muss ich unbedingt wissen, wann genau du mit ihm gesprochen hast, und wann er gegangen ist."

Sven schüttelte leicht den Kopf. In seinen Augen sammelten sich Tränen, die er angestrengt zu unterdrücken versuchte. Nur mit Mühe konnte er antworten.

„So genau", stotterte er, „weiß ich das nicht. Ich denke, gegen drei. Es war ziemlich früh, jedenfalls fürs Berghain. Ich habe noch versucht, ihn zu überreden zu bleiben."

„Ist dir irgendetwas an ihm aufgefallen? War er nervös oder … oder irgendwie anders?“

„Keine Ahnung. Er war sehr überdreht. Redete wirres Zeug, das ich nicht verstanden habe. Die Musik war sehr laut.“

„Habt ihr über Klaus geredet?“, fragte sie.

„Klaus?“

Zunächst schien ihm diese Frage aus dem Zusammenhang gerissen.

„Du meinst“, schlussfolgerte er dann von selbst, „man hat ihn …?“

„Du weißt doch, was Carsten angedeutet hat.“

„Shit! Aber Alex hat Klaus nicht erwähnt. Das bin ich mir sicher. Er sah ständig auf seine Uhr und ist irgendwann einfach gegangen.“

„Hast du noch jemanden gesehen? Aus dieser Clique, meine ich.“

„Wieso fragst du das?“, erwiderte er und zog seine Hand unter der ihren fort.

„Weil Jens dich erwähnt hat. Deshalb weiß ich auch, wo du warst. Du hast ihn also nicht bemerkt?“

Kurz schien er nachzudenken, bevor er verneinte.

Sie sahen sich an. Über den Todeshergang stellte Sven keine Fragen, und von allein würde sie ihn damit nicht belasten wollen. Viel durfte sie ihm sowieso nicht anvertrauen, solange es sich um ein laufendes Verfahren handelte.

„Eine letzte Frage muss ich dir noch stellen“, sagte sie dann.

Sofort ging Sven auf Abwehrhaltung. Seine kleinen Nasenflügel bebten und seine pickelige Haut bekam rote Flecken. Dabei lag es ihr fern, ihn jetzt wegen einer Umarmung zur Rede zu stellen, bei der es sicherlich nicht geblieben war. So unsensibel reagierte nicht einmal sie! Immerhin hatte er endlich jemanden umarmt und wahrscheinlich sogar geküsst. Wenn auch den Falschen. Oder zumindest jemanden, der ihn nie wieder anfassen konnte. Diese Neuigkeit musste ihr für den Augenblick genügen. Alles andere ließe sich später regeln.

Dass Sven glaubte, seine Mutter würde ihn jetzt wegen seiner Sexualität ausfragen, und er deshalb verschüchtert und ein wenig schuldbewusst dasaß, erfüllte sie mit dem plötzlichen

Drang, ihn fest an sich drücken zu wollen, um ihm zu sagen, dass alles in Ordnung sei und dass sie ihn akzeptierte und liebte, so wie er war. Doch diese allzu mütterliche Geste wäre Sven unendlich peinlich gewesen.

„Es geht noch mal um Klaus", sagte sie, dass Sven sichtlich erleichtert war. „Denn so wie es aussieht, hat tatsächlich jemand seine Tabletten vertauscht, und dieser jemand saß mit dir zusammen auf dem Felsen am Canyon. Und dieser jemand könnte nicht nur Klaus, sondern auch Alex auf dem Gewissen haben. Also, versuche dich bitte genau zu erinnern, ob dir nicht doch irgendetwas aufgefallen ist."

„Nein, wirklich nicht", antwortete er, ohne nachgedacht zu haben. „Wir standen oder saßen nur herum, das habe ich dir doch längst gesagt. Und die Rucksäcke lagen alle in der Mitte. Jeder von uns hat sich daraus bedient, wenn wir ein Brötchen oder was zu trinken wollten. Niemand hat darauf geachtet, was sonst passiert ist. Wieso auch?"

„Niemand, der mit kleinen Tablettendosen hantiert hat?"

„Niemand."

„Wäre es denn jemandem aufgefallen?"

Sven schüttelte den Kopf.

Natürlich war es niemandem aufgefallen. Der Täter hatte ungehindert seinen Tausch vornehmen können, weil es gar keinen Grund gab, sich zu wundern, hätte einer von ihnen den Rucksack geöffnet. Und dann, als die Dose längst präpariert worden war, brauchte der Mörder nur noch anzudeuten, dass Klaus Kopfschmerzen habe und Tabletten bräuchte.

„Okay", sagte sie dennoch ein wenig enttäuscht, „hätte ja sein können."

Eigentlich war ihr Gespräch damit zu Ende. Trotzdem hatte sie das Gefühl, sitzen bleiben zu müssen, einfach neben ihrem Sohn, dessen aufkeimende Sexualität mit den beiden Morden unweigerlich verwoben war und alles komplizierter machte, als es sein müsste. Wie gern hätte sie ihn getröstet, ohne zu wissen wie und ohne ihn noch mehr aus der Fassung zu bringen.

Sven starrte zurück auf seine Mutter, da er wohl ahnte, dass ihr weitere Fragen fertig auf der Zunge lagen.

„War's das?", wollte er wissen und griff mit der einen Hand bereits nach der Maus seines Computers.

Monika blieb nichts anderes übrig, als zu nicken und aufzustehen. An der Tür sah sie sich noch einmal um. Svens Rücken hatte sich erneut über sein Videospiel gebeugt. Die virtuellen Monster knallte er unnachgiebiger ab als zuvor.

„Komm rein."

Rolf öffnete ihm die Tür. Durch den Flur hindurch erkannte Thomas die beiden anderen, die bereits im Wohnzimmer auf dem Sofa saßen, jeder in seiner Ecke, durch zwei Kissen voneinander getrennt.

„Was soll das Ganze?", fragte er gereizt, weder gewillt, über Alex' Tod zu reden, noch den Beziehungskrach zwischen Peter und Jens mitzuerleben, der, betrachtete er ihren Gesichtsausdruck, unweigerlich bevorstand.

„Setz dich erst mal zu uns", beruhigte ihn Rolf und klopfte ihm sanft auf die Schulter.

Niemals hätte er sich auf Rolfs Einladung einlassen dürfen. Doch den Außenseiter zu spielen, das dufte er sich auf keinen Fall erlauben. Er musste wissen, was sie miteinander besprachen, welche Vermutungen sie hatten, um im Ernstfall gewappnet zu sein.

„Hi, Thomas", begrüßte ihn Peter, mit dieser Miene aus Trauer und Mitleid, die er kaum ertrug. „Wie geht es dir? Kommst du klar?"

„Ja", antwortete er knapp und ließ sich in einen der Sessel fallen.

Thomas kam tatsächlich klar. Einerseits schien die Situation viel zu unwirklich, um real zu sein, andererseits hatten Alex und er sich seit Langem schon auseinandergelebt. An der Tablettensucht seines Freundes war er sicherlich nicht ganz unschuldig gewesen, auch oder gerade weil er Alex ohne Medikamente kaum mehr ertragen hatte. In gewisser Weise machte sein Tod einiges einfacher.

Alex war immer schon labil gewesen. Das war nicht Thomas' Schuld. Er hatte ihn auffangen, sich um ihn kümmern wollen, um diesen schönen, jungen Mann, der so offensichtlich eine Vaterfigur brauchte, eine starke Schulter zum Anlehnen. Ohne ihn, da war Thomas sich sicher, wäre Alex von ganz allein, bereits Jahre zuvor, in den sicheren Selbstmord geschlittert. Thomas hatte Alex davor bewahrt. Solange er ihm zeigte, wo es langging, ihm Regeln, Gebote und Verbote setzte, blieb sein Zustand stabil. Darin waren sie sich einig gewesen. Alex, der seine Autorität brauchte und akzeptierte, und Thomas, dem das Gefühl von Macht und Überlegenheit so etwas wie Selbstbestätigung gab. Eine Selbstbestätigung, die ihm keineswegs in die Wiege gelegt worden war, die er sich über Jahre mühsam hatte erkämpfen müssen, auf dem Spielplatz, auf dem Schulhof oder wo auch immer ihm die Jungs aus der Nachbarschaft aufgelauert hatten, ihn zu verprügeln.

Die gebrochene Nase zeugte davon und gehörte zu einem langsam, aber stetig erarbeiteten Image. Nie wieder der Unterlegene sein, das hatte er sich im Krankenhaus mit dem Gips über dem Nasenrücken geschworen. Seitdem ging er zum Krafttraining, lernte Judo und verbarg sein Innerstes hinter der Fassade seines Körpers.

Nur manchmal, wie jetzt aus heiterem Himmel, wenn er die Selbstreflexion zu nah an sich heranließ, überkamen ihm Zweifel. Wer von ihnen beiden, dachte er, hatte den anderen mehr gebraucht? Wer war von ihnen der Abhängigere gewesen?

Unbestritten wuchs Alex im Laufe ihrer Beziehung über sich hinaus. Seine Unsicherheit, seine Verklemmtheit verschwand, als färbte Thomas' übersteigertes Ego auf ihn ab. Irgendwann, befürchtete er, würde Alex ihn nicht länger brauchen. Irgendwann wäre Thomas überflüssig und in den Augen seines Freundes nicht viel mehr, als er tatsächlich schon immer gewesen war: ein egoistischer Despot.

Ein Despot, der des Schwächeren bedurfte, um eben jener Tyrann zu sein. Denn ohne sein Gegenüber gab es nichts, an dem er seine vermeintliche Stärke erkennen konnte. Ohne Alex wäre er lediglich ein Niemand. Eine Vorstellung, die Thomas nicht ertrug. Was er brauchte, war der Alex, wie er ihn kennengelernt hatte, mit diesem treuen Blick auf sein großes Vorbild gerichtet, um in eben jenem Blick die eigene Unsicherheit negieren zu können. Und genau deshalb musste er diesen alten Alex zurückbekommen. Um jeden Preis.

Es war nur ein dummer Versuch gewesen, ohne wirkliche Hintergedanken. Nur ein Spiel, um zu sehen, was passieren würde. Nur eine einzige Tablette in seinem Weinglas. Nur die erste von vielen, bis Alex sie von allein verlangte, weil sie natürlich ihre Wirkung taten.

Schon bald zeigte Alex die Symptome eines Süchtigen. Seine wachsende Selbständigkeit führte er nicht auf ein steigendes Selbstvertrauen zurück, sondern auf die Medikamente, von denen er überzeugt war, dass nur sie ihm halfen, und auf Thomas, der sie ihm besorgte. Ohne beides, davon war Alex überzeugt, würde er untergehen.

So betrachtet bekam Thomas, was er sich gewünscht hatte. Den verschreckten, ihm hörigen Freund, den die Sucht tiefer in den Abgrund zog, als seine labile Natur es je vermocht hätte.

Doch Thomas bekam mehr als nur das.

Alex entwickelte eine Lethargie und eine ständig wachsende, unbestimmte Angst, die das Leben mit ihm zu einer einzigen Tortur werden ließ. Hatte er sich nach außen hin relativ gut im Griff, verfiel er allein mit Thomas zu Hause in Depressionen oder bekam Heulkrämpfe, die über Stunden hinweg anhalten konnten. Und auch, wenn er gelegentlich ausging, um sich selbst zu beweisen, dass er sehr wohl in der Lage war, Spaß zu haben und sich wie andere zu amüsieren, kehrte er jedes Mal nur noch mutloses und verzweifelter zurück. In diesen, immer häufiger auftretenden Phasen vergaß Alex sogar zu essen. Er magerte ab.

Für Alex' Sucht fühlte Thomas sich, zum ersten Mal in seinem Leben, nicht stark genug. Wie zwei Gefangene hockten sie in der Wohnung, unfähig, einander anzusehen, geschweige denn miteinander zu reden. Sie fühlten sich schuldig und wussten, würden sie darüber sprechen, sie hätten den jeweils anderen für die Situation verantwortlich gemacht.

Dass Alex nun tot war, erzeugte in Thomas deshalb ein Gefühl der Erleichterung. Und diese Erleichterung wiederum erzeugte Schuld. Ein Teufelskreis.

„Die Trauer", sagte Peter, da er zulange geschwiegen hatte, völlig in Gedanken versunken, „wird sich schon einstellen. Das dauert manchmal seine Zeit. Wir stehen alle unter Schock und wissen genau, wie du dich fühlst."

„Wirklich? Wie fühle ich mich denn?"

Darauf hatte Peter natürlich keine Antwort parat. Sein Schnauzbart zuckte verlegen über den herabhängenden Mundwinkel. Ohne ihm die Zeit zu lassen, weitere Plattitüden abzugeben, wandte Thomas sich ab, um Rolf das Bier abzunehmen, das dieser ihm aus der Küche geholt hatte.

„Also", fragte Thomas in die Runde, „weshalb sind wir hier?"

Rolf setzte sich in den zweiten Sessel, beide Unterarme auf die Lehnen gepresst. Jens schwieg, den Kopf zu seiner eigenen Bierflasche gesenkt, und kreiste mit dem Zeigefinger über die Öffnung des Flaschenhals. Der leise Summton, den er dadurch erzeugte, war das Einzige, das ihr Schweigen durchbrach.

„Ich dachte", begann Rolf, nachdem Peter seinem Freund genervt die Hand von der Flasche gezogen hatte, „wir sollten uns zusammentun. Damit jeder von uns weiß, woran er ist. In den Augen der Polizei sind wir Verdächtige, und wir sollten uns einig darüber sein, was geschehen ist. Wie dürfen uns nicht gegenseitig bezichtigen, wir sollten uns gegen die Anschuldigungen schützen."

„Leicht gesagt", erwiderte Thomas und nahm einen tiefen Schluck aus der Flasche, „für einen, der ein Alibi vorweisen kann."

Bei diesen Worten hob Jens seinen Blick, den Thomas stumm erwiderte. In diesem Moment dachten beide dasselbe: Rolf und Peter brauchten sich weniger Sorgen zu machen, von der Polizei verhaftet zu werden, als sie.

„Darum geht es nicht. Wir sind Freunde, und niemand glaubt, dass du oder Jens irgendetwas damit zu tun habt."

„Wieso bist du dir da so sicher?", fragte Thomas.

Rolf zuckte mit den Schultern, ohne auf die Herausforderung in Thomas' Stimme einzugehen.

„Ich bin es einfach. Du magst zwar eine raue Schale haben, aber du bist bestimmt kein Verbrecher."

„Wer von uns dann?“

„Bitte, lasst die Sticheleien“, fuhr Peter dazwischen. „Das führt doch zu nichts. Wie sollten uns lieber überlegen, wie wir die Polizei davon überzeugen, dass Carsten ein viel stärkeres Motiv hatte und auch die bessere Möglichkeit, den, den … es zu tun.“

Warum sprach das Wort niemand aus? Glaubten sie denn, ihn in Watte packen zu müssen? Dass er sich besser fühlen würde, wenn sie um den heißen Brei herumredeten?

„Was ist mit dem Mann“, fragte Jens mit einem leichten Zittern in der Stimme, „den die Kommissarin erwähnt hat? Der, mit dem Alex zusammen ins Hochhaus gegangen sein soll?“

Peter winkte ab.

„Wahrscheinlich hat sie uns nur Angst einjagen wollen mit dieser Geschichte. Aber selbst wenn es einen zweiten Mann gab, dann hätte das ebenso gut Carsten selbst gewesen sein können. Das beweist gar nichts.“

„Ich finde trotzdem, wir hätten ihn mit einladen sollen. Egal, ob wir ihn nun leiden können oder nicht, er steckt ebenso tief in der Scheiße, wie wir.“

„Das haben wir längst ausdiskutiert“, fuhr Peter ihn an, worauf Jens sich eines der Kissen schnappte, um sich missgelaunt daran festzuklammern.

„Wie Thomas schon sagte“, murmelte er, „du hast gut reden.“

„Begreifst du das denn nicht? Rolf und ich wollen euch helfen. Aber das geht nur, wenn wir Carsten in die Enge treiben. Er hat von Anfang an gegen uns agiert!“

Innerlich musste Thomas aufstöhnen. Was wollten sie sich denn beweisen? Dass sie alle, die sie hier saßen, unschuldig waren? Dass, solange sie einen Verschwörungszirkel bildeten, die Gefahr außen vor blieb und nur denjenigen wie einen Blitz treffen würde, der außerhalb stand? Damit ließe sich gar nichts erreichen und erst recht nichts beweisen. Nein, er war auf sich allein gestellt. Wenn es hart auf hart kam, würde niemand ihm helfen können.

Thomas trank sein Bier aus und stand auf.

„Dieses Gespräch haben wir schon einmal geführt“, sagte er. „Gleich nach Klaus‘ Beisetzung. Das führt zu nichts.“

„Thomas", bat Rolf, „sei vernünftig."

„Ich bin vernünftig! Weil ich wohl der Einzige bin, der sich nichts vormacht. Ich war allein zu Hause, ebenso wie Jens. Nur leider kann das niemand bezeugen."

„Jens war im Berghain", sagte Peter, was mehr wie ein Vorwurf seinem Freund gegenüber klang als ein mögliches Alibi. Ruckartig starrte Thomas auf Jens, der rot anlief.

„Ja, das, das stimmt", stotterte er.

„Da ist Alex auch öfter hin. Du hast ihn nicht zufällig gesehen?", fragte Thomas.

Jens schüttelte den Kopf.

„Wie lange warst du da?"

„Keine Ahnung. Ich schaue nicht ständig auf die Uhr."

„Hat man dich dort gesehen?"

Als Jens nicht sofort antwortete, verdrehte Thomas die Augen und schlug mit der flachen Hand auf die Kommode neben sich.

„Na, klasse", fluchte er. „Wieder einer mit einem Alibi. Vielleicht sollte ich doch lieber zu Carsten."

Niemand reagierte. Betreten schienen alle an ihm vorbeizusehen, als hätten sie plötzlich begriffen, wie recht er gehabt hatte. Jeder war sich selbst der Nächste. Und deshalb gab es keinen Grund mehr zu bleiben.

Wütend wandte Thomas sich ab, um zu gehen. Dabei fiel sein Blick auf den neuen Computer.

„Seit wann hast du den denn?", fragte er Rolf.

Rolf war seinem Blick zu dem Gerät gefolgt. Seine Stimme wurde vorsichtig.

„Erst seit ein paar Tagen. Der alte war kaputt."

„Kaputt", wiederholte Thomas ungläubig. „Wo ist der andere?"

„Den habe ich entsorgt."

„Aus gutem Grund, nehme ich an."

„Was willst du damit andeuten?", fragte Rolf alarmiert.

„Nichts. Gar nichts. Ich überlege mir bloß, warum man einen relativ guten Computer entsorgen muss, anstatt, sagen wir mal, ihn zu verkaufen oder zu verschenken."

„Ich habe doch gesagt, er war kaputt!"

„Das stimmt", mischte Peter sich ein. „Ich war dabei."

Thomas stützte sich mit beiden Händen auf die Rückenlehne des Sessels, in dem er gerade noch gesessen hatte, und beugte sich vor. Auf Peters Bemerkung ging er gar nicht erst ein.

„Wen willst du damit täuschen?", fragte er an Rolf gerichtet, eher mitleidig als erbost. „Wir alle wissen genau, was auf deiner Festplatte gespeichert war."

Äußerlich ließ sich Rolf nichts anmerken. Nicht einmal an seinem Vollbart kratzte er sich wie sonst, wenn er verlegen oder nervös war.

„Na, schön", stöhnte Thomas. „Ich hab schon kapiert. Die Leichen im Keller müssen raus, nicht wahr?"

„Was ist mit deinen Leichen?", fragte Peter in einem herausfordernden Tonfall, als wollte er Rolf in Schutz nehmen.

„Keine Angst, die sind noch an ihrem Platz. Meine lassen sich leider nicht so leicht mit einem Hammer zertrümmern, auch wenn einer von uns geglaubt hat, mit Klaus ließe sich alles auf einmal begraben. Ein, zwei falsche Tabletten und die Sache wäre im Lot. Darum ging es doch, oder? Das Plappermaul zum Schweigen bringen."

„Keiner von uns hat Klaus umgebracht, egal, was er gewusst haben mag oder nicht", sagte Rolf, bemüht überzeugt.

„Die Tabletten haben sich nicht von allein vertauscht", widersprach Thomas. „Und Alex war sich so verdammt sicher, Klaus die richtigen gegeben zu haben. Das hat er mir wieder und wieder vorgebetet. Und wenn Alex sich nicht geirrt hat, dann müssen die Pillen vertauscht worden sein, nachdem Carsten sie Klaus gebracht hat."

Rolf horchte augenblicklich auf.

„Was …?"

„Du hast schon verstanden."

„Wenn ich mich recht erinnere", sagte Peter, der sich erneut einmischte, „warst du es, Thomas, der Alex die Dose mit den Tabletten aus dem Rucksack geholt hat. Ich saß schließlich daneben."

„Und?", fuhr er Peter an. „Hast du gesehen, wie ich sie vertauscht habe?"

„Nein, das habe ich nicht. Ich will nur, dass du aufhörst, Rolf etwas vorzuwerfen. Zumal er, im Gegensatz zu dir, ein Alibi hat."

„Danke, dass du mich daran erinnerst. Und genau deshalb bin ich hier fehl am Platz. Du und Rolf, ihr könnt euch in Sicherheit wiegen. Ich nicht. Und Jens ..." Er sah Jens an, der noch immer sein Kissen wie ein Schutzschild vor der Brust hielt. „Du solltest dir ebenfalls überlegen, was du hier willst."

Als Jens nicht reagierte, fuhr Thomas fort: „Deine Beziehung ist im Arsch, das wissen alle. Weil du deine Finger nicht von jedem dahergelaufenen Kerl lassen kannst. Klaus war doch einer von denen. Und wir wissen genau, wie sehr du alles dafür getan hättest, dass dieses Verhältnis deine Beziehung nicht gefährdet, weil du ohne Peter nichts wert bist. Ja, schau nicht so blöd. Wenn du also nicht schleunigst jemanden auftreibst, der dich im Berghain gesehen haben will, dann steht dir die Scheiße ebenso bis zum Hals wie mir!"

Jens war blass geworden. Er warf einen verstohlenen Blick auf Peter, den dieser ignorierte.

„Muss ich noch mehr sagen?", fragte Thomas abschließend, bevor er sich abwandte und aus der Wohnung eilte. Niemand versuchte, ihn aufzuhalten. Soviel also zu ihrer eingeschworenen Gemeinschaft.

Kurz vor der Haustür jedoch hörte Thomas hektische Schritte auf den Stufen. Er verließ das Haus, ohne sich umzudrehen. Allerdings dauerte es keine Minute, bis Jens ihn eingeholt hatte.

„Was willst du noch?", fuhr Thomas ihn an. „War ich nicht deutlich genug?"

Von dem kurzen Sprint den Hausflur hinunter war Jens außer Atem. Nur mühsam hielt er neben ihm Schritt. Seinetwegen deshalb langsamer zu gehen, fiel Thomas nicht im Traum ein. Er zog seine Zigaretten aus der Jeanstasche und zündete sich eine an. Die ganze Zeit bereits hatte er rauchen wollen.

„Ich versteh deine Reaktion ja", keuchte Jens.

„Aber?"

„Ich habe gelogen. Alex war im Berghain."

Jetzt blieb Thomas stehen und blies den Rauch der Zigarette nur knapp an Jens' Gesicht vorbei.

„Ich habe ihn gesehen."

„War er allein?"

„Nein", sagte Jens nach kurzem Zögern. „Er war dort mit Sven. Sie haben zusammen gequatscht und ... na ja, irgendwann ist Alex halt gegangen. Er schien es eilig zu haben, als hätte er noch eine Verabredung oder so. Mich hat er nicht bemerkt. Glaube ich jedenfalls."

Thomas legte seine breite Stirn in Falten und blickte Jens durchdringend an.

„Warum erzählst du mir das?"

„Weil ich finde, du solltest es wissen."

„Seit wann interessierst du dich dafür, was andere denken oder wissen?"

Ein wenig hochmütig begegnete Jens seinem Blick. Ohne Hintergedanken würde Jens ihm nie etwas erzählen, davon war Thomas überzeugt. Jens war berechnend. Denn so, wie er jahrelang geglaubt hatte, Peter an der Nase herumführen zu können, so würde er auch jetzt mit dieser Information etwas erreichen wollen. Die Frage war nur, was?

„Wir wissen doch", fuhr Jens unbeirrt fort, „dass Alex sich nach dem Berghain mit jemandem getroffen haben muss, weil er mit diesem Jemand vor Carstens Haus gesehen wurde. Womöglich handelte es sich ja um eine Verabredung, die er Tage zuvor bereits eingegangen ist. Mit wem hat Alex denn über Klaus gesprochen?"

„Keine Ahnung. Ich spioniere meinem Freund nicht hinterher", antwortete Thomas, obwohl er die Antwort auf diese Frage ganz genau kannte. Er hatte Alex verboten, sich weiterhin mit Carsten zu treffen. Doch womöglich hatte er sich nicht daran gehalten.

„Carsten mag vielleicht nicht der Mörder sein", sagte Jens, „aber wenn er mit Alex über Klaus' Tod geredet hat, dann ..."

„Was dann?", fragte Thomas genervt zurück, weil er endlich allein sein wollte.

„Dann weiß der Mörder womöglich, dass auch Carsten weiß, was Alex gewusst hat."

„Komm endlich auf den Punkt. Worauf willst du hinaus?"

Jens zuckte selbstzufrieden mit den Schultern. Da war ein Ausdruck auf seinem Gesicht, den Thomas früher bereits bei ihm gesehen hatte, dieser lauernde Blick und die verbissene Anspannung wie bei der Jagd nach einem neuen Liebhaber. Allerdings schien genau dieser Ausdruck jetzt unpassend.

„Weil", flüsterte Jens, nahe an Thomas' Ohr, „wenn ich recht habe, für den Mörder wieder alles von vorne beginnt."

Mit diesen Worten drehte Jens sich ruckartig um und eilte die Straße in der entgegengesetzten Richtung davon.

Thomas starrte ihm nach. War das eine Drohung gewesen? Glaubte Jens etwa, er hätte die beiden Morde begangen? Und warum hatte er diesen Sven ins Spiel gebracht?

An der nächsten Straßenecke verschwand Jens aus seinem Blickfeld.

Es wurde Zeit, dass er handelte.

Sie saß mit Schröter bei dem Italiener, nur einen Steinwurf vom Präsidium entfernt. Wie die Hälfte ihrer Kollegen auch ging sie des öfteren hierher, wenn die Arbeit es zuließ. Das Essen war zwar nicht unbedingt erstklassig, dafür aber preiswert. Und heute, zu dieser später Mittagszeit, schienen sie glücklicherweise die beiden einzigen Polizeibeamten in dem schwach beleuchteten Lokal zu sein.

Vor Schröter lag ein Stapel Papiere, in dem er herumwühlte, als hätte er den Überblick verloren. Die Tropfkerze in der Flasche und die kleine Vase mit den Plastikblumen hatte er zur Seite geschoben. Sie sah ihm schweigend zu und nippte an ihrem Rotwein, den sie während der Dienstzeit gar nicht trinken sollte, den sie aber dringend benötigte. Bestellt hatte sie eine Pizza Tonno und Schröter lediglich einen gemischten Salat.

Schröter war eitel, was sein Aussehen und seine Figur betraf. Vier Mal die Woche ging er ins Fitnessstudio, stemmte Gewichte, schwitzte auf dem Laufband und legte sich unter die Sonnenbank. Sie dagegen war schon froh, wenn sie die Treppen statt den Fahrstuhl benutzte, was nicht wirklich oft der Fall war.

Sie blickte an sich herunter. Ein, zwei Kilo weniger, stellte sie kritisch fest, könnten es schon sein. Vielleicht auch vier. In

Schröters Jeans jedenfalls würde sie niemals passen. Und auch beim Friseur sollte sie dringend mal wieder vorbeischauen. Ihr Pagenkopf war längst herausgewachsen, besonders der Pony, den sie bereits zur Seite kämmen musste. War diese Frisur denn überhaupt noch modern?

Viel Tamtam um ihr Äußeres hatte Monika nie gemacht, schon als Mädchen nicht. Und während ihrer Ehe mit Fred sowieso nicht. Ihm schien sie so zu gefallen, wie sie war, egal, ob zurechtgemacht oder nicht, was Monika zunächst für besonders ehrenwert und emanzipiert erachtete.

Bis sie einsehen musste, dass es ihm einfach nur gleichgültig war.

Jetzt allerdings, geschieden und unweit der vierzig, mit einem jüngeren Mann ihr gegenüber, sollte sie ihre Einstellung vielleicht überdenken. Sie war ja keineswegs unattraktiv, obwohl, wie sie fand, ihre Augen zu schmal und ihre Lippen zu voll waren. Dafür hielten sich die Krähenfüße in Grenzen, ebenso wie das bisschen Zellulitis an den Oberschenkeln. Und ihr Busen, na ja, da hatte die Männerwelt bestimmt schon größere gesehen.

„Was suchen Sie eigentlich?“, fragte sie, auch um die Gedanken an das eigene Aussehen zu vertreiben.

„Den Bericht vom Tatort. Ich weiß genau, dass ich ihn mitgenommen habe.“

„Den hier?“

Sie griff ihm zwischen die Seiten und fischte das Gesuchte heraus. Schröter nahm ihr das Papier ab.

„Genau. Also, wie wir bereits vermutet haben, gibt es keinerlei Spuren auf oder an dieser Brüstung. Überhaupt keine. Alles blitzeblank. Ein Unfall kommt deshalb nicht in Frage. Jemand hat ordentlich nachpoliert oder Handschuhe getragen. Und die Spuren an der Glastür stammen tatsächlich von Alexander Schneider. Leider sind die auch die einzigen. Ach ja, und in Wielands Wohnung waren ebenfalls keine Abdrücke von Herrn Schneider zu finden. Entweder war er wirklich nicht dort oder Wieland hat gründlich aufgepasst.“

„Schade. Und im Obduktionsbericht? Gibt es dort irgendetwas Auffälliges?“

„Nein. Außer was wir ohnehin schon wussten. In seinem Blut waren Reste von Antidepressiva und Ecstasy. Todesursache eindeutig. Und die Todeszeit frühestens um halb vier und spätestens um halb fünf."

„Fein. Wenigstens keine Überraschungen. Was ist mit Krauses Arztpraxis und Meybachs Päderastie? Irgendwelche Ergebnisse?"

„Ja", antwortete Schröter und fand diesmal sofort die geforderten Aufzeichnungen. „Es gibt tatsächlich Unstimmigkeiten bei Herrn Krauses Abrechnungen. Bisher hat die Ärztekammer allerdings von einer Untersuchung abgesehen. Ganz dilettantisch scheint sich Krause also nicht angestellt zu haben. Es fehlen Beweise. Für ein Motiv, Klaus Teichmann mundtot zu machen, mag es allerdings ausreichen, sollte Teichmann etwas gewusst haben. Und was Herrn Meybach anbelangt, gab es vor Jahren mal eine Anzeige wegen sexueller Belästigung an einem Minderjährigen, die mit einer Geldstrafe und Bewährung geahndet wurde. Seitdem nichts. Bis auf einige Einträge in einschlägigen Internetforen. Inwieweit man dagegen vorgehen kann, wird noch geprüft."

Sie nahm erneut einen Schluck von dem Wein, während Schröter sich in seinem Stuhl weit zurücklehnte, um auf die Lorbeeren zu warten, die er für seine Arbeit offensichtlich erwartete. Schröter brauchte diese Bestätigung, im Beruf wie im Privaten. Und so, wie er da saß, mit diesem Lächeln unter seinem pechschwarzen, akkurat geschnittenen Haar, fiel es ihr unweigerlich schwer, ihm nicht sofort das Gewünschte zu liefern.

Irgendetwas aber hielt sie davon ab. Nicht, weil er das Lob nicht verdient hätte, sondern aus einem plötzlichen Gefühl heraus, das mit der Erinnerung an seine Berührung auf dem Balkon einherging. Diese Berührung hatte sie genossen. Weil sie unerwartet kam, weil sie weich und warm gewesen war, und wohl auch, weil sie etwas Verbotenes an sich gehabt hatte.

Und dieses süße Sündhafte, dessen Wiederholung sie sich ersehnte, war es, was sie nun zögern ließ. Je intensiver sie an Schröter dachte und je mehr sie von ihm wollte, desto hartnäckiger widersetzte sie sich ihren inneren Wünschen. Sie musste sich beherrschen. Immerhin war sie beruflich ein Profi.

Über seine stumme Aufforderung zum Lob ging sie deshalb einfach hinweg.

„Was ist mit den Telefonaten, die Schneider getätigt hat?", fragte sie schroff.

Schröter spitzte leicht die Lippen. Da war ein kurzes Flackern in seinen Augen, das die Zurückweisung registrierte und die Enttäuschung darüber verriet.

„Selbstverständlich", sagte er leicht gekränkt und zog ein weiteres Blatt Papier aus dem Stapel hervor, „habe ich mich auch darum gekümmert. Ich habe hier die letzte Abrechnung seiner Telefongesellschaft. Am besagten Abend hat er mehrere Telefonate getätigt. Zuletzt mit Wieland und Krause. Ach ja, und zwischen ein Uhr dreiundfünfzig und zwei Uhr zehn hat er Rolf Meybachs Handy versucht zu erreichen. Der Dauer nach zu urteilen, hat er entweder nie jemanden erreicht oder nur wenig gesagt."

„Maybachs Handy?"

„Ja. Dreimal, um genau zu sein."

„Merkwürdig. Das haben weder er noch Peter Müller erwähnt."

„Vielleicht war es abgestellt."

Der Kellner brachte ihr die Pizza und Schröter den Salat. Sofort griff sie zu Messer und Gabel. Schröter träufelte vorsichtig einige Tropfen Essig und Öl über das Grünzeug, dann stocherte er lustlos darin herum.

„Sie sollten was Vernünftiges essen", sagte sie mit vollem Mund.

„Das ist was Vernünftiges."

„Okay, ich meine ja auch was Ordentliches."

„Ich bin auf Diät", gestand er grinsend.

„Frauen", belehrte sie ihn, „mögen was zum Anfassen, glauben Sie mir."

„Sie auch?"

Augenblicklich stieg ihr die Röte zu Kopf. Warum musste sie sich jedesmal selbst in Schwierigkeiten bringen? Was, um Himmels willen, war bloß mit ihrem Unterbewusstsein los, dass sie sich immer wieder in diese Situationen begab? Seine Antwort war doch absehbar gewesen. Dabei hatte sie sich so fest vorgenommen, eben diese Sprüche zu vermeiden.

Hastig griff sie nach ihrem Glas.

„Mein Exmann", stammelte sie dann, „hatte auch ein bisschen Hüftspeck. Hat mich nie gestört."

„Und seitdem?"

Jetzt verschluckte sie sich, ungläubig über das, was sie da gehört hatte.

„Da war niemand mehr seitdem. Jedenfalls nichts …"

„Entschuldigen Sie. Das war indiskret von mir. Vergessen Sie's. Wie ist die Pizza?"

„Ganz lecker. Wollen Sie probieren?"

Sie schnitt ein Stück aus dem zähen Teig und hielt es ihm entgegen. Schröter beugte sich weit über den Tisch und aß ihr von der Gabel.

„Jedenfalls besser als mein Salat", gestand er kauend.

„Das dürfte nicht schwierig sein", erwiderte sie lächelnd, bevor sie sich zwang, das Gespräch zurück in ruhige Gewässer zu lenken. „Also, wo waren wir?"

„Bei den Anrufen auf Meybachs Handy. Glauben Sie, er hat sich mit Alex in der Mordnacht getroffen?"

Sie schüttelte den Kopf.

„Unwahrscheinlich. Jedenfalls, wenn er tatsächlich die ganze Zeit mit Müller zusammen war."

„Wir müssen prüfen, ob sie miteinander geredet haben."

„Das kläre ich", sagte sie.

„Okay."

Schweigend aßen sie zu Ende. Wie immer ließ sie den Rand ihrer Pizza auf dem Teller liegen. Den reinen Teig mochte sie nicht, es sei denn, er hatte eine Käsefüllung. Schröter, bemerkte sie, war ebenso pingelig. Als er seinen Teller leergegessen hatte, häuften sich die Oliven in einer Ecke der Salatschüssel.

„Mögen Sie die nicht?", fragte sie und bohrte ihre Gabel in eine der Oliven.

Bevor sie ihre Hand zurückziehen konnte, griff er danach und hielt sie fest. Erschrocken sah sie ihn an, unfähig zu reagieren.

Sein Griff war fordernd, aber keineswegs hart. Nach dem ersten Augenblick lockerten sich seine Finger um ihr Handgelenk, und seine Berührung wurde so sanft wie auf dem Balkon.

„Hören Sie“, sagte er. Seine Stimme zitterte. „Ich weiß, es ist nicht richtig. Aber … aber ich habe das Gefühl, dass auch … Also, ich meine. Ach, ich glaube, Sie wissen ganz genau, was ich meine.“

Kurz starrte sie ihn an, als befände sie sich im falschen Film. Das war nicht sein Ernst, oder? Panisch zog sie ihre Hand aus der seinen und sprang auf.

„Sind Sie verrückt geworden?“, rief sie lauter als gewollt.

Die beiden Männer am Nachbartisch wandten erschrocken die Köpfe in ihre Richtung, bevor sie sich erneut ihrem Essen widmeten.

Auch Schröter wusste nicht, wie ihm geschah, und im selben Moment tat ihr die überzogene Reaktion leid. Immerhin hatte er nur das ausgesprochen, was sie selber dachte. Sie sah sich ratlos um. Von Kollegen war zum Glück weit und breit keine Spur.

„Ich … ich werde das hier vergessen“, sagte sie schließlich, obwohl sie es weder vergessen würde noch vergessen wollte. Mit einer hektischen Bewegung zog sie die Serviette, die sie zu Beginn des Essens in den Bund ihrer Jeans gesteckte hatte, heraus, knüllte sie zusammen und warf sie mitten auf den Tisch. Mehr Theatralik, dachte Monika, war wohl nicht denkbar. Sie benahm sich wie eine hysterische Kuh.

„Es war nicht meine Absicht“, versuchte Schröter zu beschwichtigen, „Sie zu überrumpeln. Ehrlich. Glauben Sie mir. Ich dachte nur, dass …“

„Nicht! Hören Sie auf damit. Bitte, bezahlen Sie. Ich muss dringend weg.“

Einen Moment lang zögerte sie und eilte dann an dem verdutzt dreinblickenden Kellner vorbei an die frische Luft, die nicht wirklich half, ihr aber zumindest die Illusion eines klaren Kopfes versprach.

Kapitel 8

Allein in der Wohnung, ohne zu wissen, was er eigentlich zu tun gedachte, hockte Peter auf der Kante des Bettes im Schlafzimmer und starrte ins Leere. Hier in seinem gemeinsamen Zuhause mit Jens hielt ihn nichts mehr. Das konnte er körperlich spüren. Eine Abneigung gegen alles, was ihn umgab: die Möbel, die Bücher, die Bilder an der Wand und die Fotos in den Regalen. Alles war ohne Bedeutung, hatte sich Schritt für Schritt aufgebraucht, sich langsam verflüchtigt wie Wasserdampf. Was blieb, war ein dumpfes Gefühl im Kopf und eine Schwere in den Knochen. Die Zeit der Illusionen war endgültig vorbei.

Dabei hatte er alles gegeben. Und doch, wie es aussah, nicht genug.

Mit Jens, so hatte er sich geschworen, würde alles anders werden. Nie wieder wollte er seine Beziehung aufs Spiel setzen, indem er ihnen einen Stempel aufdrückte, der dem anderen seine Vorstellung vom Leben verordnen sollte. Seine Freunde hatte er eingeengt, ihnen gesagt, so oder gar nicht, und hatte, wenn sie nicht bereit gewesen waren, sich ihm anzupassen, den Schlussstrich gezogen.

Unendlich viele Schlussstriche hatte er gezogen, in der trügerischen Gewissheit, den richtigen Partner nur noch nicht gefunden zu haben, der ihn so nahm, wie er war. Denn bedeutete Liebe nicht genau das? Den anderen ohne Wenn und Aber zu akzeptieren, mit all seinen Stärken und Schwächen? An diese Devise hatte Peter sich immer gehalten, bezogen auf seine Person. Sich selbst zu ändern, weil auch der andere das Gleiche für sich beanspruchen könnte, kam ihm nie in den Sinn.

Doch das Alleinsein forderte seinen Preis. Er war einsam. Er sehnte sich nach einem Partner, einer gemeinsamen Wohnung, nach dem Gefühl, gebraucht und geliebt zu werden.

Als er dann Jens kennenlernte, wollte er das Glück, wenn es sich schon nicht freiwillig einstellen wollte, erzwingen. Er schluckte seinen Stolz, seine Gewohnheiten hinunter und gestattete zum ersten Mal in seinem Leben dem Partner, was er bisher nur von ihnen gefordert hatte: Freiheit.

Jenes ‚Sei du selbst' übertrug er auf Jens. Er ließ ihm seine Eigenarten, machte ihm weder Vorschriften noch verlangte er Anpassung. Er wollte Jens nicht ändern. Jens sollte bleiben, wie er war, weil Peter kein Recht besaß, ihn zu formen.

Und so ließ er Jens gewähren. In allem.

Wenn Peter sich jetzt in der Wohnung umsah, dann war es Jens' Vorstellung von gutem Geschmack, der ihn umgab. Einen Geschmack, der ihm zuwider war, den er aber akzeptierte und bezahlt hatte, weil hier der sichtbare Beweis dessen war, wie sehr Peter das Unmögliche möglich gemacht hatte: dem anderen seinen Willen zu lassen.

In den drei Jahren ihres Zusammenseins akzeptierte er, dass Jens ihre Abmachungen missachtete, dass er den Haushalt ignorierte und dass er ihn betrog, wann immer er die Gelegenheit dazu fand. Peter wandte einfach den Blick, fraß alles in sich hinein.

Sogar als Klaus auf der Bildfläche erschien und, im Gegensatz zu den Männern davor, nicht wieder verschwand, sagte Peter kein Wort. Denn er wusste nur allzu gut, was geschah, würde er einschreiten und Forderungen stellen, die dem Naturell des anderen womöglich widersprachen: Jens würde ihn verlassen, so wie er früher einen Partner nach dem anderen verlassen hatte.

Nein, Peter wollte nicht ein weiteres Mal verlassen werden, er wollte Beständigkeit, eine Partnerschaft auf Dauer, ganz gleich um welchen Preis.

Und dieser Preis ließ nicht lange auf sich warten.

Schlafstörungen stellten sich ein, Magenkrämpfe und unkontrollierte Wutausbrüche hinter verschlossenen Türen. Seit Monaten bereits nahm er Schlaftabletten, um neben Jens seine Ruhe zu finden. Dabei war es Jens gewesen, von dem er gehofft hatte, dass er diese Ruhe in die Beziehung bringen würde.

Peter setzte sich auf und griff nach dem Arzneiröhrchen auf dem Nachttisch. Dieses Röhrchen, das er überall mit hinnahm, ganz egal, ob Jens nun neben ihm lag oder nicht. Ohne seine Narconal konnte er längst nicht mehr schlafen. Viele Tabletten, bemerkte er, waren nicht mehr drin. Er würde Thomas anrufen müssen, damit er ihm neue verschrieb. Denn seit ihrem Urlaub war alles noch schlimmer geworden.

Jens und Klaus zusammen zu sehen, wie sie redeten, kicherten und lästerten, war mehr, als Peter glaubte, ertragen zu können. Doch er hatte es ertragen, weil er sich eingeredet hatte, dass Klaus nur ein Spielzeug war, das Jens, im Gegensatz zu ihm, irgendwann fallenlassen würde. Erst die Fahrt zum Canyon, als sie sich zu dritt ein Auto teilen mussten, hatte ihm die Augen geöffnet. Nichts war von Dauer. Alles endete. Seine ganze Anstrengung, über den eigenen Schatten zu springen: umsonst.

Da kam selbst Klaus' Tod längst zu spät. Wie hätte er das wissen sollen?

Schwerfällig stand Peter vom Bett auf. Es hatte keinen Sinn mehr, sich an etwas zu klammern, dass wohl nie wirklich funktioniert hatte. Eine weitere Niederlage. Eine weitere missglückte Beziehung. Wie viel er auch auf sich genommen hatte, diese letzte zu retten, wie weit er auch am Abgrund gestanden hatte, weil er glaubte, dass Beziehungen eben diese Extreme verlangten, um glücklich enden zu können, genützt hatte es nichts.

Aus dem Keller hatte Peter bereits einige Kartons geholt, die er nun zusammenfaltete, um wenigstens das Nötigste einzupacken. Seine Kleidung, einige Bücher und vielleicht ein oder zwei Fotos. Den Rest würde er abholen, sobald er eine Wohnung gefunden hatte. In der Zwischenzeit würde er bei Rolf bleiben. Noch war weder die Beziehung mit Jens noch die Aufklärung der beiden Morde vollständig ausgestanden. Da gab es Dinge zu erledigen, denen er sich stellen musste, die keinen Aufschub duldeten.

In den nächsten Tagen, das hatte Peter sich geschworen, würde er endlich reinen Tisch machen.

„Ich hätte da noch ein paar Fragen."

Carsten sah sie beunruhigt an. Seine leicht abstehenden Ohren bekamen eine dunkelrote Farbe, die sich deutlich von seiner blassen Gesichtshaut abhob. Ein wenig widerwillig bat er sie herein und setzte sich ihr, sichtlich angespannt, gegenüber in den Sessel.

Snoopy beäugte sie argwöhnisch aus seinem Körbchen neben dem Sofa. Er lag auf einer verfusselten Decke mit dem Abbild des echten Snoopy darauf und spitzte die Ohren. Bereits im Flur schien der Köter sie gerochen zu haben und hatte wie wahnsinnig gebellt. Ihre Abneigung beruhte offensichtlich auf Gegenseitigkeit. Jetzt war der Hund still und schnaubte lediglich missmutig durch die Nase.

„Ich habe doch bereits alles gesagt, was ich weiß", murmelte Carsten, nachdem er Snoopy einen Hundekuchen zugeworfen hatte, und rieb sich mit der rechten Hand nervös über das Knie.

„Womöglich", erwiderte sie über das Kauen des Hundes hinweg, „haben Sie ja einfach einiges vergessen zu erwähnen."

„Was denn?"

„Zum Beispiel, dass Sie in den Tagen vor, aber auch am Abend des Mordes selbst mit Alexander Schneider telefoniert haben." Sie öffnete ihr Notizbuch und zählte auf: „Donnerstag, siebzehn Uhr dreiundzwanzig. Freitagmorgen, zehn Uhr fünf, und Samstag um zweiundzwanzig Uhr siebzehn, also sechs Stunden vor seinem Tod."

„Mag sein. Ich erinnere mich nicht. Warum sollte ich auch nicht mit ihm gesprochen haben?"

Sie lehnte sich vor und deutete mit ihrem Stift in seine Richtung, um den folgenden Worten etwas Nachdruck zu verleihen.

„Weil Herr Krause seinem Freund verboten hatte, weiterhin mit Ihnen Kontakt zu halten, darum. Und weil Sie und die anderen nicht gerade ein Herz und eine Seele waren. Und dennoch hat Schneider sie weiterhin angerufen. Da frage ich mich einfach, warum? Was hat er von Ihnen gewollt?"

Seine Hand hörte augenblicklich auf, über das Knie zu reiben. In seinem Blick hetzten die Gedanken sichtbar hin und her, entweder um sich eiligst etwas zurechtzulegen oder in der Überlegung, was er ihr anvertrauen sollte. Schließlich überwand er sich und sprach mit entschiedenem Tonfall.

„Alex hatte Angst“, sagte Carsten. „Angst vor Thomas. Seit dem Urlaub in Amerika durfte er mit niemandem mehr über den Vorfall reden, vor allem nicht mit mir. Keine Ahnung, warum. Thomas hat ihm sogar gedroht. Deshalb rief Alex mich an. Weil er das Gefühl nicht loswurde, dass Thomas etwas verheimlichte. Alex machte sich ernsthaft Gedanken, und er wollte mit jemandem reden, der ihm zuhörte, anstatt ihm ständig den Mund zu verbieten. Die Sache mit den vertauschten Tabletten ging ihm einfach nicht aus dem Kopf, und er fragte sich immer wieder, ob nicht Thomas derjenige gewesen sein könnte.“

„Und deshalb rief er Sie auch am Tag seines Mordes an?“

„Ja. Sie hatten Streit, wie so oft. Ich musste ihn beruhigen.“

„Und dann?“

Verwundert sah Carsten sie an.

„Ja“, wiederholte sie, „was dann?“

„Ich verstehe nicht. Das war alles.“

Sie lehnte sich weit in den Kissen zurück, verschränkte die Arme vor der Brust und legte den Kopf ein wenig zur Seite.

„Womöglich haben Sie sich ja verabredet. Sagen wir mal, so gegen drei Uhr morgens. Sie haben Alex vom Berghain abgeholt und sind mit ihm hierher gefahren, um, wie Sie ihm sagten, alles in Ruhe zu besprechen. Unten am Eingang hat die Dame Ihnen die Tür aufgehalten, und …“

„Was denn für eine Dame?“, unterbrach Carsten sie.

„Na, die Alte, die Alex mit einem zweiten Mann gesehen haben will. Hatte ich das nicht erwähnt?“

Carsten schüttelte den Kopf. Leichenblass starrte er sie an.

Weder Jens, dachte Monika, noch einer der anderen drei hatten ihm also davon erzählt. So wie es aussah, hielt es keiner von ihnen für nötig, ihn über den Fortgang der Ermittlungen zu informieren. Kein Wunder, wenn man bedachte, dass Carsten sie nach der Reise angeschwärzt hatte.

„Nein“, antwortete er langsam, „das … das haben Sie nicht. Aber das ergibt doch auch gar keinen Sinn. Ich meine …“

„Was ist mit Ihnen?“, fragte sie, da diese Information ihn aus dem Konzept gebracht zu haben schien. Erneut schüttelte er eilig den Kopf und winkte ab.

„Nichts. Gar nichts. Nur, dass ich die ganze Nacht in der Wohnung war, und deshalb wohl kaum draußen gesehen geworden sein kann."

„Das ist Ihre Version. Meine ist ein wenig anderes. Wie gesagt, Sie kamen mit Herrn Schneider zurück, was die Dame bestätigen kann, und fuhren dann mit dem Fahrstuhl in den zehnten Stock."

„Das ist Blödsinn!", unterbrach Carsten. „Warum sollte ich in den zehnten Stock fahren?"

„Ganz einfach. Weil es nicht gutaussehen würde, sollte Alexander Schneider direkt vor Ihrer Wohnung in den Tod stürzen. Wenn es schon im eigenen Haus passieren musste, dann wenigstens mit etwas Abstand. Also, Sie entschuldigten sich bei ihm, zu hoch gefahren zu sein, und schlugen vor, die Treppe nach unten zu nehmen, weil es schneller gehen würde. Er konnte ja nicht ahnen, dass die Tür, die er Ihnen aufhielt, nicht zum Treppenaufgang führte, sondern auf den Balkon. Schließlich hatte er keinen Grund, Ihnen zu misstrauen. Bei den vorangegangenen Treffen mit ihm war Ihnen bewusst geworden, dass es nur noch eine Frage der Zeit sein würde, bis Schneider begreifen würde, wer die Tabletten tatsächlich ausgetauscht hatte. Nämlich Sie, weil Alexander doch so sicher war, Ihnen die richtigen gegeben zu haben. Deshalb mussten Sie ihn loswerden. Er folgte Ihnen auf den Balkon, wo Sie ihn wahrscheinlich in ein Gespräch verwickelten, bis er irgendwann mit dem Rücken zur Brüstung stand. Und dann brauchte es lediglich einen kräftigen Stoß und alles wäre geklärt."

„Das … das ist nicht wahr!"

„Überzeugen Sie mich vom Gegenteil."

Nach dem ersten Schock über ihre Theorie riss Carsten sich zusammen. Kurz sah er hinüber zu Snoopy, und so wie sie verschränkte auch er jetzt seine Arme vor der Brust.

„Sie haben für Ihre nette Geschichte nicht den geringsten Beweis. Oder hat Ihre Dame mich etwa erkannt?"

„Das mit den Beweisen lassen Sie mal meine Sorge sein", sagte sie unbeirrt, ohne sich das Geringste anmerken zu lassen.

„Jedenfalls läuft es, wie ich erfahren habe, zwischen Ihnen und Ihrem Vater sehr gut, seit Klaus das Zeitliche gesegnet hat."

„Mag sein."

„Stellen Sie Ihr Licht mal nicht unter den Scheffel. Immerhin werden Sie ausgesorgt haben, sobald Papa Sie auch offiziell als Sohn anerkannt hat."

Carsten stand auf. Auch der Köter sprang sofort aus dem Korb. Ein untrügerisches Zeichen für den bevorstehenden Rauswurf. Zum Glück hatte sie ihre Mission bereits erfüllt. Zumindest beinahe.

„Meine privaten Angelegenheiten gehen Sie nichts an", sagte er unwirsch.

„Da bin ich anderer Meinung", antwortete sie und erhob sich ebenfalls. „Solange der Fall nicht abgeschlossen ist, geht mich alles etwas an. Sollten Sie mir also bisher etwas verschwiegen haben, wäre es vor allem in Ihrem eigenen Interesse, es mir zu sagen."

Sie sahen sich schweigend an. Ganz offensichtlich hatte sie ins Schwarze getroffen. Da war ein leichtes Runzeln auf seiner Stirn und der, nur einen Bruchteil einer Sekunde dauernde Blick zur Seite.

„Es geht um Ihre Unschuld", sagte sie. „Nicht mehr und nicht weniger. Sie waren es immerhin, der den Stein ins Rollen gebracht hat. Sie haben mich davon überzeugen wollen, dass Klaus keines natürlichen Todes gestorben ist. Weil Sie einen Verdacht hatten. Aber Alexander Schneider konnte es, wie wir jetzt wissen, nicht gewesen sein. Und da Sie ebenfalls kein Morder sind, wie Sie behaupten – wer dann?"

„Ich habe nicht die geringste Ahnung, wovon Sie da reden."

„Oh, ich denke schon. Und sollten Sie denselben Verdacht hegen wie Ihr Freund Alex, dann wissen Sie ja, wie es enden kann."

Noch immer sah Carsten sie nicht an. Snoopy bellte ein Mal kurz, als hätte er die Verunsicherung seines Herrchens gespürt.

„Ich weiß gar nichts", bekräftigte er und zwang sich endlich, sie anzusehen. Sein Blick blieb leer, aber die Anspannung in seinem Kiefer war deutlich genug. „Lassen Sie mich endlich in Ruhe!“

„Wie Sie meinen. Ich wollte nur den warnenden Zeigefinger heben. Falls Ihnen also dennoch eine Eingebung kommen sollte, geben Sie mir Bescheid. Meine Nummer haben Sie. Ich höre Ihnen jederzeit gerne zu.“

Ohne darauf zu warten, dass Wieland sie zur Tür begleitete, verließ Monika die Wohnung. Im Hausflur blieb sie stehen und atmete tief durch. Durch die Wand drang wieder das hysterische Kläffen des Köters. Sie hatte gepokert. Etwas anderes war ihr nicht übrig geblieben. Sie musste ihn endlich aus der Reserve locken, denn dass er mehr wusste, als er zugab, daran bestand für sie keinerlei Zweifel. Entweder er hatte die beiden Morde selbst begangen oder er wusste, wer sie begangen haben könnte.

Bereits nach seinem ersten Besuch bei ihr zu Hause hatte sie sich gefragt, warum er ausgerechnet mit der Tablettendose zu ihr gekommen war. Ihm musste doch bewusst gewesen sein, wie sehr er damit schlafende Hunde weckte. Wen von seinen Freunden hatte er mit seinen Verdächtigungen erschrecken wollen? Und aus welchem Grund? Ging es um Rache? Um Erpressung? Sein Schweigen jetzt stand so völlig im Gegensatz zu seinem Mitteilungsbedürfnis damals, dass irgendetwas einfach nicht stimmen konnte, und sie musste herausfinden, wen Carsten womöglich deckte. Denn ihre Warnung hatte sie ernst gemeint.

Endlich, nach über einer Stunde, trat Sven aus dem Haus. Er trug Jeans und ein weites Sweatshirt, das ihn noch schlaksiger erscheinen ließ, als er sowieso schon war. Die Jeans hing ihm tief auf den Hüften und in seinen strohblonden Haaren klebte Gel. Mit langen Schritten kam Sven über den gepflasterten Weg in Richtung Straße, ohne auf seine Umgebung zu achten.

Erst als der Mann sich weit über den Beifahrersitz lehnte, die dunkle Sonnenbrille abnahm und winkte, erkannte ihn Sven und blieb überrascht stehen. Gleichzeitig glitt Svens Blick über das schwarze, frisch polierte Cabrio.

„He“, rief er Sven zu, „ich habe auf dich gewartet.“

„Oh, hi. Tolles Auto.“

„Danke. Wollen wir ’ne Runde drehen?“

Sven wandte sich verunsichert um. Er sah hinauf zum Fenster seiner Wohnung, als befürchtete er, beobachtet zu werden.

„Ich weiß nicht“, sagte er.

„Na, los. Ich bring dich anschließend auch wieder zurück, oder wo immer du hinwillst.“

„Okay.“

Sven öffnete die Wagentür und ließ sich auf den ledernen Sitz fallen. Dann schien er sich zu erinnern und sah ihn mitleidig an.

„Ach ... äh ... mein Beileid übrigens.“

Der Mann nickte und setzte erneut die Sonnenbrille auf.

„Ja, das war schrecklich“, antwortete er, mit einem bedauernswerten Tonfall, der ihm nicht ganz ehrlich entglitt, und legte kurz seine Hand auf Svens Knie. „Aber das Leben muss weitergehen, stimmt’s?“

„Es ist alles so verwirrend und total irreal.“

„Du machst dir bestimmt viel zu viel Gedanken. Nur weil du bei Klaus‘ Tod dabei gewesen bist und wohl auch der Letzte warst, der Alex lebend gesehen hat ...“

Er ließ den Satz unvollendet.

„Wieso sagen Sie das?“

„So war es doch, oder? Und genau darüber möchte ich mit dir reden. In Ruhe. Bist du angeschnallt?“

Sven zog den Gurt über die Brust, steckte ihn in die Halterung und nickte. In seinem Blick tauchte Unbehagen auf, und wohl auch der Gedanke, aussteigen zu wollen. Seine Lippen formten bereits stumm die Worte, doch da hatte Thomas den Motor längst gestartet und preschte mit überhöhter Geschwindigkeit die Straße entlang.

„Stellen Sie manchmal Ihr Handy aus?“

Rolf sah sie verwirrt an.

„Nein. Eigentlich nie.“

„Und ich nehme an, es liegt immer in Reichweite.“

„Ja, meistens. Warum fragen Sie?“

„Dann haben Sie das Klingeln in der Mordnacht also gehört?"

„Wovon reden Sie überhaupt?", fragte Rolf so überzeugend unwissend zurück, dass sie beinahe darauf hereingefallen wäre.

„Wir haben Herrn Schneiders Telefonate überprüft. Er hat dreimal bei Ihnen angerufen."

„Das kann nicht sein. Das hätte ich gehört. Oder ich habe um diese Zeit schon geschlafen. Peter und ich sind vor Mitternacht ins Bett."

„Vielleicht haben Sie ja nicht schlafen können", mutmaßte sie. „Zumindest aber werden Sie von dem Klingeln sicherlich wach geworden sein, wo Ihr Handy doch immer in Reichweite liegt."

Nervös fuhr sich Meybach mit der Hand über den kurz geschnittenen Vollbart, unfähig, darauf eine Antwort zu finden. Anschließend sackte er ein wenig in sich zusammen, dass sein Bauch deutlicher hervortrat.

„Niemand hat angerufen", wiederholte er resigniert. „Ich habe so tief und fest geschlafen, wie lange nicht mehr. Und Peter lag neben mir. Er hätte es ebenfalls hören müssen. Ich kann Ihnen mein Handy gerne zeigen, wenn Sie wollen. Da sind keine Anrufe von Alex drauf."

„Natürlich nicht. Weil Sie die längst gelöscht haben werden. Das beweist gar nichts. Für mich genügt die Überprüfung von Herrn Schneiders Handy vollkommen."

Nachdenklich zog Ralf die Stirn in Falten, als würde er sich an etwas erinnern. Leider schien er nicht gewillt, diesen Gedanken mit ihr zu teilen.

„Warum", fragte er ausweichend, „hätte Alex mich überhaupt anrufen sollen? Wir haben nie miteinander telefoniert. Er kennt ja nicht mal meine Nummer."

„Oh, die lässt sich leicht in Erfahrung bringen. Und wir zwei wissen genau, was Herr Schneider gewollt haben könnte. Er wollte reden. Den Vorfall auf dem Felsen wieder und wieder durchspielen, weil er einen Verdacht hatte. Was immer Schneider Ihnen in dieser Nacht auch mitteilen wollte, Sie werden bestimmt alles getan haben, um die eigene Haut zu retten."

„Meine …?“

„Ihre Haut, ja. Mussten Sie denn nicht befürchten, diesmal im Gefängnis zu landen? Immerhin sind Sie Stammgast in einschlägigen Lokalen, wie man mir dort berichtet hat. Sie mögen zwar Ihren alten Computer entsorgt haben, aber Gerüchte lassen sich leider nicht so schnell aus der Welt schaffen. Vor allem nicht jene, mit denen Klaus Ihnen die Hölle heiß gemacht hat. Eine einzige, weitere Strafanzeige, und Sie wären nicht mehr bloß mit Bewährung davon gekommen.“

„Ich habe seitdem nie wieder …“

Rolf brach ab und sah betreten zu Boden.

„Verschonen Sie mich bitte mit dieser reumütigen Nummer“, sagte sie. „Ich habe das Alter von Mirko und Fabian überprüft. So heißen die beiden doch, für die Sie in letzter Zeit eine Vorliebe haben, oder? Von den Bildern im Internet mal ganz zu schweigen.“

Unwillkürlich blickte Rolf hinüber zu dem neuen Computer. Dann setzte er sich und senkte den Kopf. Sie blieb weiterhin stehen und redete weiter.

„Natürlich war all das Ihren Freunden bekannt. Es gab da ja wohl zwischen Ihnen so eine Art ungeschriebenes Gesetz. Leben und leben lassen. Nur Klaus schien da anderer Meinung gewesen zu sein. Weshalb Sie ihn aus dem Weg räumen mussten. Also haben Sie die Tabletten vertauscht und …“

„Das ist eine Lüge!“, unterbrach Rolf aufgebracht. „Ich habe lediglich in die Dose geschaut, als sie neben Klaus auf dem Boden lag, und mich über die zwei Tabletten gewundert, die da drin waren, weil sie anders aussahen als sonst, aber ich habe nicht …“

Diesmal unterbrach Rolf sich selbst. Er blickte sie an und wartete auf ihre Reaktion.

„Ich dachte, Sie hätten die Dose nicht einmal bemerkt. Das hatten Sie mir auf der Beerdigung versichert, oder irre ich mich?“

Trotz seines offensichtlichen Widerspruchs ließ Rolf sich nicht einschüchtern, sondern fuhr unbeirrt fort, als wäre sein Fehler kaum der Rede wert.

„Und wenn schon“, sagte er schulterzuckend. „Habe ich eben gelogen. Was hätten Sie denn an meiner Stelle getan? Sie waren, als ich das behauptet habe, nur eine Mutter, die mit ihrem Sohn zufällig dabei gewesen war. Ich musste Ihnen keine Rechenschaft ablegen.“

„Okay“, sagte sie, „gehen wir mal davon aus, dass Sie diesmal die Wahrheit sagen. Sie haben in die Dose geschaut und hätten somit erst recht die Tabletten austauschen können.“

„Woher“, unterbrach er sie, „hätte ich die denn nehmen sollen?“

„Hat Alexander Schneider seine Medikamente nicht überall herumliegen lassen? Im Auto und in seinem Hotelzimmer? Oder haben Sie die falschen Pillen erst auf dem Felsen aus dem Rucksack genommen, als alle anderen die Aussicht genossen? Wie es auch gewesen sein mag, es gab genügend Gelegenheiten, sich zu bedienen. Sie hatten die Tabletten in Ihrer Hosentasche, und als der Augenblick günstig war, haben Sie ihn ergriffen. Nur war damit der Spuk ja leider nicht zu Ende. Schneider hatte etwas bemerkt. Nichts Konkretes vielleicht, aber immerhin genug, um gefährlich zu werden, und nachdem er Sie telefonisch erreichte, holten Sie ihn vom Berghain ab, fuhren mit ihm zum Hochhaus, mit der Begründung, Carsten Wieland könnte seine Bedenken entkräften, und stießen ihn über die Brüstung in den Tod.“

Langsam verlor Rolfs Gesicht jegliche Farbe. Sie erwiderte stur seinen leeren Blick, in der Hoffnung, irgendein Anzeichen zu entdecken, das ihn verraten würde. Doch entweder war er ein verdammt guter Schauspieler oder es lag tatsächlich nur Unschuld darin.

„Sie wissen, dass das nicht stimmt“, sagte er schließlich. „Ich bin kein Mörder.“

„Dann sagen Sie mir endlich, warum Schneider Sie in jener Nacht angerufen hat.“

„Er hat nicht angerufen. Immerhin war ich nicht allein zu Hause. Vielleicht hat …“

„Herr Müller mit ihm gesprochen? Um anschließend die Anrufe auf Ihrem Handy zu löschen? Meinen Sie das?“

„Ich meine gar nichts."

Rolf kniff die dünnen Lippen zusammen. Den Verdacht auf jemand anderes zu lenken, schien ihm unangenehm zu sein. Und dennoch hatte er es gesagt.

Jens starrte auf die gepackten Kartons.

So also, dachte er, sah ein Abschied aus. Drei Kartons in der Ecke eines Zimmers, wie zufällig hingestellt, und doch mit mehr Bedeutung aufgeladen, als jeder Streit oder jedes Wort es vermocht hätten.

Er hockte sich davor und öffnete einen von ihnen, in den er hineingriff und wahllos ein paar Dinge herauszog, um zu sehen, was Peter für derart wichtig erachtete, dass er sie unbedingt aus der gemeinsamen Wohnung entfernen wollte.

Klamotten natürlich und einige Bücher. Und das gerahmte Bild, das Peter erst kürzlich nebenan auf den Fernseher gestellt hatte. Sie beide vor dem künstlichen Eifelturm in Las Vegas, Arm in Arm, lachend und braungebrannt. In ihren Gesichtern keinerlei Anspannung, keinerlei Anzeichen dafür, wie sehr diese Umarmung nur noch einem Foto geschuldet blieb anstatt einer Liebe, die zu diesem Zeitpunkt schon längst keine mehr war.

Warum ausgerechnet dieses Bild? Warum überhaupt ein Bild, das Peter an etwas erinnern würde, was er gerade versuchte auszuradieren?

Jens verstand ihn nicht. Hatte ihn nie verstanden. Seine verstockte Art und seine Eifersucht nicht und dieses Getue von Treue und ewiger Liebe erst recht nicht. Seine eigenen etlichen, vergangenen Beziehungen hätten Peter längst beweisen müssen, dass diese altmodischen Ideale in der Realität keinen Bestand versprachen. Und doch klammerte Peter sich an sie, als gäbe es etwas zu beweisen. Einen Beweis, den er auch diesmal nicht geliefert bekam.

Selber schuld.

Mit dieser Art von Weltfremdheit hatte Jens sich zum Glück nie herumschlagen müssen. Dafür war er viel zu sehr Realist. Beziehungen waren Zweckgemeinschaften, aus denen man einen Gewinn erzielen sollte, egal, ob nun in materieller oder ideeller Hinsicht. Alles andere war Selbstbetrug. Warum sich enttäuschen lassen? Er wusste von Anfang an, dass die Beziehung mit Peter irgendwann enden musste, weil jede Beziehung irgendwann einmal endete. Sich zu verleugnen kam ihm deshalb nie in den Sinn, und so hatte er auch mit Peter seinen Lebensstil und seine Ansichten in keinster Weise geändert. Das Leben war schließlich zu kurz, um anderen zu gefallen.

Allerdings, wenn er jetzt auf das Foto sah, musste er sich eingestehen, wie sehr ihn das Ende schmerzte. Drei Jahre waren immerhin eine lange Zeit. Er hatte sich an Peter gewöhnt. An sein Geld, seine Anhänglichkeit, ja selbst an seine Eifersucht, mit der er spielen konnte, weil er sich seiner jederzeit und absolut gewiss sein konnte. Den Schlussstrich zu ziehen, hatte Jens geglaubt, läge bei ihm, sobald er jemanden getroffen hätte, der seinem Ego und seinen Ansprüchen besser entsprach als Peter.

Dass Peter ihm nun zuvorkam, damit hätte er niemals gerechnet.

Und doch war es passiert. Zu wem sollte Jens jetzt gehen? Das erste Mal in seinem Leben gab es keine Alternative, keinen zweiten Mann in der Hinterhand, der ihn mit offenen Armen empfing. Und erst recht keinen, der ihn durchfütterte.

Damit schien es endgültig vorbei zu sein. Er war zu weit gegangen. Anders als mit den Männern zuvor hatte er mit Klaus wohl eine Grenze überschritten, die er übersehen haben musste. Denn wieso hätte er auf Grenzen achten sollen, wo es bisher keine einzige gegeben hatte? Dabei hatte er es tief in seinem Innern geahnt. Klaus war mehr als nur ein übliches Verhältnis gewesen. Mit Klaus hatte ihn etwas verbunden, das über das spielerische Maß hinausgegangen war. Hier war jemand, der wie er das Leben genoss, der eine Unbeschwertheit und Leichtigkeit besaß, die ihm imponierten. Und Klaus hatte Geld.

Unglücklicherweise hatte sich abzuzeichnen begonnen, dass Klaus ihm wohl ähnlicher war, als Jens es lieb sein konnte. Klaus hatte sich bewusst in seine Beziehung gedrängt, hatte alles versucht, Peter und ihn auseinanderzutreiben, ohne bereit gewesen zu sein, ihm das zu bieten, was er von Peter gewohnt war. Klaus wollte seinen Spaß, aber keinen festen Freund, den er finanziell hätte unterstützen müssen. Grinsend und schadenfroh hätte er zugesehen, wie Peter das Handtuch warf und hätte ihn dann nach wenigen Wochen fallengelassen.

Sein eigenes Spiel, musste Jens sich eingestehen, war ihm während der Reise langsam zum Verhängnis geworden. Er hatte sich in einer Zwickmühle befunden. Ohne mit Klaus' Großzügigkeit rechnen zu können, durfte er Peters nicht länger aufs Spiel setzen. Jens hatte versucht, mit Klaus darüber zu reden, hatte ihn aufgefordert, vorsichtiger zu sein, natürlich mit mäßigem Erfolg. Klaus war lästig und mehr und mehr zu einem Risiko geworden.

Dann war Klaus in den Abgrund gestürzt, und mit ihm, so hatte er gehofft, all seine Probleme mit Peter.

Vorsichtig legte Jens das Bild zurück in den Karton.

Nichts hatte sich durch Klaus' Tod gelöst. Oder alles. Er war auf sich allein gestellt, ohne Job, ohne Geld, ohne Freund. Sich letzeren zu beschaffen, sollte nicht weiter schwierig sein. Das war ihm nie schwergefallen, denn einsame Männer gab es an jeder Ecke. Geld dagegen nicht. Gespart hatte er in den letzten Jahren keinen Cent. Als arbeitsloser Hausmann lebte man von dem Freund, der einen aushielt. Sollte es damit allerdings vorbei sein, und darüber gab es wohl keinen Zweifel mehr, wäre die Sozialhilfe nicht weit.

Was sollte er tun?

Zunächst einmal den eigenen Kopf aus der Schlinge ziehen. Und vielleicht, wenn es ihm gelänge, den von Peter gleich mit. Um ihm zu beweisen, wie sehr er ihn liebte, und vor allem um ihn zu überzeugen, zurückzukommen.

Es klingelte.

Hastig verschloss Jens den Karton und eilte an die Tür. Als er öffnete, senkte er verschämt seinen Blick.

„Sie wollten mich sprechen?", fragte Kommissarin Seyfarth mit einem gekünstelten Lächeln, das Jens kaum ertrug, weil sie das, was er zu sagen hatte, womöglich nicht glauben würde.

„Ja. Kommen Sie bitte rein."

Jens hielt ihr die Tür auf und ließ sie voran ins Wohnzimmer gehen. Die Kartons in der Ecke bemerkte sie sofort.

„Wollen Sie ausziehen?", fragte sie mit einem Tonfall, als bedauerte sie tatsächlich das Ende seiner Beziehung.

„Peter", erwiderte er. „Peter zieht aus. Glaube ich jedenfalls. Wir haben nicht darüber gesprochen."

„Das tut mir leid."

Er sah sie an. So etwas wie Mitgefühl hätte Jens von ihr nicht erwartet. Er zuckte gleichgültig mit den Schultern.

„Deshalb wollte ich natürlich nicht mit Ihnen reden. Es geht um mein Alibi."

Überrascht hob die Kommissarin die Augenbrauen. Jens hatte ihr keinen Stuhl angeboten, und sie machte keinerlei Anstalten, sich setzen zu wollen.

„Sie haben doch gar keins", sagte sie.

„Das ist nicht ganz richtig. Eine Notlüge sozusagen. Ich wollte vor Peter nicht, dass er das erfuhr. Es … es war mir peinlich."

„Ich hatte keine Ahnung, dass Alibis peinlich sein können."

„Dieses schon."

„Sie machen mich neugierig, Herr Knobloch."

Sie legte den Kopf zur Seite, klemmte sich eine Haarsträhne hinter ihr linkes Ohr und spitzte ein wenig die Lippen. Jens versuchte, ihren bohrenden Blicken standzuhalten.

„Nach dem Berghain bin ich noch ins Toms", begann er. „Das ist eine Schwulenkneipe in Schöneberg. Ich war noch etwas überdreht vom Tanzen, und, na ja, da habe ich jemanden kennengelernt. Wir hatten Sex. Gleich dort in der Bar."

Er hielt inne und wartete auf eine Reaktion. Sie ließ sich Zeit.

„Verstehe", sagte sie schließlich. „Aber natürlich können Sie das nicht beweisen. Ein unbekannter Mann in einer dunklen Ecke. Wie viele davon gibt es in einer Schwulenkneipe? Sicherlich eine Menge. Wann soll das gewesen sein?"

„So genau weiß ich das nicht mehr. So gegen drei, halb vier, glaube ich."

„Kennen Sie seinen Namen?"

„Nur den Vornamen", gestand er und zog aus seiner Jeanstasche einen zerknitterten Zettel hervor, den er ihr entgegenhielt. Sie nahm den Zettel, glättete ihn und las. Markus, stand dort in hektisch niedergeschrieben Buchstaben, darunter eine Telefonnummer.

„Ich bin sicher", fuhr Jens fort, „er wird das bestätigen können."

Sie runzelte die Stirn, die Mundwinkel merkwürdig verzogen. Es war deutlich zu erkennen, wie ihre Gedanken rasten, um diese Neuigkeit in die Ereignisse einzuordnen.

„Und Sie haben diesen Zettel vorher nicht erwähnt", fragte sie skeptisch, „weil es Ihnen unangenehm war?"

Jens nickte.

„Ich wollte einfach nicht, dass ich schon wieder derjenige war, der seinen – seine Finger nicht von anderen Männern lassen kann. Nicht in dieser Situation. Nicht vor Peter und Rolf. Und ich habe gedacht, dass ich vielleicht gar kein Alibi bräuchte, weil ich mir doch nichts vorzuwerfen habe. Aber jetzt ..."

„Jetzt haben Sie Muffensausen bekommen", beendete sie den Satz.

„Ja."

Sie schien nicht überzeugt. Sie faltete den Zettel zusammen.

„Also gut. Ich werde das überprüfen."

„Danke. Und danke auch, dass ich nicht extra zu Ihnen kommen musste."

Jens machte eine Handbewegung hin zur Tür, da er alles gesagt hatte, was er sagen wollte. Sie dagegen rührte sich nicht vom Fleck.

„Wenn Sie gestatten", erwiderte sie stattdessen, „dann hätte auch ich noch einige Fragen. Oder eher an Ihren Freund. Das ist übrigens der Grund, weshalb ich Sie nicht ins Präsidium zitiert habe. Ich war sowieso auf den Weg zu Ihnen, als Sie anriefen."

„Verstehe. Aber Peter ist nicht da. Was wollen Sie denn von ihm?"

„Nichts Konkretes. Nur ein, zwei Fragen wegen eines Telefonats, das er kurz vor Herrn Schneiders Tod mit ihm geführt haben könnte."

Unwillkürlich musste Jens aufhorchen.

„Wie kommen Sie darauf?", fragte er.

„Weil jemand in der Mordnacht mit dem Opfer telefoniert haben muss, darum."

„Na, Peter ganz bestimmt nicht."
„Ah, ja? Wieso sind Sie so sicher?"
Vielleicht, dachte Jens, hätte er den Mund halten sollen. Doch genau hier lag seine Chance, Peters Hals ein Stück weit aus der Schlinge zu ziehen. Er atmete tief ein und roch dabei unbeabsichtigt ihr Parfüm. Ein süßliches Zeug.
„Das Einzige", erläuterte er, „was Peter nachts zustande bringt, ist Schnarchen. Glauben Sie mir."
„Hat er einen so tiefen Schlaf?"
„Allerdings. Dafür sorgen schon seine Narconal."
„Ein ziemlich starkes Schlafmittel, wenn ich nicht irre."
„Das Stärkste. Danach kriegen Sie Peter keineswegs wach. Ich hab's probiert. Keine Chance. Peter geht nie ohne Tablette ins Bett, weshalb er gar nicht telefoniert haben kann. Das ist Unsinn."
„Interessant."
Jens sah sie überrascht an. Hatte er etwas Falsches gesagt?
„Und wenn er dieses eine Mal die Pille vergessen hat?", mutmaßte sie.
„Hat er aber nicht. Ich habe sie am nächsten Tag gezählt, als ich bei Rolf auf die Toilette musste. Das mache ich öfter. Nachzählen, meine ich. Einfach um zu sehen, wie viel er nimmt. Ich will ja nicht, dass er abhängig wird wie Alex. In der Mordnacht hat er eine genommen, ganz sicher."
Die Kommissarin schwieg. Etwas schien sie verunsichert zu haben, ohne dass Jens genau einschätzen konnte, was. Zumindest war er sich sicher, dass er unbewusst genau das Richtige gesagt zu haben schien. Was auch immer diese Frau sich zurechtgelegt haben mochte, mit seiner Äußerung hatte er ihren Verdacht, dass Peter in der besagten Nacht wach geblieben war, zum Platzen gebracht.
Das musste er ihm unbedingt erzählen. Denn wenn er tatsächlich sein Alibi bestätigt haben sollte, dann war Peter ihm einiges schuldig.

Monika rührte gedankenverloren in den Ravioli, die sie aus der Dose in den Topf geschüttet hatte und auf die sie nicht den geringsten Appetit verspürte. Doch irgendetwas musste sie essen, und außer dieser Konserve hatte sie nichts mehr im Haus gehabt.

Sie starrte in die Tomatensoße mit den weißlichen Teigtaschen, krampfhaft bemüht, die heute gehörten Aussagen in einen sinnvollen Zusammenhang zu bringen. Ihr fehlten konkrete Beweise. Niemand, der Alexander Schneider vom Berghain zu Carsten Wielands Haus beobachtet, geschweige denn jemanden, der auf dem Balkon im zehnten Stock etwas bemerkt haben wollte. Zwischen dem Zeitpunkt, an dem er sich von Sven verabschiedet hatte und an dem er von den beiden Frauen in Begleitung eines zweiten Mannes vor der Haustür gesehen worden war, klaffte eine entscheidende Lücke. Schröters Auftrag, sämtlichen Taxifahrer der Stadt Schneiders Bild zu zeigen, war erfolglos geblieben. Ob er also seinen Mörder bereits im Berghain oder erst in der Nähe des Tatorts angetroffen hatte, ließ sich nicht mehr rekonstruieren. Hinzu kam, dass jetzt auch noch Jens Knobloch ein Alibi vorweisen konnte. Thomas Meybach und Carsten Wieland blieben somit die Einzigen ohne. Bisher aber half ihr dies nicht weiter.

Wenn das so weiterginge, würden die Ermittlungen ebenso ins Stocken geraten wie bei diesem verfluchten Nasenmörder. Und zwei Misserfolge durfte sie sich auf keinen Fall leisten! Schon allein, weil sie diesen zweiten Fall gar nicht bearbeiten dürfte.

Hinter ihr im Flur ging die Wohnungstür auf, und Sven versuchte unbemerkt in seinem Zimmer zu verschwinden.

„He, Sohn!“, rief sie und winkte mit dem Kochlöffel, dass Tomatensoße auf das Linoleum tropfte.

Schauspielerisch völlig unbegabt, tat Sven, als hätte er sie vorher gar nicht registriert. Ein untrügliches Zeichen dafür, dass er ihr etwas verheimlichen wollte. Nur widerwillig trat er näher und lehnte sich gegen den Türrahmen.

„Was gibt's?“, fragte er.

„Willst du was essen?“

Sven starrte auf den Topf, dessen Inhalt er nicht erkennen konnte. Dann schüttelte er den Kopf.

„Nein, danke. Ich habe schon gegessen."
„Ach, ja?"
Sie blickte ihn verwundert an. Nicht aufgrund seiner Äußerung, die verwunderlich genug gewesen wäre, sondern wegen der Jacke, die er trug. Eine Lederjacke, die, da war sie sich sicher, weder Fred noch sie ihm jemals gekauft hätten.
Sven hatte ihren Blick bemerkt und senkte den eigenen zu der Jacke.
„Die?", fragte er, als könnte es irgendeinen Zweifel geben. „Die habe ich geschenkt bekommen. Geil, was?"
„Geschenkt? Von wem denn?"
„Ist doch egal. Jedenfalls ohne Gegenleistung, falls du das damit andeuten wolltest."
Er war dabei, sie einfach stehenzulassen. Mit einem schärferen Tonfall pfiff sie ihn zurück.
„Hiergeblieben, mein Freund. Ich habe dich was gefragt!"
Erneut wandte Sven sich ihr zu, mit einem Schmollmund, den sie lieber ignorierte. Oh, wie sie ihn hasste: diesen Ausdruck, als stünde er vor einem Tribunal anstatt vor seiner besorgten Mutter.
„Also?"
„Von Thomas", gestand er, ohne sie anzusehen. „Sie hat Alex gehört. Thomas wollte sie nicht wegschmeißen, dazu sei sie zu schade. Und zu teuer gewesen."
Mit dem Rühren in den Ravioli war es endgültig vorbei. Den Kochlöffel ließ sie einfach im Topf, zu überrascht und verärgert über das Gehörte.
„Bitte sag mir, dass das nicht wahr ist! Wie kommst du dazu … Hast du überhaupt eine Ahnung, was es bedeutet, sich in meinen Fall einzumischen? Noch dazu mit einem Hauptverdächtigen?"
Sven wechselte das Standbein. In seinem Gesicht zeigte sich die hektische Überlegung, welche Taktik er einschlagen sollte. Er entschied sich für den Naivling.
„Wieso? Wir haben doch nur gequatscht. Er fühlt sich beschissen und wollte reden, nichts weiter. Zuerst sind wir in seinem

Cabrio umhergefahren, haben irgendwo was gegessen und sind anschließend zu ihm, weil er mir die Jacke ..."

Der letzte Satz rutschte ins Leere. Ihre verschränkten Arme waren deutlich genug.

„Ich glaube das einfach nicht", sagte sie zähneknirschend, um sich zu beherrschen. „Thomas hat genügend Leute, um nur zu quatschen. Denkst du denn, er will mit dir reden, weil ihr euch so nahe steht? Ihr kennt euch doch überhaupt nicht. Ist dir mal aufgegangen, dass Thomas vielleicht andere Gründe haben könnte? Dass er nämlich ganz genau weiß, wessen Sohn du bist?"

Svens Gesicht lief rot an.

„Das ist Unsinn", verteidigte er sich. „Ich weiß sowieso nichts. Und überhaupt, er hat keine einzige Frage zu deinen Ermittlungen gestellt, ehrlich."

„Sondern?"

„Du hättest ihn sehen sollen. Er ist völlig am Boden zerstört. Er hat Alex wahnsinnig geliebt, und im Moment weiß er einfach nicht weiter. Er brauchte wirklich nur jemanden zum Reden, und vielleicht, vielleicht gerade jemanden, der nichts damit zu tun hat."

„Dummerweise", ergänzte sie, „hast du aber sehr wohl damit zu tun. Und zwar mehr, als dir und mir lieb sein kann."

„Wieso denn?", fragte er, diesmal so ehrlich naiv, dass sie an ihm zu verzweifeln drohte.

Ihm allerdings zu erklären, was klar und unmissverständlich auf der Hand lag, selbst wenn er sich dies im Moment nicht eingestehen wollte, dazu fehlte ihr die Geduld. Sie verdrehte die Augen und blickte ihn durchdringend an.

„Das ist doch nicht meine Schuld!", rief er aus.

„Das hat ja auch niemand behauptet. Aber du kannst nicht einfach so tun, als ginge dich das alles nichts an. Du bist nun mal leider mittendrin. Du warst keine zehn Meter entfernt, als Klaus in den Canyon gestürzt ist, und du warst, abgesehen von seinem Mörder, der Letzte, der Alex lebend gesehen hat. Wie meinst du, sieht das aus, wenn du jetzt mit Thomas herumhängst und Geschenke annimmst?"

Ganz zu schweigen, fügte sie noch in Gedanken hinzu, wenn ihre Vorgesetzten mitkriegen sollten, dass ihr Sohn überhaupt in den Fall verwickelt war, was sie glücklicherweise, auch dank Schröter, bisher hatte verbergen können.

Sven berührte seine neue Jacke und strich über das schwarze Leder. Wie eine schwarze Witwe stand er da, fuhr es ihr durch den Kopf, wie diese kleine Spinne, die diejenigen in den Tod stürzte, mit denen sie in Kontakt kam. Klaus und er im Casino in Las Vegas, seine Umarmung mit Alex im Berghain, und nun die Fahrt mit Thomas im Cabrio. Was musste im Kopf eines siebzehnjährigen, verschreckten Jungen vorgehen, der sich diese Zufälle vor Augen hielt? Und vor allem: Was könnten diese Begegnungen bei einem Staatsanwalt für Überlegungen hervorrufen, den es keineswegs interessieren würde, dass Sven nur ein unschuldiges Opfer unglücklicher Umstände geworden war?

„Okay", erwiderte Sven schließlich völlig geknickt. „Geb ich die Jacke halt zurück."

„Oh, nein. Das wirst du nicht. Ich will nicht, dass du dich mit Thomas noch einmal triffst. Die Jacke bleibt hier, bis … bis alles vorbei ist."

„Wie du meinst. Aber Thomas hat mit den Morden ganz bestimmt nichts zu tun."

„Hat er das behauptet?"

„Nein, hat er nicht. Ich weiß es einfach. Wenn du ihn heute gesehen und gehört hättest, wie fertig er ist, dann wüsstest du das auch. Er hat alles versucht, Alex von seiner Tablettensucht wegzukriegen, und selbst in der Mordnacht hat er keine Minute schlafen können, vor lauter Sorge um ihn."

„Und du glaubst ihm das?"

In dem Blick, den sie jetzt zugeworfen bekam, lagen erneut die Distanz und die Ablehnung, mit denen Sven ihr so oft begegnete und von denen sie nicht wusste, wie sie sie durchbrechen konnte. Wie tief musste seine Aversion ihr gegenüber sein, dass er nicht begriff, dass sie nur eines wollte: ihn beschützen.

„Du kennst ihn nicht", sagte er. „Du kennst keinen von ihnen. Du denkst immer nur an das Schlechte."

Womöglich, dachte Monika niedergeschlagen, redete er gerade mehr von sich selbst als über die anderen. Ihr Bemühen, einen von ihnen hinter Gitter zu bringen, bezog er auf sich. Weil er glaubte, sie würde ihn nicht verstehen, weil sie aus seiner Sicht auch die anderen nicht verstand. Dabei hatte das eine mit dem anderen nicht das Geringste zu tun. Doch auf diesem Ohr blieb Sven vollkommen taub.

„Nein", antwortete sie, „ich kenne sie nicht. Aber ich weiß, dass einer von ihnen ein Mörder ist. Und solange ich nicht weiß, wer, ist jeder von ihnen ein Mörder."

Sven starrte sie weiterhin an. Dann kniff er resigniert die Lippen zusammen.

„Ich wusste, dass du das sagen würdest", presste er hervor und eilte in sein Zimmer, während er gleichzeitig die Jacke auszog und einfach zu Boden warf.

Neben ihr auf dem Herd qualmten die angebrannten Ravioli vor sich hin.

Der Gang zu den Müllcontainern bereitete Carsten noch immer Unbehagen.

Obwohl er den meisten Abfall im Müllschlucker auf seinem Etagenbalkon entsorgte, der ebenfalls unangenehme Erinnerungen heraufbeschwor, musste er wohl oder übel den Extramüll in die entsprechenden Tonnen im Hof werfen, dort, wo die Delle in den Steinplatten noch deutlich zu sehen war. Der Blick darauf blieb unvermeidlich. Er konnte einfach nicht wegsehen, so sehr er sich dazu auch zwingen wollte. Es war, als ließe ihn sein schlechtes Gewissen nicht los, das ihm gleichzeitig die Bilder vor sein geistiges Auge projizierte, die er kaum ertrug. Er hatte Alex hier nicht liegen sehen. Die Vorstellung allein genügte, um ihm den Magen umzudrehen.

Eilig und sorgfältig darauf bedacht, nicht in die Delle zu treten, warf er den Müllsack in den Container.

Mit dem Fahrstuhl fuhr Carsten anschließend zurück in den achten Stock, und erst als er die Wohnungstür hinter sich geschlossen hatte und Snoopy erfreut an ihm hochsprang, fühlte er sich erleichtert. Zumindest die Bilder eines auf dem Asphalt zerbrochenen Alex waren verblasst. Was ihm ansonsten durch den Kopf ging, würde er niemals loswerden können. Davon war er überzeugt.

In den Wochen nach dem Urlaub hatte Alex ihn des Öfteren angerufen. Zunächst fand Carsten es sonderbar, dass er sich ausgerechnet an ihn wandte, kannte er die anderen doch wesentlich länger. Aber wahrscheinlich war genau dies der Grund. Alex wollte einen Außenstehenden, einen Unparteiischen. Jemanden, der seine Bedenken nicht gleich als Hirngespinste verwerfen würde, weil er in den Augen seiner Freunde längst zu einem Fall für die Psychiatrie geworden war.

Dass Alex Probleme hatte, war allgemein bekannt. Doch so schlecht und abgemagert, wie Alex bei ihrem ersten Treffen nach der Reise ausgesehen hatte, das zumindest war neu. Carsten war entsetzt gewesen. Über dessen Zustand, über das Zittern seiner Hände, über die eingefallenen Wangen und die Art und Weise seines Sprechens. Teilweise stammelte Alex unverständliches Zeug, legte längere Pausen ein und redete plötzlich so schnell, dass Carsten ihm kaum zu folgen vermochte. Die Umstände von Klaus' Tod brachten Alex völlig aus dem Konzept, und der Gedanke, dass er es war, der Klaus die Tabletten gegeben hatte, machte ihn wahnsinnig. Es schien, als könnte er an nichts anderes mehr denken. Immer wieder spielte er die Situation durch und fragte sich immer wieder, wie die vertauschten Pillen in die Dose geraten waren. Carstens Versuche, gegen diese selbstauferlegten Vorwürfe anzureden, blieben erfolglos.

Hinzu kam die Angst vor Thomas, bei dessen Erwähnung er jedesmal leichenblass geworden war. Natürlich wusste Carsten, dass Thomas seinem Freund die Treffen mit ihm untersagt hatte, aber von Thomas ließ Carsten sich nicht einschüchtern. Er war schließlich nicht Alex, der stumm gehorchte und parierte wie ein dressierter Hund. Carsten wollte, nein, er musste wissen, was Alex gesehen oder was für Schlussfolgerungen er gezogen hatte, weil es offensichtlich war, dass Alex etwas ahnte, auch wenn er es selber nicht benennen konnte. Deshalb diese vielen

Treffen mit ihm und sein ständiges Drängen, sich an alles zu erinnern.

Zu einem eindeutigen Ergebnis allerdings war Alex nie gelangt. Nur, dass er Klaus die richtigen Tabletten gegeben und gleichzeitig etwas Wichtiges übersehen hatte, davon war er überzeugt gewesen.

Darüber war es auch in ihrem letzten Telefonat gegangen, um zweiundzwanzig Uhr siebzehn in der Mordnacht, wie die Kommissarin so präzise herausgefunden hatte. Alex flüsterte, weil Thomas sich im Nebenzimmer befand und nicht wissen durfte, mit wem er sprach. Das Treffen, auf das sie sich bereits einen Tag zuvor geeinigt hatten, sagte Alex ab. Eine Begründung lieferte er nicht, und auf Carstens Drängen, sich ihm zu erklären, legte Alex einfach auf.

Diese entschiedene Absage hatte Carsten nervös gemacht. Es gab keinen triftigen Grund, warum Alex ihre Gespräche, die er selbst bisher gesucht hatte, plötzlich aufgeben sollte. Es sei denn, Thomas hatte Lunte gerochen und ihm gedroht. Oder aber, Alex war zu einem Ergebnis seiner Überlegungen gekommen, das weitere Diskussionen überflüssig machte.

Die halbe Nacht, weil er nicht einschlafen konnte, hatte Carsten darüber gegrübelt.

Unwillkürlich stiegen erneut die Bilder auf, die Carsten bereits unten am Müllcontainer nicht hatte sehen wollen. Eilig ging er in die Küche, öffnete eine Dose Bier und trank sie in wenigen Schlucken aus. Anschließend fühlte er sich besser.

Er sollte nicht weiter zurückschauen, sondern einfach nach vorn. In die Zukunft, die einiges versprach. Immerhin hatte er endlich erreicht, was er wollte. Er hatte eine neue Familie, eine heile Welt. Und er hatte endlich seinen Vater zurück, der sich seiner spät – aber nicht zu spät – erinnerte.

Carsten öffnete eine zweite Dose Bier.

Diese Gedanken blieben nicht ungetrübt, und er brauchte den Alkohol, um den schmerzlichen Teil dieser Erfolgsgeschichte zu löschen. Denn ohne den Tod von Klaus, das war ihm durchaus bewusst, wäre er nie soweit gekommen.

Aber sollte er deshalb die Chance, die man ihm bot, verweigern?

Natürlich nicht. Ganz egal, was die anderen von seiner Entscheidung auch hielten. Jeder von ihnen, da war er sich sicher, hätte ebenso gehandelt. Das Geschehene ließ sich nicht ungeschehen machen. Er musste mit dem Tod seines Halbbruders leben, und wenn sein Vater für Klaus einen Ersatz brauchte, dann war es seine Pflicht als Sohn, diesem Ruf zu folgen.

Mit einiger Wucht landete die zweite Dose, wie die erste zuvor, im Abfalleimer. Vom lauten Scheppern aufgeschreckt, kam Snoopy in die Küche geeilt. Einmal kurz bellte er auf, legte den Kopf ein wenig schief und blickte Carsten mit diesen dunklen, melancholischen Augen an, von denen er nie ganz sicher war, ob in ihren Blicken ein stummer Vorwurf lag oder lediglich die Sorge um das Wohlbefinden seines Herrchens.

Dann sah Carsten auf seine Armbanduhr. Es war später, als er gedacht hatte. Seit über einer halben Stunde hätte seine Verabredung auftauchen sollen. Womöglich kam er gar nicht, war ihm kurzfristig etwas dazwischen gekommen. Wenn er wenigstens den Anstand gehabt hätte, abzusagen, anstatt ihn warten zu lassen! Unzuverlässigkeit konnte Carsten nicht ausstehen. Hier aber weiterhin auszuharren und Däumchen zu drehen, dass würde er auf keinen Fall. Zumal die Zeit zum Gassigehen längst überschritten war.

Verärgert warf er sich die Jacke über, nahm die Leine von dem Haken an der Garderobe und ließ den Beagle hinaus in den Hausflur rennen.

Draußen, dachte er, würde es bereits dunkel sein. Doch zumindest Snoopy wäre das wohl egal.

Kapitel 9

Als sie am späten Nachmittag ins Büro kam, war ihre Stimmung auf dem Tiefpunkt angelangt.

Worüber sich Monika am meisten aufregte, konnte sie nicht einmal sagen, da sich beide Ärgernisse in ihrem Kopf abzuwechseln schienen. Im Augenblick jedenfalls war es Schröter, der sie auf dem Weg zur Arbeit Türen schlagen und widerwillig Begrüßungen murmeln ließ. Was dachte der Mann sich überhaupt? Sie war eine geschiedene Frau mit einem halb erwachsenen Sohn; sie war fünf Jahre älter als er, also nicht gerade das, was man eine gute Partie nennen konnte. Und dennoch diese Annährungsversuche, wie von einem verknallten Teenager, die sie nicht ganz ernst nehmen konnte und vor allem nicht ernst nehmen sollte. Denn enttäuscht worden war sie bereits zu oft. Einen weiteren Fehlschlag wollte sie auf keinen Fall riskieren, schon gar keinen durch einen jüngeren Untergebenen, der dazu noch besser aussah als sie selbst. Nein, so etwas war absurd.

Was sie Schröter besonders übelnahm, waren die Gefühle, die er durch sein Gehabe in ihr auszulösen vermochte. Sie fühlte sich geschmeichelt, begehrt, und – nun ja, auch zu ihm hingezogen. Und genau das regte sie auf, zumal sie ihm unterstellte, nicht ganz uneigennützig zu handeln. Was, wenn er sie benutzte? Wenn er nur seine Karriere vor Augen hatte und sie lediglich das Mittel zum Zweck war, und sein Versprechen, nichts über Sven und dessen Verwicklung in dem Fall durchsickern zu lassen, ein Mittel der Erpressung? Dann mutierte sie bald zum Gespött des gesamten Präsidiums. Eine Vorstellung, die ihr die Schamesröte ins Gesicht schießen ließ.

Was aber, wenn nicht? Wenn Schröter es ehrlich meinte, wovon sie, rekapitulierte sie die letzten Begegnungen mit ihm, eigentlich ausgehen musste? Sie hatte nie den Eindruck gehabt, dass er mit ihr spielte, im Gegenteil. Da war eine Ehrlichkeit in seinen blauen Augen und eine verschüchterte, unbeholfene Art in seinen Bewegungen, die sie zutiefst berührten. Durfte sie diese Anzeichen ignorieren?

Herrgott, stöhnte sie, warum musste immer alles auf einmal kommen? Reichte es nicht aus, einen verklemmten Sohn zu haben, der den Mund nicht aufkriegte und sich mit potenziellen Mördern abgab? Langsam hatte sie die Nase gestrichen voll. Sobald dieser Fall abgeschlossen war, würde sie ihn sich zur Brust nehmen. Ihm endlich sagen, was sie ihm schon längst hätte sagen sollen. Sie war ja nicht blind, ganz egal, für wie blöd Sven sie auch halten mochte.

Und mit Schröter würde sie ebenfalls reinen Tisch machen. Bald. Wenn der Täter gefasst war. Vorher hatte sie dazu keinen Nerv.

Endlich war der Spießrutenlauf durch die verwinkelten Gänge vorbei. In den Blicken der Kollegen glaubte sie zu erkennen, dass alle Bescheid wussten und wie sehr sie bereits hinter ihrem Rücken tuschelten. Über die Hauptkommissarin und ihren karrieregeilen Jüngling.

Mit voller Wucht knallte sie die Bürotür hinter sich zu.

Erleichtert atmete Monika aus, bevor sie dieses merkwürdige Einwegglas auf ihrem Schreibtisch bemerkte. Eines jener Gläser aus der Pathologie. Langsam ging sie darauf zu, nahm es in die Hand und betrachtete den merkwürdigen, in Formaldehyd schwimmenden Inhalt.

Ohne jeden Zweifel, es waren zwei menschliche Ohren. Zwei relativ große sogar, die bei dem ehemaligen Besitzer sicherlich etwas vom Kopf abgestanden haben dürften. Die Stellen, an denen die Ohren abgetrennt worden waren, zeigten deutliche Ausfransungen, was auf eine eher brutale Art der Trennung vom Kopf schließen ließ.

„Ich dachte", hörte sie plötzlich Schröters Stimme hinter sich, der unbemerkt ins Büro getreten war, „es würde Sie interessieren."

Monika drehte sich zu ihm um. Ihre Wut auf ihn fiel unbemerkt von ihr ab.

„Haben Sie mir diese Dinger hier hingestellt?", fragte sie.

Schröter lächelte stolz und nach Anerkennung heischend, als hätte er ihr rote Rosen geschenkt. Er schien ganz genau zu wissen, wie man einer Kommissarin eine Freude bereitete.

„Den Spuren nach zu urteilen", sagte er und kam langsam auf sie zu, bis er dicht neben ihr stand, „handelt es sich dabei um denselben Täter, der auch die Nase abgeschnitten und die Augen herausgetrennt hat."

„Oh."

Erneut starrte sie in das Glas. Immer nur diese einzelnen Teile, dachte sie. Damit war nicht viel anzufangen.

„Und der Rest?", fragte sie laut. „Ich nehme mal an, dass wieder nichts weiter gefunden wurde als diese Ohren hier."

„Stimmt. Eine Rentnerin hat sie unter einer Parkbank entdeckt. Einige Tauben hatten sich bereits daran zu schaffen gemacht. Deshalb die kleinen Löcher in den Ohrläppchen."

Sie stellte das Einwegglas zurück auf den Schreibtisch und ging um ihn herum, auch und vor allem, um zu Schröter ein wenig Abstand zu gewinnen.

„Ich bin gespannt, was er uns als Nächstes hinterlässt", sagte sie und setzte sich. „Einen Finger, einen Zeh? Oder einen Penis? Na, irgendwann wird er schon einen Fehler machen. Irgendwann machen sie alle einen Fehler."

Schröter sah sie an. Es ging ihm nicht mehr um die Ohren. Ganz offensichtlich war er bemüht, sich ihre kleine Szene im Restaurant nicht anmerken zu lassen, was ihm nur notdürftig gelang. So wie bei ihr spukte dieser kleine Eklat noch in seinen Gedanken. Da lag eine Kränkung in seinem Blick, auf die sie jetzt keinesfalls eingehen durfte, wollte sie professionell mit ihm reden.

„Was machen unsere Schwulen?", fragte sie stattdessen. „Irgendetwas Neues?"

„Nicht wirklich", antwortete er und zog sich einen der beiden Stühle heran, die vor dem Schreibtisch standen. „Kein einziger Zeuge hat Alexander Schneider vom Berghain weggehen sehen. Jedenfalls kann sich niemand an ihn erinnern. Ich habe jeden Taxifahrer der Stadt befragt."

Ein wenig niedergeschlagen ließ sich Schröter in den Stuhl fallen und strich sich mit der Hand durch das Haar. Diese Geste schien ihm das Denken zu erleichtern.

„Ach ja", rief er, „eine Neuigkeit gibt es. Die Frau, die Herrn Schneider ins Haus hat kommen sehen, ich habe ihr Fotos der

Verdächtigen gezeigt. Bis auf Carsten Wieland hat sie die Betreffenden nie zuvor gesehen. Behauptet sie zumindest. Aber dieser Carsten, da war sie sich sicher, war es nicht, der mit Schneider das Haus betrat. Den kennt sie vom Sehen und hätte ihn erkannt."

„Verstehe."

Sie lehnte ihre Ellenbogen auf die Tischplatte und faltete die Hände, die sie leicht gegen ihr Kinn schlug. Dabei sah sie einfach durch Schröter hindurch.

„Fassen wir mal zusammen", sagte sie. „Schneider ist offenbar vom Berghain direkt zu Wielands Haus gefahren, und zwar in Begleitung. Und wenn die alte Frau recht hat, wovon wir mal ausgehen, dann hat auch Carsten Wieland jetzt ein Alibi."

„Großartig", sagte Schröter erfreut und warf sich übertrieben heftig in die Lehne. „Bleiben ja nur noch zwei ohne Alibi übrig."

„Einer, um genau zu sein."

„Wer hat denn nun schon wieder eins auftreiben können?"

„Knobloch", antwortete sie und erklärte ihm, was sie bei ihrem letzten Treffen mit ihm herausgefunden hatte.

„Ich habe diesen Markus natürlich angerufen", fuhr sie fort, „um mir Knoblochs Geschichte bestätigen zu lassen. Was zunächst nicht ganz einfach war, da er anscheinend dachte, ich schnüffle in seinem Privatleben. Als wäre ich eine Privatdetektivin, die sein Liebhaber angeheuert hat oder so. Zum Glück hat er schließlich alles bestätigt. Knobloch kam um halb vier ins Toms, und sie haben sich ziemlich schnell angefreundet, wenn ich das mal so nennen darf. Die Zeit konnte Markus genau benennen, da er auf die Uhr geschaut hat, als er Knobloch hereinkommen sah. Er war bereits im Begriff zu gehen, entschied sich dann aber doch für ein bisschen Spaß mit ihm. Und dieser Spaß hat wohl ziemlich lange gedauert."

Schröter konnte sich ein Grinsen in ihre Richtung nicht verkneifen. Da sie nicht gewillt war, es zu erwidern, setzte er schnell wieder sein Pokerface auf.

„Alexander Schneider starb frühestens um halb vier", rezitierte er. „Wie weit ist es von Wielands Hochhaus zum diesem Toms?"

„Mitten in der Nacht? Mit dem Auto eine Viertelstunde vielleicht. Höchstens zwanzig Minuten. Jedenfalls zu weit, als dass Knobloch mit Schneider Fahrstuhl fahren, ihn vom Balkon herunterstoßen und gleichzeitig in dieser Bar sein konnte. Ergo, wieder einer mit einem Alibi."

„Bleibt nur noch Thomas Krause übrig."

„Sieht ganz so aus. Allerdings haben wir es hier nicht mit einem Mord im Affekt zu tun. Bei Klaus Teichmann mag das so gewesen sein. Eine mehr oder weniger spontane Eingebung, die Tabletten zu vertauschen. Bei Alexander Schneider dagegen handelt es sich um Vorsatz. Jemand hat die Tat geplant und sein Opfer zu Wielands Haus geführt. Was wiederum bedeutet, dass jeder normal denkende Mensch sich natürlich um sein Alibi Gedanken gemacht hätte."

„Wollen Sie damit andeuten, dass Thomas Krause, gerade weil er kein Alibi vorweisen kann, es nicht gewesen sein kann?"

Sie schüttelte den Kopf.

„Nein, natürlich nicht. Es wäre nur sehr unvorsichtig von ihm. Er macht mir eigentlich nicht den Eindruck, als würde er Hals über Kopf Entscheidungen treffen."

„Dann bleibt lediglich die Möglichkeit, dass mit einem der Alibis etwas nicht stimmt."

„Gut möglich. Haben Sie einen Verdacht?"

Schröter sah auf und schüttelte den Kopf. Diesmal traf sie ungewollt seinen unwiderstehlichen Blick. Warum nur, fluchte sie innerlich, machte er es ihr so schwer? Eilig schluckte sie alle weiteren Gedanken an ihn herunter und fuhr fort: „Aber ich habe einen. Jens Knobloch ist, wie er mir sagte, überzeugt davon, dass sein Freund, oder besser sein Ex-Freund, ohne Schlaftabletten nicht schlafen geht. Er zählt sogar die Tabletten jeden Morgen nach, was ich, unter uns gesagt, für ein wenig neurotisch halte. Na, jedenfalls, auch in der Mordnacht hätte Peter Müller eine genommen, eine ziemlich starke sogar, ich habe es nachgeschlagen. Somit mag Müller das Handyklingeln tatsächlich nicht gehört haben. Und wenn dem so wäre, dann hätte Meybach ohne Bedenken aufstehen, telefonieren und die Wohnung verlassen können, oder?"

Sie hielt inne und starrte auf Schröters eine Augenbraue, die er weit nach oben gezogen hatte.

„Es sei denn“, überlegte Schröter, „Müller hat …“

„Wie machen Sie das eigentlich?“, unterbrach sie ihn und wirbelte mit der rechten Hand in Richtung seines Gesichts.

„Was?“

„Das. Mit der einen Braue.“

Er zuckte mit den Schultern.

„Keine Ahnung. Es passiert einfach.“

„Na, ist nicht so wichtig“, riss sie sich eilig zusammen. „Was wollten Sie gerade sagen?“

„Habe ich vergessen. Irgendwas mit Schlaftabletten, glaube ich.“

„Also, um noch mal darauf zurückzukommen. Meybachs Alibi muss demnach nicht unbedingt wasserdicht sein.“

„Eben sowenig“, erwiderte Schröter, den Kopf gesenkt, „wie das Ihres Sohnes am Grand Canyon.“

„Bitte?“

„Na ja, Sie wissen doch genau, wie es war.“

Augenblicklich richtete sie sich kerzengerade auf.

„Wollen Sie etwa behaupten, dass …?“

„Nein, natürlich nicht“, winkte er augenblicklich ab. „Ich wollte nur sagen, dass wir schnellstens eine Lösung finden sollten, bevor – bevor man Ihnen den Fall wegen Befangenheit wegnimmt. Bisher haben Sie ja Glück gehabt und Sven aus den Akten heraushalten können. Doch wie lange können Sie das durchziehen? Bitte verstehen Sie mich nicht falsch. Ich habe ja gesagt, ich halte dicht, und ich bleibe dabei. Allerdings …“, hier stockte er einen Augenblick. „Sie wissen schon, dass Sie mächtigen Ärger kriegen werden, spätestens wenn die Sache vor Gericht landet?“

Schröter hatte recht. Früher oder später würde sie sich für ihr Schweigen verantworten müssen. Egal, wie sehr sie diesen Gedanken bisher verdrängt hatte, die Situation war nun mal, wie sie war. Sven steckte mittendrin. Ihn da aber offiziell mit reinzuziehen, nein, das würde sie ihm nicht antun.

„Ich weiß Ihre Loyalität wirklich zu schätzen“, sagte sie. „Und wenn es soweit ist, werde ich Ihren Namen selbstverständlich aus diesen Vorwürfen heraushalten.“

„Das weiß ich. Darüber mache ich mir keine Sorgen. Ich wollte nur noch mal kurz darauf hinweisen. Ich wollte sie keineswegs beunruhigen."

Wenn dies seine Absicht gewesen sein sollte, dann hatte er genau das Gegenteil erreicht. Jetzt war sie beunruhigt.

Um sich abzulenken, dachte Monika an Schröters Beweggründe zurück, die er ihr vor Kurzem angedeutet hatte. Irgendetwas mit seinen Eltern war es gewesen, und tatsächlich erinnerte sie sich an einen längst vergangenen Fall aus Marburg, über den sie während ihres Studiums gestolpert war. Es ging um an einen Vergewaltiger, den man mit eingeschlagenem Schädel in seinem Haus gefunden hatte. Die Hauptverdächtige war eines seiner Opfer gewesen, eine gewisse Frau Schröter. Allerdings hatte man ihr nichts nachweisen können, dank dem Alibi, das der Ehemann ihr verschaffen konnte. Sie war freigesprochen worden.

War diese Namensgleichheit ein Zufall? Oder sollte sich Schröter tatsächlich auf diesen Fall bezogen haben? Immerhin kam er, wie sie wusste, gebürtig aus Hessen.

Womöglich schien Schröter gerade deshalb gewillt, sie zu decken, weil er aus eigener Erfahrung zu dem Schluss gekommen war, dass Recht und Gerechtigkeit nicht immer übereinstimmen mussten. Für einen Polizisten ohne Zweifel eine prekäre Erkenntnis, aber zumindest eine Erklärung dafür, weshalb er annahm, auch diesmal die Vorschriften ein wenig missachten zu dürfen, um Sven zu schützen.

Sie sollte sich diese alten Akten noch einmal zu Gemüte führen. Denn sollte ein Zusammenhang bestehen, wäre es eine gute Gelegenheit, mehr über Schröter und seine Vergangenheit herauszufinden, von der sie eigentlich so gut wie gar nichts wusste.

„Manchmal", stöhnte sie gedankenverloren, „hasse ich meinen Job."

Kurz schloss Monika die Augen. Nicht ganz allerdings, so dass sie sehr wohl bemerkte, wie Schröter im Begriff war, seine Hand nach der ihren auszustrecken, sie dann aber zurückzog. Einen weiteren Eklat schien er auf jeden Fall vermeiden zu wollen. Dabei hätte sie diese Berührung jetzt dringend gebrauchen können.

„Irgendetwas“, sagte sie ausweichend, als wäre ihr seine Absicht völlig entgangen, „müssen wir übersehen haben. Es kann nicht angehen, dass wir völlig im Dunkeln tappen.“

„Aber was?“

„Es hängt an diesen verdammten Tabletten, die Teichmann geschluckt hat. Und das mit dem Vertauschen, da stimmt was nicht. Einer von ihnen lügt, und vielleicht, wenn wir unsere Aufzeichnungen genauer durchgehen ...“

„Die halten zusammen wie Pech und Schwefel“, seufzte Schröter, nicht so sehr aufgrund der Ausweglosigkeit ihrer Recherchen, wie ihr schien, als vielmehr über die misslungene Annäherung seiner Hand. Er war nicht ganz bei der Sache. Umso wichtiger, dass sie einen klaren Kopf behielt.

„Alle“, verbesserte Monika, „bis auf Herrn Wieland. Der ist ihnen ein Dorn im Auge.“

„Ja, aber ausgerechnet er ist nicht mit Alexander Schneider ins Haus gegangen, wie wir von der Augenzeugin wissen.“

Irritiert hob sie den Kopf und sah Schröter an. Da war etwas in seinen Worten oder vielmehr in seinem Tonfall, das sie auf eine Idee brachte.

„Womöglich“, fasste sie den Gedanken in Worte, „weiß er aber, mit wem Schneider gekommen ist. Die beiden haben oft genug alles miteinander besprochen. Und Carsten Wieland wird sich seinen Reim auf die Dinge gemacht haben.“

„Er kennt also den Mörder?“

Sie nickte.

„Warum schweigt er dann?“, fragte Schröter und kratzte sich nachdenklich am Kinn. „Immerhin weiß er genau, was mit Schneider passiert ist.“

„Eben. Und deshalb müssen wir dieser Möglichkeit nachgehen. Am besten sofort.“

„Jetzt?“, rief Schröter aus. „Wissen Sie, wie spät es ist? Ich wollte heute noch ...“

„Das ist ein Befehl, Schröter. Ihre Verabredung kann warten. Gehen wir!“

Das mit der Verabredung war ihr gerade erst in den Sinn gekommen. Nicht, dass es hierfür irgendein Anzeichen gegeben hätte, noch dass es sie etwas anginge, sollte dem so sein. Schröter konnte schließlich tun und lassen, was er wollte. Es war ihr egal. Und trotzdem wollte sie, dass er verneinte. Dass er niemanden hatte, mit dem er sich traf. Doch Schröter schwieg, stand auf und schritt kerzengerade zur Tür.

Das, stöhnte sie, kommt davon, wenn man seine Nase in fremde Dinge steckte. Natürlich hatte Schröter Verabredungen. Nur weil sie keine hatte, blieben andere ja nicht zu Hause sitzen, um ihr einen Gefallen zu tun. Schon gar nicht einer wie Schröter. Hätte sie bloß den Mund gehalten. Jetzt war er beleidigt und sie enttäuscht.

Da half auch der Anblick seines Hinterns nichts, der in der engen Uniformhose wunderbar zur Geltung kam.

Snoopy kannte den Weg ganz genau. Links am Hochhaus vorbei, durch die zwei Seitenstraßen und dann, am Ende der Sackgasse, hinein in den Park.

Auf seinen kleinen, krummen Beinen trippelte Snoopy voran und markierte an beinahe jedem Laternenfahl seinen Duft. Lief er zu schnell seinem Herrchen voraus, blieb er stehen, wandte den Kopf und wartete.

Carsten ließ sich Zeit. Die kühle Abendluft tat ihm gut. Und so wie Snoopy kannte auch er den Weg im Schlaf. Als er in die Sackgasse eingebogen war, gingen die Laternen an und warfen ihre gelben Lichtkegel auf den Bürgersteig. Vor ihm, hinter den letzten zwei Einfamilienhäusern, die ersten Laubbäume des Parks.

Wenn er nur alles vergessen könnte. Wenn er nur sein jetziges Leben fortsetzen könnte, ohne ständig daran erinnert zu werden, was ihm dieses jetzige Leben erst ermöglicht hatte. Einfach neu beginnen. Den Ballast abwerfen, alles ausradieren, als wäre er unbeschadet im Hier und Heute angekommen.

Seine Schuhe knirschten auf dem groben Kies des geharkten Weges. Snoopy raschelte irgendwo im Unterholz, ein paar späte Vögel zwitscherten in der Dämmerung. Ansonsten war es still.

Er würde wie immer eine Runde um das trübe Wasser des kleines Sees drehen und vielleicht durch die dichten Büsche und Bäume streifen, die eine Größe des Parks vortäuschten, die er nicht hatte, weil gleich dahinter die Wohnsiedlung lag.

Um diese Zeit war hier niemand mehr unterwegs. Der Himmel über ihm zeigte die ersten Sterne, und das letzte Licht des Tages verblasste. Das Gras unter seinen Schuhen, als er den Weg verließ, war noch nass vom Regen am Morgen. Vor ihm schimmerte der See ölig und matt. Er bückte sich nach einem Stock und hielt ihn Snoopy vor die Nase. Dieser bellte in freudiger Erwartung, und Carsten warf den Stock mit ganzer Kraft von sich.

Wenn er bloß alles so weit von sich werfen könnte, dachte er, doch da kam Snoopy bereits wieder angerannt, den Stock im Maul, mit dem Schwanz wedelnd und stolz auf seine Leistung. Carsten warf erneut.

Wie ein Bumerang kehrte alles zurück.

Er drehte dem See den Rücken zu und nahm den engen Trampelpfad durch die Rhododendrenbüsche, Snoopys Leine um den Hals gelegt.

Vielleicht sollte er verschwinden. Seinen Vater um Geld bitten und abhauen. Irgendwohin, nach Spanien oder Italien oder über den Teich nach Amerika. Hier hielt ihn nichts mehr. Und woanders mochten die Erinnerungen ihr Gewicht verlieren, ihn tatsächlich von vorne beginnen lassen.

Denn was er wusste, erdrückte ihn. Ein reines Gewissen fühlte sich anders an. Erst sein Halbbruder, dann Alex, und wer weiß, was noch kommen sollte. Lügen waren ansteckend. Keiner von ihnen hatte die Wahrheit gesagt, weil ihnen die Wahrheit längst bekannt gewesen war und nur die Lüge Absolution versprach. Womit sie alle gelebt hatten, weil sie dachten, die Geheimnisse der anderen schützte vor dem eigenen, war zu einem gefährlichen Spiel geworden. Und nun bewahrte er ein Geheimnis zu viel.

„Snoopy?“

Carsten blieb stehen und lauschte. Zu sehr in Gedanken vertieft, hatte er nicht bemerkt, wie still es geworden war. Wo war das Rascheln im Laub, das Knacken der Zweige?

„Wo bist du, Snoopy? Komm her! Sofort!"

Mit zwei seiner Finger im Mund pfiff er ein Mal laut und wartete. Die Dunkelheit mit ihren noch dunkleren Umrissen versperrte ihm nach wenigen Metern die Sicht.

„Mach keinen Unsinn, Snoopy. Bei Fuß!"

Beunruhigt wandte Carsten sich in alle Richtungen. Nie zuvor hatte Snoopy seine Rufe ignoriert. Bisher hatte er entweder gebellt oder war augenblicklich angerannt gekommen, egal ob er einem Kaninchen oder einer Hündin nachgejagt war. Diese Stille jetzt bedeutete nichts Gutes.

Dann hörte Carsten endlich Schritte im Laub.

Erleichtert drehte er sich um.

„Verdammt", rief er aus, nachdem er vor Schreck zusammengezuckt war. „Was fällt dir ein, dich so anzuschleichen? Was machst du hier überhaupt?"

„Wir waren verabredet", erwiderte der Mann vor ihm. „Schon vergessen?"

Schröter klopfte etwas zu fordernd gegen die Wohnungstür, obwohl ihm bewusst war, dass niemand aufmachen würde. Ansonsten hätte der Köter längst schon gebellt.

„Er ist weg", sagte sie.

Wie zum Trotz hämmerte Schröter weiter, bis Monika ihn am Arm fasste.

„Davon kommt Wieland auch nicht schneller zurück. Und Sie nicht schneller zu Ihrer Verabredung."

„Wenn er nicht da ist", sagte er missgelaunt, „dann komme ich sehr wohl noch rechtzeitig."

Sie sahen sich an.

Oh, nein, dachte sie, so nicht. Egal wie kindisch und dickköpfig ihre Reaktion auch sein mochte, er sollte ruhig merken, dass er sie nicht behandeln konnte, wie er wollte. Nicht nach all seinen versteckten Avancen.

„Er wird mit der Töle Gassi gegangen sein", erwiderte sie. „Folgen wir ihm doch einfach."

Bevor der Satz zu Ende gesprochen war, hatte sie sich bereits wieder dem Fahrstuhl zugewandt.

„Das ist doch idiotisch", rief Schröter ihr nach. „Wir haben überhaupt keine Ahnung, wohin …"

Sie drehte sich um, dass sie fast mit ihm zusammenstieß. So dicht hinter sich hatte sie Schröter nicht erwartet.

„Denken Sie nach", sagte sie. „Wo geht ein Herrchen mit seinem Hund Gassi? Wo würden Sie hingehen?"

Schröter zuckte mit den Schultern.

„An die nächste Laterne?"

„Falsch. In den Park natürlich. Ein paar Straßen weiter gibt es einen. Und ich wette, da ist er hin. Übrigens wird uns ein wenig frische Luft sicher guttun."

„Das machen Sie ja nur, weil …"

Er brach ab. Natürlich tat sie das nur, weil. Warum auch nicht? Sie war seine Vorgesetzte, und er hatte Folge zu leisten. So einfach war das. Sollte er ruhig merken, wie die Dinge hier liefen.

„Okay", stöhnte er, da ihr Blick nichts anderes zuließ. „Sie sind der Boss."

„Genau. Also los."

Im Fahrstuhl zurück ins Erdgeschoß standen sie schweigend nebeneinander. Und auch auf dem Weg zum Park sagte keiner von ihnen ein Wort. Schröter hatte die Hände in den Taschen seiner Hose vergraben und trat beim Gehen nach kleinen Steinen oder einer leeren Cola-Dose. Sie dagegen versuchte Schröter aus ihren Gedanken zu streichen. Im Moment gab es wahrlich Wichtigeres als Männer.

Dabei drehte sich in diesem Fall alles nur um Männer. Und um deren Aussagen. Denn etwas, das Schröter erwähnt hatte, ließ ihr keine Ruhe.

„Was war das doch gleich", fragte sie, nachdem der Park am Ende der Sackgasse in Sicht war, „das Sie gesagt haben? Hinsichtlich der Alibis, meine ich."

„Ich glaube, ich sagte, eines davon könnte nicht stimmen. Weil ja eigentlich so gut wie jeder eins hat."

Sie blieb stehen. Schröter bemerkte es erst, als er bereits auf dem Kiesweg angekommen war. Verwundert drehte er sich um.

„Was ist? Haben Sie eines der Alibis widerlegen können?"

„Nein. Ich frage mich nur, was wäre, wenn tatsächlich alle Alibis der Wahrheit entsprächen."

Schröter wartete, bis sie die wenigen Meter, die sie voneinander trennten, aufgeholt hatte. Vor ihnen lag der dunkle Park mit seinem dichten Gestrüpp und den engstehenden Laubbäumen. Hinter ihnen die Sackgasse, gesäumt von Einfamilienhäusern, in deren Fenstern vereinzelt Licht brannte und matt auf die Straße schien.

„Dann", schlussfolgerte Schröter, „muss Thomas Krause unser Mörder sein."

„Nicht unbedingt."

„Wie soll das gehen? Jens Knobloch hatte Sex zum Zeitpunkt von Schneiders Tod. Carsten Wieland war nicht mit ihm nach Hause gekommen, wie die alte Frau bestätigt hat, und Meybach und Müller haben die Nacht gemeinsam verbracht. Für jedes dieser Alibis gibt es Zeugen. Es sei denn, Sie wollen wieder auf die Schlaftabletten hinaus, die Peter Müller geschluckt haben soll."

„Das meine ich gar nicht unbedingt. Obwohl ...", kurz hielt Monika inne, schüttelte dann aber den Kopf, um sich nicht irritieren zu lassen. „Ich meine nur, dass diese Alibis für den Mord womöglich völlig irrelevant sind."

„Da kann ich nicht mehr folgen", stöhnte Schröter.

„Macht nichts. Ich auch noch nicht. War bloß so eine Eingebung."

„Bisher", erwiderte er, „lagen Sie damit ja nie ganz falsch."

Das sagte Schröter in einem solch ehrlichen Tonfall, dass sie nicht anders konnte, als ihn anzulächeln. Was er anschließend aber hinzufügte, ließ sie sofort wieder die Lippen zusammenpressen.

„Vielleicht sollten Sie woanders darüber nachdenken", sagte er, keineswegs ohne Hintergedanken. „In einem dunklen Park werden Sie keinen hellen Gedanken zu fassen kriegen. Und Wieland wird Ihnen auch nicht dabei helfen können, wenn wir ihn überhaupt hier im Dunkeln finden. Drehen wir lieber um."

„Netter Versuch, Schröter", antwortete sie und gab ihm einen leichten Stoß zwischen die Schulterblätter. „So einfach kriegen Sie mich nicht rum."

Monika ließ ihn vorangehen, obwohl sie nicht davon ausging, dass er ihr einfach davonlaufen würde. Nach einigen Metern hatten die Bäume hinter ihnen das spärliche Licht aus den Häusern verschluckt. Erst langsam gewöhnten sich ihre Augen an die Nacht. Hier nach einem Verdächtigen zu suchen, war wirklich eine dumme Idee. Wenn sie nicht so stur wäre, würde sie jetzt kehrtmachen und Schröter seine Verabredung gönnen.

Allerdings schien Schröter sich mit der Situation abgefunden zu haben und drang weiter in den Park vor. Zwischen den Ästen hindurch erkannte sie das finster funkelnde Wasser des Sees. Von einem Spaziergänger mit Hund war nichts zu hören, geschweige denn zu sehen.

„Ich will ja keinen Rückzieher machen", flüsterte sie, weil sie im Dunkeln immer das Gefühl hatte, flüstern zu müssen, „doch vielleicht, also nur vielleicht, ist es sinnvoller …"

Weiter kam sie nicht.

Von irgendwo rechts drang ein gedämpfter Schrei, gefolgt von hektischen Schritten durch das trockene Laub.

„Das kam von dort!", rief Schröter, und bevor sie ihn zur Vorsicht mahnen konnte, rannte er in die Richtung, aus der der Schrei gekommen war.

„Warten Sie!"

Hastig folgte sie ihm durch das dichte Gestrüpp, da Schröter, anstatt den Weg zu benutzen, die Abkürzung nahm. Blätter und Zweige schlugen ihr ins Gesicht. Sie sah kaum, wohin sie trat. Nach ein, zwei Minuten dann war die Jagd vorbei. Schröter stand am Rande einer kleinen Lichtung, seine Pistole schussbereit in der Hand.

Vor ihm, auf dem feuchten Gras, hockte ein Mann, der leise wimmerte und sich mit beiden Händen die linke Bauchgegend hielt. Aus dieser Entfernung konnte sie nicht erkennen, um wen es sich handelte. Nur das weiße Hemd leuchtete matt und wirkte an der Stelle, auf der die Hände des Mannes gelegt waren, dunkler als der Rest des Stoffes.

Ein kleiner, schwarz-weiß gefleckter Hund hockte daneben auf den Hinterbeinen und jaulte.

*

Selbst in dieser Dunkelheit konnte er Carsten ohne Weiteres folgen. Er hörte die entfernten Schritte und vor allem Snoopy, der aufgeregt durch die Büsche flitzte, um das Stöckchen zu apportieren, das sein Herrchen ihm warf.

Er durfte jetzt keinen Rückzieher machen. Viel zu lange hatte er bereits gewartet, und eine Chance wie diese würde so schnell nicht wiederkehren.

Aus diesem Grund war er Carsten gefolgt, um endlich seinen Plan in die Tat umzusetzen. Eigentlich waren sie bei ihm in der Wohnung verabredet gewesen, aber das Risiko, im Haus gesehen zu werden, war ihm zu groß. Besser, er konfrontierte ihn hier im Park, wo niemand ihn sehen würde und von wo aus er unerkannt wieder verschwinden konnte. Und, als müsste er sich vergewissern, tastete er in seiner Jackentasche nach dem Springmesser, dessen Klinge noch sicher im Griff verborgen lag.

In diesem Moment flog der Stock durch eine Schneise in den Bäumen vor ihm und landete zu seinen Füßen. Gleich darauf folgte Snoopy, der nicht weiter über seine Anwesenheit verwundert schien, das Stöckchen ins Maul nahm und schwanzwedelnd auf ihn zukam.

Er bückte sich und streichelte den Hund hinter dem Ohr. Dann hob er ihn auf, in die Beuge seines linken Armes, und kämpfte sich durch das Gestrüpp.

Carsten stand auf einer kleinen Lichtung, die sich hinunter zum See zog, in Gedanken versunken oder nach seinem Hund Ausschau haltend, den Rücken ihm zugewandt. Als er ihn kommen hörte, fuhr er erschrocken zusammen.

„Was machst du hier überhaupt?“, fragte Carsten, nach dem ersten Schreck nicht sonderlich überrascht.

„Wir waren verabredet. Schon vergessen?“

„Ja, bei mir in der Wohnung. Und nicht in einem dunklen Park. Was war denn so wichtig, dass es angeblich nicht warten konnte?“

„Dreimal darfst du raten.“

Unruhig wechselte Carsten sein Standbein. Natürlich wusste er, worum es ging.

Er setzte Snoopy auf den Boden ab und griff in die Jackentasche.

„Dann hat man dich also …“, begann Carsten verunsichert, ohne auf Snoopy zu achten, der aufgeregt um seine Füße rannte. Kurz hielt er inne, bevor er den Satz beenden konnte. „Also dich hat man mit Alex zusammen vor meinem Haus gesehen.“

„Ja. Das war ich.“

„Und du hast ihn …“

„Bleib, wo du bist!“, rief er aus, da Carsten zwei Schritte auf ihn zukam. Gleichzeitig zog er das Messer aus der Jacke und ließ die Klinge hervorspringen. Sofort blieb Carsten stehen.

„Was … was hast du vor?“

„Reden. Zunächst einmal reden.“

Carsten sah ihn merkwürdig an und wischte sich schnell den Schweiß von der Stirn, der sich dort gebildet und im matten Licht zu glänzen begonnen hatte.

Diesmal war er es, der einige Schritte auf Carsten zuging, so dass sie dicht beieinander standen, die Klinge zwischen ihnen auf Carstens Bauch gerichtet.

„Hör zu“, sagte Carsten, mit einem gezwungen, ruhigen Tonfall. „Was immer es ist, das du von mir willst, ich bin sicher, wir können das klären.“

„Es gibt nichts zu klären. Ich rede, und du hörst zu. Was danach kommt, hängt ganz allein von dir ab.“

„Okay. Mach nur bitte keine Dummheiten.“

Ihre Blicke trafen sich. Deutlich war zu erkennen, wie sehr Carstens Gedanken in seinem Kopf zu rasen begannen. Doch was immer Carsten auch vorhaben mochte, Carsten wäre nicht schnell genug. Jede kleinste Bewegung, und er käme ihm zuvor und würde zustechen müssen.

Dann hörten sie plötzlich die Stimmen.

„Den kriege ich!“, rief Schröter und war dabei, dem flüchtenden Mann durch die Dunkelheit der Büsche zu folgen.

„Nein! Bleiben Sie hier. Das hat keinen Sinn.“

„Aber er entwischt uns.“

„Keine Angst. Den schnappen wir auch so.“

Schröter steckte seine Pistole zurück in den Halfter und kehrte enttäuscht zurück. Monika ging in die Hocke, legte dem verletzten Mann ihren Arm um die Schulter und hob sanft seinen Kopf.

„Wie schlimm ist es?“, fragte sie. „Können Sie aufstehen?“

„Ich ... ich weiß nicht. Es blutet.“

„Rufen Sie einen Krankenwagen“, sagte sie zu Schröter, der sofort gehorchte. Und an Carsten Wieland gewandt: „Was ist passiert?“

„Er wollte mich umbringen. Er hatte ein Messer. Wenn Sie nicht ... Au!“

Das hektische Atmen und Reden verursachte Schmerzen. Bei dem gleichzeitigen Versuch, aufzustehen, sackte Carsten zurück auf den Boden. Sie verhinderte den Fall und legte ihn vorsichtig ins feuchte Gras.

Schröter trat näher und blickte zu ihnen hinab.

„Der Krankenwagen wird gleich hier sein“, sagte er.

Sie nickte.

„Danke. Und Sie, Herr Wieland, bleiben ruhig liegen. Keine Ahnung, wie tief die Wunde ist. Auf jeden Fall haben Sie eine Menge Blut verloren.“

Carstens Atem beruhigte sich. Seine Hand lag noch immer auf der blutdurchtränkten Stelle seines Hemdes. Snoopy, der sich bei dem ganzen Trubel hinter einen der nahestehenden Bäume verkrochen hatte, kam vorsichtig näher. Sein Herrschen streckte zitternd die andere Hand nach ihm aus, die der Hund mitleidig zu lecken begann.

Bevor Monika ihm allerdings die alles entscheidende Frage stellen konnte, zog Schröter sie beiseite.

„Ich glaube“, flüsterte er, „ich habe ihn erkannt.“

„Und? Welcher war es?“

„Knobloch.“

Sie sah zurück auf Wieland. Sein Blick verriet, dass er Schröter gehört hatte.

„Ist das wahr?“, wollte sie wissen.

Er nickte.

„Ja, und er ... er hat Alex umgebracht und ... und ...“

„Schon in Ordnung“, beruhigte Schröter ihn. „Das klären wir alles später. Besser, Sie sagen jetzt erst mal nichts.“ Und zu Monika gewandt fragte er: „Wie hat Knobloch das hingekriegt mit seinem Alibi?"

„Die Alibis", wiederholte sie ihre eigenen Worte von vorhin, bevor sie mit Schröter den Park betreten hatte, „haben keinerlei Relevanz. Wir haben den Fall von der falschen Perspektive aus betrachtet."

Durch die Bäume, dort, wo die Sachgasse endete, ertönte Sirenengeheul.

„Gehen Sie", sagte sie zu Schröter, „sonst finden die uns nie."

„Jemand muss Knobloch verfolgen! Oder zumindest sollten wir Verstärkung anfordern. Wer weiß, was er ansonsten noch alles …"

„Nicht jetzt, Schröter."

„Er hat ein Messer! Und beinahe sein drittes Opfer auf dem Gewissen. Wenn sein Freund zu Hause ist, dann …"

Erneut musste sie seinen Tatendrang bremsen.

„Alles zu seiner Zeit. Erst schaffen wir den Verletzten ins Krankenhaus, danach sehen wir weiter. Vertrauen Sie mir."

Unsicher darüber, welche Taktik sie verfolgte, suchte Schröter in ihrem Gesicht nach einer Antwort. Seine Augenbrauen hatte er zur Abwechslung tief nach unter gezogen. Dann wandte er erneut seinen Blick zu Carsten Wieland. Dessen Atem ging schwerer als zuvor. Snoopy lag nun dicht an seinem Körper, den kleinen Kopf auf Herrchens Oberarm gelegt.

Schließlich zuckte Schröter mit den Schultern.

„Na, gut", seufzte er. „Ich hoffe, Sie wissen, was Sie tun."

„Zum Glück weiß ich das diesmal ganz genau. Knobloch wird nicht weit kommen. Und jetzt, ab mit Ihnen durch die Büsche. Oder wollen Sie, dass Herr Wieland hier verblutet?"

Sofort rannte Schröter los.

Kapitel 10

Ungeduldig wartete sie mit Schröter in der Notaufnahme des Viktoria-Luise-Krankenhauses, um Carsten Wieland endlich zu verhören. Der behandelnde Arzt hatte lediglich einen Zwischenbericht erstattet, bevor er erneut mit der Krankenschwester in dem Behandlungszimmer verschwunden war.

Nur eine Fleischwunde, hatte er gesagt, kein Grund zur Panik. Herr Wieland würde genäht werden und anschließend bekäme er eine Bluttransfusion und Schmerzmittel. Organe wären glücklicherweise nicht betroffen, da das Messer lediglich die äußere, linke Bauchdecke durchstoßen hatte. Außer dem Blutverlust gäbe es keinerlei Komplikationen. Sobald der Patient geflickt und verbunden sei, könne sie zu ihm.

Es dauerte Monika zu lange. Mit kurzen, nervösen Schritten ging sie vor der geschlossenen Tür auf und ab, dass ihre Absätze laut auf dem grauen Linoleum klackerten. Schröter dagegen saß auf einem der Plastikstühle, die in dem kahlen, sterilen Gang an der Wand entlang standen. Vornübergebeugt, beide Unterarme auf die Knie gestützt, verfolgte er nachdenklich ihren hektischen Lauf.

„Wollen Sie mir nicht endlich verraten“, fragte er schließlich, weil er ihre Rastlosigkeit nicht länger ertrug, „was es mit Knoblochs Alibi auf sich hat?“

Monika winkte ab, blieb aber endlich vor ihm stehen.

„Ich will erst mit Wieland darüber reden. Die Kollegen werden Jens Knobloch schon aufspüren und festnehmen. Was er zu sagen hat, weiß ich sowieso. Deshalb brauche ich zunächst die Aussage von Wieland.“

„Auch auf die Gefahr hin, dass ich mich lächerlich mache, aber ich kann Ihnen noch immer nicht ganz folgen.“

„Keine Sorge“, grinste sie Schröter an. „Das werden Sie schon. Sobald ich da rein kann. Denn ansonsten befürchte ich …“

Wie auf ein Stichwort trat der behandelnde Arzt aus dem Zimmer und erlaubte ihnen einzutreten.

In dem klinisch, weiß getünchten Raum lag Carsten auf einem in weißen Laken bezogenem Bett. Neben ihm ein Ständer für die Infusion. Als sie beide eintraten, wandte er leicht den Kopf. Er wirkte fahl und eingefallen, was seine abstehenden Ohren mehr zur Geltung brachte. Besonders erfreut, sie zu sehen, schien er nicht zu sein.

„Da haben Sie verdammtes Glück gehabt", begrüßte ihn Monika, zog den Hocker zu ihm ans Bett und setzte sich. Schröter blieb am Bettende stehen.

„Wo ist Snoopy?", fragte er, etwas benommen von den Schmerzmitteln.

„Keine Sorge, dem geht es gut. Wir mussten ihn vorübergehend in ein Tierheim geben. Ich mache mir allerdings vielmehr Sorgen um Sie."

Als Antwort erhielt Monika eine Art Grunzen. Den Kopf wandte er ab, hin zum Fenster. Dort spiegelt die Nacht nur das Geschehen im Zimmer.

„Ich weiß, dass Sie erschöpft sind. Aber ich brauche Ihre Aussage. Und zwar jetzt."

„Ist das nicht offensichtlich?", fragte er, den Blick gegen die Decke gerichtet. „Jens wollte mich umbringen."

„Ja, ja. Aber wie hat er das angestellt? Ich meine, ist er auf Sie zugestürmt und hat das Messer in Sie hineingerammt? Hat er es von oben oder von unten gestoßen? Ich möchte den Tathergang wissen."

„Es ging alles so schnell. Ich glaube, wir standen dicht beieinander. Er hat mir gedroht. Und dann haben wir Sie kommen hören. Nur deshalb, denke ich, hat er es nicht geschafft, mich …"

„Zu töten?"

Carsten sah ihr direkt in die Augen. Er nickte.

„Gut. Wir waren also Ihre Schutzengel. Und Jens hat Ihnen gedroht. Womit gedroht?"

„Mich umzubringen, natürlich. Weil er wusste, dass Alex und ich über Klaus so oft gesprochen haben, und weil er dachte, ich kannte den Täter. So wie Alex."

„Und? Kannten Sie ihn?"

Es sah aus, als könnte Carsten ihr nicht ganz folgen. Eine senkrechte Falte zog sich von der Nasenwurzel bis weit in die Stirn.

„Nein“, antwortete er irritiert, „ich kannte ihn nicht. Doch jetzt besteht ja wohl kein Zweifel mehr, oder?“

„Was, glauben Sie, wird Jens Knobloch dazu sagen, wenn wir ihn verhören?“

„Er wird es abstreiten. Was sonst? Dabei sind die Beweise eindeutig! Warum fragen Sie mich das?“

„Weil Knobloch für den Mord an Alexander Schneider ein hieb- und stichfestes Alibi hat, darum.“

Aus den Augenwinkeln heraus bemerkte sie, dass Schröter einen Schritt näher trat. Da war wieder diese eine Augenbraue, die er weit nach oben zog. Gleichzeitig versuchte Carsten in eine andere Position zu wechseln.

„Meinen Sie etwa“, fragte Carsten, nachdem er den Schlauch des Katheters unter seinem Arm befreit hatte, „dass Jens jemanden schützen wollte?“

„Schützen“, erläuterte sie, „würde ich das nicht unbedingt nennen. Aber beginnen wir von vorn. Entschuldigen Sie, wenn ich mich dabei wiederholen sollte. Ich versuche lediglich zu verstehen, was geschehen ist. Und ich bin sicher, Sie können mir dabei helfen.“

„Wenn Sie meinen.“

Monika zog ihren Hocker weiter nach vorn, schlug ihr rechtes Bein über das linke und faltete ihre Hände über dem Knie.

„In der Mordnacht“, begann sie, den Oberkörper leicht zurückgebeugt, „war Alexander Schneider im Berghain und ist anschließend zu Ihnen gefahren. Ich bin sicher, es gab da etwas, das er unbedingt mit Ihnen besprechen musste. Etwas, das so dringend war, dass er selbst mitten in der Nacht diesen Umweg in Kauf nahm. Um was es sich dabei handelte, wissen wir. Er kannte den Mörder von Klaus Teichmann.

Allerdings wurde Jens Knobloch im Toms gesehen, und zwar genau zu dem Zeitpunkt, an dem Alexander frühestens gestorben sein kann. Dafür gibt es einen Zeugen. Knobloch kann ihn also gar nicht vom Balkon gestoßen haben. Und dennoch, Herr

Wieland, behaupten Sie, er hätte versucht, Sie ebenfalls zu töten. Warum, frage ich mich, sollte er das tun, wo er doch ein so wasserdichtes Alibi hat?"

Unruhig rutschte Carsten unter der weißen Bettdecke hin und her. Auf seiner blassen Haut begannen sich rote Flecken abzuzeichnen.

„Ich ... ich habe keine Ahnung", sagte er aufgebracht. „Ich weiß nur, dass er mit mir im Park war. Ist diese Wunde hier nicht Beweis genug?"

„Ja, mag sein. Aber lassen Sie mich fortfahren. Es gibt da schließlich noch diesen Unbekannten, mit dem Alexander Schneider vor Ihrem Hochhaus gesehen wurde. Eine ältere Dame hat den beiden die Tür aufgehalten. Und hier stellt sich folgende Frage: Wann genau hat dieser Unbekannte das Haus betreten, und vor allem, hat er überhaupt das Haus betreten und Schneider im Fahrstuhl nach oben begleitet?"

„Ich ... ich verstehe nicht", stammelte Carsten.

„Nehmen wir an, Knobloch bot Schneider an, ihn mitzunehmen. Immerhin waren sie gemeinsam im Berghain und auch, wenn Herr Knobloch abgestritten hat, ihm dort begegnet zu sein, wäre dies doch mehr als unwahrscheinlich. Zumal das Berghain um diese Zeit noch halb leer war, wie mein Sohn bezeugen kann. Also, die beiden fuhren zu Ihnen, beide wurden von der Zeugin gesehen und dann hat sich Knobloch noch im Hausflur von Alexander Schneider verabschiedet und ist ins Toms gefahren. Von Ihrem Hochhaus bis zu dieser Kneipe braucht es um diese Zeit fünfzehn, höchstens zwanzig Minuten. Ich habe es überprüft."

Monika hielt inne, um den Inhalt ihrer Worte sacken zu lassen. Kurz blickte sie auf Schröter, der sich mit beiden Händen an der unteren Bettkante abgestützt und die Augen interessiert geweitet hatte. Carsten Wieland blieb stumm.

„Ich bin sicher", fuhr sie fort, „Herr Knobloch wird uns das bestätigen, sobald wir ihn vernommen haben. Und bei einer Gegenüberstellung mit der älteren Dame, wird sie ihn sicherlich identifizieren. Die Bilder, die wir ihr bisher gezeigt haben, waren womöglich nicht eindeutig genug."

„Worauf“, fragte Carsten, „wollen Sie eigentlich hinaus?“

„Oh, das wissen Sie ganz genau. Erinnern Sie sich, wie überrascht, ja beinahe panisch Sie reagiert haben, als ich Ihnen erzählte, dass Herr Schneider nicht allein zu Ihrem Haus gefahren ist? Dass er mit jemandem zusammen gesehen wurde? Warum sollten Sie darüber so dermaßen erschrocken gewesen sein? Es hätte Sie ja eigentlich erleichtern müssen.

Nun, es hat Sie dermaßen erschreckt, weil Sie wussten, dass niemand mit Alexander Schneider in dem Fahrstuhl gefahren ist. Dass niemand ihn nach oben begleitet hat. Er ist allein in den achten Stock gefahren, wo Sie auf ihn warteten. Schneider muss unten bereits geklingelt haben, bevor die Dame ihm die Tür aufhielt. Sie waren gewarnt. Und Sie ahnten genau, was er Ihnen zu sagen hatte und dass Sie ihn mundtot machen mussten.

Und Sie wussten auch, dass er auf keinen Fall Ihre Wohnung betreten durfte, um keine Spuren zu hinterlassen. Sie fingen ihn am Fahrstuhl ab und überredeten ihn, mit in den zehnten Stock zu gehen. Wahrscheinlich haben Sie ihm irgendeine Lüge aufgetischt, dass Sie Besuch hätten oder so und dass Sie einen Ort im Haus kennen, an dem Sie ungestört reden könnten. Alex schöpfte keinerlei Verdacht, selbst auf diesem merkwürdigen Balkon nicht. Was haben Sie ihm gesagt? Dass Sie frische Luft bräuchten? Ihm wird es egal gewesen sein. Bei den Medikamenten und Drogen, die er intus hatte, fielen ihm klare Gedanken sicherlich schwer. Denn ansonsten hätte er bemerken müssen, wie dumm es war, ausgerechnet seinem Mörder seine Überlegungen mitzuteilen. Alexander Schneider war naiv. Wahrscheinlich wollte er nur, dass Sie seine Gedanken widerlegen. Mag sein, dass er unsicher geworden war, weil er zuvor vergeblich versucht hatte, Herrn Meybach anzurufen, vielleicht um dessen Rat einzuholen. Als dort aber niemand abnahm, entschloss er sich fatalerweise, sich Ihnen anzuvertrauen.

Was dann im zehnten Stock geschah, dass brauche ich Ihnen ja wohl nicht zu erzählen. Natürlich wäre es Ihnen lieber gewesen, Sie hätten den Mord nicht ausgerechnet im eigenen Haus begehen müssen, andererseits durfte Herr Schneider keine Chance mehr bekommen, seine Erkenntnisse weiterzuverbreiten. Sie mussten handeln und zwar sofort. Ich bin sicher, Sie redeten auf ihn ein, beruhigten ihn und versprachen, das kleine Missverständnis aus der Welt zu schaffen. Er wird erleichtert gewesen sein. Er wird sich gegen die niedrige Brüstung des Balkons gelehnt haben, und Sie, Sie versetzten ihm einen festen Stoß gegen die Brust, der ihren Freund rücklings über die Balustrade fallen ließ. Vermutlich haben Sie vorher unbemerkt Handschuhe übergezogen, um Fingerabdrücke zu vermeiden."

Mit zusammengepressten Lippen starrte Carsten sie an. Sein ohnehin bleiches Gesicht hatte auch die restliche Farbe gänzlich verloren. Selbst die rötlichen Flecken waren fort.

„Das werden Sie niemals beweisen können", zischte er.

„Lassen Sie das unsere Sorge sein, Herr Wieland. Sie mögen zwar den Balkon von allen Abdrücken gereinigt haben, doch was ist mit dem Treppenhaus zwischen dem achten und zehnten Stockwerk? Ich gebe zu, selbst wir haben bisher nicht daran gedacht, da wir davon ausgingen, dass Herr Schneider sofort mit seinem Mörder in den zehnten Stock gefahren ist. Dieses kleine Versäumnis werden wir schnellstens nachholen. Und wir werden fündig, verlassen Sie sich darauf!"

Schröter neben ihr, bemerkte Monika, war dabei, sich einzumischen. Sofort hob sie die Hand. Jetzt war nicht der richtige Zeitpunkt, seine Fragen zu beantworten, zumal sie ahnte, was er fragen würde. Besser war es, sie redete einfach weiter.

„Ach ja, bevor Sie Einwände geltend machen wollen, Herr Wieland. Natürlich sehe ich, wie verletzt Sie sind. Wenn auch nicht besonders schwer. Ist das Zufall? Oder wie war das genau, als Sie und Jens sich dicht gegenüberstanden? Hat er zugestoßen oder haben Sie sich in das Messer fallen lassen, als Sie merkten, wie ausweglos Ihre Situation geworden war? Denn Herr Knobloch ist Ihnen nicht gefolgt, um Sie umzubringen, wie Sie behaupten. Ich glaube eher, er hat Sie erpressen wollen. Schließlich braucht er Geld. Und zwar dringend. Wenn sein Freund ihn verlässt, wovon er wohl ausgehen muss, hat er alles verloren. Wie gelegen kam es ihm da, dass er es war, der Herrn Schneider zu Ihrem Hochhaus begleitet hatte, und dass Sie, wie er wusste, der Einzige waren, der den Mord begangen haben konnte.

Wie viel hat Herr Knobloch denn verlangt dafür, dass er den Mund hält? Wo Sie doch unerwartet zu Geld gekommen sind?"

Carsten hatte längst wieder seinen Kopf von ihr abgewandt, die Augen geschlossen und die Hände auf der Bettdecke zu Fäusten geballt. Er hatte sie ganz genau verstanden. Dennoch war er nicht gewillt zu antworten.

„Eine letzte Anmerkung noch, bevor wir Sie vorerst verlassen", sagte sie. „Die Sache mit Klaus Teichmann. Schließlich fing damit ja alles an. Sie hätten nicht mit den Tabletten zu mir gerannt kommen dürfen. Das war Ihr größter Fehler. Sie waren zu selbstgewiss und eitel gewesen, nicht wahr?"

„Ich war nicht eitel!", rief Carsten aus, als könnte er ausgerechnet diese Anschuldigung nicht auf sich sitzen lassen. „Ich wollte doch bloß … Wer war ich denn für die anderen? Nur der arme, bemitleidenswerte Halbbruder, den Klaus auf diese Reise mitgeschleppt hat. Keiner von denen hat mich wirklich akzeptiert. Ja, sie haben versucht, es sich nicht anmerken zu lassen, aber letztendlich gehörte ich nie dazu. Und als Klaus tot war, glauben Sie denn, auch nur einer von denen hätte sich um meine Gefühle geschert? Niemand! Da war ich erst recht der Außenseiter, der in ihrer Mitte nichts zu suchen hatte. Ich wurde wieder nur abgeschoben."

Wie von seinem Vater, dachte Monika. Wie ein ewig verletztes, trotziges Kind.

„Und deshalb", schlussfolgerte sie, „wollten Sie ihnen eins auswischen. Jeder sollte wissen, dass es Mord war anstatt ein Unfall, nicht wahr? Weil Sie dachten, dass sowieso niemand nachvollziehen könnte, wer die Tabletten vertauscht hat. Dass alles nur Spekulation bleiben würde. Denn natürlich waren Sie nie daran interessiert, den Mörder zu finden. Sie wollten den Freunden ihres Bruders lediglich Angst einjagen. Ein wenig Rache nehmen für Ihren gekränkten Stolz."

Darauf antwortete Carsten nicht mehr, sondern verfiel wie zuvor in Schweigen.

„Zwei Dinge allerdings haben Sie nicht bedacht. Erstens, dass Rolf Meybach in die Dose schauen würde, nachdem Sie sie Ihrem Bruder gebracht haben. Und zweitens, dass Alexander Schneider keine Ruhe gab. Herr Meybach hat mir bestätigt, dass sich zwei Tabletten in der Dose befanden, und zwar bevor Klaus auch nur eine einzige davon geschluckt hatte. Warum also befanden sich in der Dose, als Sie damit zu mir kamen, immer noch zwei?

Sie konnten nicht wissen, wie viele Tabletten er geschluckt hatte, und haben die leere Dose, die Sie am Tatort fanden, auffüllen müssen, um mir zumindest ein Indiz für einen Mord zu liefern. Nur ging die Rechnung am Ende nicht auf. Das war Ihr Fehler. Ein einfacher Rechenfehler. Wenn ich die Fingerabdrücke auf der Dose ein weiteres Mal untersuchen lasse, werde ich ohne Zweifel feststellen können, dass weder Herr Knobloch noch Herr Müller sie jemals berührt haben."

Vom vielen Reden war ihr der Mund trocken geworden. Sie schlug das Bein zurück auf den Boden und erhob sich. Carsten weigerte sich, ihrem Blick zu begegnen.

„Eine Sache interessiert mich allerdings noch", sagte sie. „Wann genau haben Sie den Entschluss gefasst, Ihren Bruder zu töten?"

Mit einem leisen Seufzer schloss Carsten die Augen. Einen Moment lang schien er zurückversetzt zu jenem Moment. Auf seinem blassen Gesicht zeigte sich ein Ausdruck des Schmerzes und des Bedauerns. Ob Klaus oder seiner selbst geschuldet, war schwer zu sagen.

„Es war nur ein dummer Scherz", erwiderte er verbittert. „Ich wollte doch gar nicht, dass er … Jedenfalls nicht wirklich. Aber er hat mich zur Weißglut getrieben mit seiner Arroganz, seiner ganzen herablassenden Art und mit seinem vielen Geld. Die ganze Reise über hat er mich immer wieder spüren lassen, dass ich der Bastard war. Ich wollte es ihm heimzahlen. Und irgendwann kam mir halt die Idee mit den Tabletten, weil Alex sie überall herumliegen ließ. Was, habe ich gedacht, würde passieren, wenn jemand sie schluckt, der nicht daran gewöhnt ist? Ich wusste ja gar nicht, ob es klappt. Auf dem Felsen dann, als alle herumstanden und sich die Gegend ansahen, bin ich zu dem Rucksack gegangen und habe die Pillen in die Dose für die Kopfschmerztabletten getan. Das ging ganz schnell, das hat niemand bemerkt. Ein wenig später brauchte ich nur zu behaupten, Klaus hätte mal wieder seine Kopfschmerzen. Daran war ja nichts Ungewöhnliches. Also hat Alex sie mir gegeben. So einfach war das. Ich konnte ja nicht wissen, dass …" Er brach ab.

Monika nickte. Ein kleiner, dummer Jungenstreich, nichts weiter. Mit fatalen Konsequenzen.

„Wir werden jetzt gehen", sagte sie. „Das Verhör mit Herrn Knobloch wartet auf uns. Ich bin sicher, er wird alles bestätigen können. Seit er Ihnen im Park aufgelauert hat, waren Sie ohnehin geliefert. Ihre kleine Charade, sich die Wunde selbst zuzufügen, war ja wohl nichts weiter als der verzweifelte Versuch, sich irgendwie zu retten. Was übrigens leicht hätte schiefgehen können, wenn die Klinge auch nur einen Zentimeter weiter rechts eingedrungen wäre."

Bei diesen Worten öffnete Carsten kurz die Augen. In seinem Blick lagen Verzweiflung und Hass. Dann schloss er sie erneut.

„Ich lasse Ihnen zwei Beamte zur Sicherheit hier", sagte sie zum Abschied. „Das ist reine Routine. Und wir, wir sehen uns vor Gericht."

Auf dem Weg zurück durch die sterilen Krankenhausgänge zückte Monika ihr Handy und sprach mit dem zuständigen Beamten im Präsidium.

Die Kollegen hatten Herrn Knobloch in seiner Wohnung angetroffen, sichtlich verstört über das Vorgefallene, das blutverschmierte Messer, eingewickelt in Alufolie, auf dem Küchentisch. Er war sofort geständig gewesen, und das, was er preisgab, deckte sich haargenau mit ihren Vermutungen. Jens hatte Carsten erpressen wollen, weil er glaubte, keinen anderen Ausweg aus seiner Situation zu sehen. In der Erkenntnis darüber, wer die Morde begangen hatte, erwuchs die Chance, seine Zukunft zu sichern, wenn auch mit kriminellen Mitteln. Das Messer hatte Jens lediglich zur Selbstverteidigung mitgenommen, schließlich wusste er, wozu Carsten fähig war. Es tatsächlich zu benutzen, wäre ihm nie in den Sinn gekommen. Und dass Carsten sich selbst damit verletzen würde, schon gar nicht. Sein Verhalten bedauerte Jens zutiefst. An einer Anzeige wegen versuchter Erpressung und Behinderung der Justiz würde er dennoch nicht vorbeikommen.

Anschließend klappte sie ihr Handy zu und sah Schröter zufrieden an.

„Jetzt brauchen wir nur noch die Spurensicherung zurück zum Tatort zu schicken", sagte sie, „um das Treppenhaus zu überprüfen. Und diesmal, da wette ich meinen Kopf drauf, werden wir Abdrücke finden!"

„Wann, um Himmels willen, haben Sie das alles durchschaut?"

„Oh, das kam ganz plötzlich. Ihre Bemerkung über die Alibis hat da den entscheidenden Anstoß gegeben. Und nachdem für mich klar war, dass Knobloch es tatsächlich geschafft hätte, zu der angegebenen Zeit im Toms zu sein, wenn er Schneider allein in das Hochhaus geschickt hätte und weitergefahren wäre, fügte sich eins ans andere. Als Wieland dann im Park am Boden lag, hatte ich die Lösung."

„Ganz so nutzlos", sagte Schröter, „bin ich also nicht gewesen."

Sie blieb stehen. Schröter klang niedergeschlagen und blickte zu seinen Schuhen wie ein gekränktes Kind. Dabei fiel ihm eine Haarsträhne tief ins Gesicht. Sofort hatte sie das dringende Bedürfnis, ihn in den Arm nehmen und trösten zu müssen. Sie riss sich zusammen.

„Wie kommen Sie denn da drauf? Ich meine, dass Sie nutzlos waren?"

„Na ja", antwortete er schulterzuckend, „ich stand die ganze Zeit neben Wielands Bett, und Sie haben die ganze Arbeit gemacht. Was habe ich schon zur Lösung beigetragen?"

„Jetzt fischen Sie aber nach Komplimenten, Schröter. Ohne Sie wäre ich nie so schnell dahinter gekommen. Sie sind ein toller Kollege, ehrlich. Unsere Zusammenarbeit klappt doch ausgezeichnet. Wie können Sie nur an sich zweifeln?"

Verlegen blickte er auf. In seinen blauen Augen strahlte ein neuer Glanz, und sein Lächeln war unwiderstehlich, wie immer.

„Ich denke", sagte sie, „Sie haben was gut bei mir."

„Nun, da wüsste ich bereits was."

Einen Moment lang schien er unschlüssig zu sein, dann beugte Schröter sich vor und nahm ihre Hand in die seine.

„Gehen Sie mit mir essen", flüsterte er. „Sie sind bestimmt hungrig nach diesem anstrengenden Tag. Ich jedenfalls bin es. Es muss ja nicht der Italiener sein wie beim letzten Mal."

Peinlich berührt blickte Monika um sich. Zum Glück war niemand zu sehen außer einer Schwester, die von einem Zimmer ins nächste eilte. Seine Finger, bemerkte sie, zitterten leicht.

„Nicht heute", erwiderte sie nach kurzem Zögern. „Ich sollte zurück nach Hause. Mein Sohn wird sich Sorgen machen."

„Was ist mit morgen?"

Langsam zog sie ihre Hand aus seinem zarten Griff.

Warum nicht? fragte sie sich. Vielleicht war es einen Versuch wert. Denn dass da etwas zwischen ihnen war, ließ sich nicht mehr leugnen. Dazu waren seine Andeutungen zu unmissverständlich, und die Gedanken, die sie sich seit Tagen über ihn machte, erst recht. Also, was soll's? Peinlicher als ihr kleiner Auftritt beim Italiener würde es ja kaum werden können.

„Einverstanden. Morgen."

„Wunderbar!", rief Schröter aus, nur um sogleich in seiner Euphorie innezuhalten.

„Was geschieht jetzt eigentlich mit dem Hund?", fragte er besorgt.

„Ich nehme an", antwortete sie, „er wird im Tierheim bleiben. Bis ihn da jemand wieder rausholt."

„Das arme Kerlchen. Ich wollte immer schon einen Hund. Aber meine Eltern waren dagegen."

Schröter hatte seine Hände in die Hosentaschen gesteckt, den Kopf gesenkt und scheinbar in Gedanken an einen unerfüllten Kindheitstraum versunken.

„Sind Sie sicher?", fragte sie und legte ihm dabei vorsichtig eine Hand auf die Schulter. „Wissen Sie, wie viel Arbeit so ein Tier macht? Ständig müssen Sie runter, bei jedem Wetter. Den ganzen Tag ist er allein in der Wohnung eingesperrt und jault und bellt das Haus zusammen. Und wenn Sie in Urlaub fahren? Wo wollen Sie ihn dann lassen?"

Schröter hob den Kopf und lächelte sie an.

„Das sagen Sie ja bloß, weil Sie keine Hunde mögen."

Monika lächelte zurück.

„Ist das so offensichtlich?“

„Kein Kommentar. Doch Sie haben recht. Ich habe gar keine Zeit für einen Hund.“

Langsam näherten sie sich dem Ausgang. Schröter schien noch immer ein wenig bedrückt, als ihr plötzlich wieder bewusst wurde, was sie die letzten Tage über verdrängt hatte.

„Ach, übrigens“, sagte sie, „ich wollte mich nochmals dafür bedanken, dass Sie nichts gesagt haben. Sie wissen schon, wegen meiner möglich Befangenheit in dem Fall.“

„Gern geschehen“, antwortete er, ohne sie anzusehen. „Wirklich. Obwohl der Ärger natürlich erst losgehen wird. Haben Sie sich schon Gedanken darüber gemacht, wie Sie sich rechtfertigen werden, wenn der Staatsanwalt das mitkriegt?“

Monika schüttelte den Kopf.

„Nein. Ich werde einfach sagen, wie es war. Egal, was kommt.“

„Dann hoffen wir mal das Beste.“

Gemeinsam traten sie durch die Drehtür ins Freie. Monika hatte keine Ahnung, wie spät es war. Doch ganz gleich, wie spät es auch immer sein mochte, eines würde sie heute noch dringend erledigen müssen.

Schröter begleitete sie zum Dienstwagen, der direkt vor dem Gebäude in der Auffahrt stand, und hielt ihr die Tür auf. Erleichtert ließ sie sich in den Sitz fallen.

Sie fühlte sich gut. So gut wie schon lange nicht mehr. Alles hatte sich gelöst. Die Morde waren aufgeklärt, die Anspannung in Schröters Gegenwart hatte sich verflüchtigt, und beides gab ihr die Kraft und die Ruhe zurück, sich um den nächsten Fall zu kümmern. Eine erste, schwache Intuition fühlte sie bereits aufkeimen. Die abgeschnittene Nase, die Augen und die Ohren waren bestimmt kein Zufall. Dahinter steckte System. Ein scheußlicher Plan, nach dessen perverser Logik, wenn sie recht behielt, eine durchtrennte Zunge folgen müsste.

Neben ihr startete Schröter den Motor und fuhr sie nach Hause. Beide schwiegen, weil alles gesagt worden war. Sie würde nichts überstürzen, würde alles auf sich zukommen lassen, was auf sie zukommen sollte. Das schien ihr der einzig richtige Weg. Wenn sie jetzt wieder abwägen, wenn sie für und wider gegenüberstellen würde, wusste sie genau, dass die Gegenargumente die Oberhand erlangten. Dann hätte ihre Rationalität ein weiteres Mal gesiegt. Mit Vernunft allein war kein Blumentopf zu gewinnen.

Und zumindest einen Blumentopf, das wusste Monika nun, wollte sie unbedingt.

Vor ihrem Haus angekommen, blickte sie durch die Windschutzscheibe hinauf zu ihrer Wohnung. In einem der Zimmer brannte Licht. Sven also war noch wach. Das war gut so. Sie bräuchte ihn nicht zu wecken.

Denn egal, wie sehr sie die letzten Monate seine Gefühle auch geschont zu haben glaubte, damit war endgültig Schluss. Es hatte keinen Sinn, sich ständig etwas vorzumachen, das sie beide seit Langem sowieso schon wussten. Die Anstrengung, ständig um den heißen Brei herumreden zu müssen, war die Lappalie, um die es ging, nicht wert. Und selbst wenn Sven im ersten Augenblick geschockt sein mochte, nahm sie dies gern in Kauf, wenn ihr Verhältnis dadurch auf Dauer endlich wieder seine Normalität erhielt. Ein einziger Satz, und alles wäre geklärt.

Über manche Dinge, dachte Monika, machte man sich einfach viel zu viel Gedanken.

Neben ihr hörte sie Schröter die Finger vergnügt zu einer stummen Melodie gegen das Lenkrad trommeln. Sie nahm den Blick von dem erleuchteten Zimmer und öffnete die Wagentür.

„Viel Glück bei Ihrer Mission“, sagte er.

Verwundert drehte sie sich um. Mit einem verständnisvollen Lächeln zuckte Schröter mit den Schultern.

„Sie werden sehen“, sagte er, „dass Sven längst schon weiß, dass Sie es wissen. Söhne sind nicht so blind, wie ihre Mütter manchmal glauben.“

Ihr verdutzter Gesichtsausdruck verursachte bei Schröter ein lautes Lachen.

„Und ich übrigens auch nicht“, fügte er hinzu. „Aber nun raus mit Ihnen. Sonst verlieren Sie womöglich erneut den Mut, ihn endlich aufzuklären.“

So überrascht sie von seinen Worten gewesen war, so überrascht war sie über ihre nächste Reaktion. Sie lehnte sich weit zur Seite, eine Hand auf den Beifahrersitz gestützt und gab Schröter einen Kuss auf die Wange.

„Danke“, flüsterte sie.

Dann sprang Monika aus dem Wagen und eilte den gepflasterten Weg entlang zum Haus.

Schade, dass der Krimi zu Ende ist?

Dann lesen Sie am besten gleich weiter:
Ein Auszug aus *Die Knochennäherin*
von Martin Arz.

„Kann mal bitte jemand den Toten abdecken?“, sagte Max Pfeffer barsch und deutete auf den Leichnam, dessen Gesichtszüge aussahen, als wären sie von einem modernen Künstler in Ätztechnik gestaltet worden. Pfeffer schmeckte noch die Mischung aus Cannabis und Tim auf seinen Lippen und wollte sich das nicht verderben lassen. Nach dem Anruf, der ihn hierher bestellt hatte, hatte sich Pfeffer nur schnell ein wenig Deo und ein paar Spritzer seines ebenso sündhaft teuren wie guten Lieblingsduftes Blenheim Bouquet gegönnt. Das musste reichen, um Frische vorzutäuschen.

Ein Mann von der Spurensicherung breitete eine weiße Plastikplane über den Körper, der in dem kleinen Raum neben einer riesigen doppelwannigen Edelstahlspüle lag. Pfeffer sah aus dem Fenster. Die Färberei des Residenztheaters befand sich ebenerdig in einem Seitentrakt des klassizistischen Gebäudes. Gegenüber lag der Marstall in abendlicher Festbeleuchtung.

Eine blasse kleine Frau stand an eine der beiden anderen Färbetröge gelehnt, die den kleinen Raum neben einem ramponierten Arbeitstisch beherrschten.

„Sie haben die Leiche gefunden?“, fragte Pfeffer.

Die blasse Frau nickte langsam. „Ich bin Praktikantin, verstehen Sie? Ich wusste nicht, dass das so wahnsinnig ätzt, dass man davon stirbt.“ Sie schluchzte auf.

„Schsch“, machte Pfeffer. „Noch wissen wir nicht, woran er gestorben ist. Vorerst interessiert mich, warum Sie noch so spät abends hier bei der Arbeit sind?“

„Ich sollte doch diesen Stoff rot färben“, sprudelte es aus ihr heraus. „Und ich wollte ihn ursprünglich über Nacht im Färbebad lassen, aber dann habe ich mir doch Sorgen gemacht, weil ich noch nie gefärbt habe und der Stoff schon seit sechs Stunden im Bad war und da habe die Kostümassistentin angerufen und die hat mir gesagt, dass das reicht und ich den Stoff sofort rausholen und aufhängen soll, und da bin ich dann hergefahren mit meinem Fahrrad und da habe ich mich schon gewundert, dass Licht an ist, denn ich war mir sicher, dass ich es ausgemacht habe, als ich gegangen bin, und dann lag der Mann mit dem Kopf im Waschbecken, in dem ich meinen Stoff … Dass es der Herr Bloch ist, habe ich nicht gesehen. Wirklich nicht." Sie schluckte und begann zu weinen.

„Schon gut, Frau …", Pfeffer wusste nicht, ob er den Namen der Blassen gehört hatte, wusste aber, dass die Kollegen die Aussage bereits protokolliert hatten. „Am besten, Sie gehen jetzt nach draußen und schnappen ein wenig frische Luft. Oder Sie gehen gleich heim."

Die Blasse sah Pfeffer mit großen Augen an und entfernte sich dann.

„Schöner Chemikaliencocktail", sagte Doktor Gerda Pettenkofer gelassen zu Max Pfeffer und deutete auf die rote Brühe, die in der einen Spülenhälfte stand. „Hier, die schreiben auf ihre Packungen, dass das Zeug ätzt. Aber hallo." Sie hob eine Blechdose hoch, die Färbepigmente für Stoffe enthielt. „Was genau drin ist, schreiben sie allerdings nicht. Aber so wie der Tote aussieht, braucht man das auch nicht wissen. Kein Wunder, dass der Mann hier nicht mehr den gesündesten Teint hat."

„Wie war die Auffundsituation?", fragte Pfeffer.

„Er steckte mit dem Oberkörper in dem Färbetrog. Hier, Kopf, Schultern und Oberkörper bis fast zu den Brustwarzen waren im Farbbad. Die Arme hingen mit dem Rest des Körpers über den Rand nach außen. Der Mann muss also vornüber in den Trog gefallen sein. Ohne sich dabei mit den Händen abzufangen." Die Rechtsmedizinerin stemmte die Arme in die Seiten. „Wenn du mich fragst, ist das schon ein wenig ungewöhnlich."

„Vielleicht ist ihm bei den Chemiedämpfen hier schlecht geworden, und er ist deshalb …", überlegte Pfeffer laut.

„Nein, Maxl, ist er nicht." Gerda Pettenkofer schwieg einen Moment und legte den Zeigefinger auf den Mund, damit auch Pfeffer nichts sagte. „Hörst du? Der Abzug läuft." Sie deutete zur Decke, dort hingen wie futuristische Trockenhauben zwei Plexiglasglocken an langen Metallschläuchen.

„Eben wegen der Chemikalien muss immer der Abzug laufen, damit niemand ohnmächtig wird oder sich die Atemwege verätzt", mischte sich da ein großer, blonder Mann ein, der sich die ganze Zeit ein wenig bleich neben der Eingangstür aufgehalten hatte. „Normalerweise sind die Fenster beim Färben zusätzlich geöffnet oder wie jetzt gekippt."

„Danke, und Sie sind?", fragte Pfeffer.

„Sebastian Oßwald." Der Mann schüttelte ihm die Hand. Er mochte Mitte Dreißig sein. „Ich bin Gewandmeister hier am Resi, also am Residenztheater. Sepp, Joseph Bloch war mein Kollege. Man hat mich verständigt, dass ich kommen soll. Ich bin nun für die Herrenwerkstatt, also die Herrenkostümabteilung verantwortlich."

„Danke, Herr Oßwald", sagte Pfeffer. „Das muss natürlich ein Schock für Sie sein."

„Ja und nein. Dass er sich irgendwann totsäuft, war uns allen klar. Und die Gefahr, dass er dabei auch noch in den Farbtopf fällt … also, ehrlich gesagt, wundert es mich, dass das nicht schon viel früher passiert ist."

„Wie meinen Sie das?"

Sebastian Oßwald zögerte und sah auf die Leiche, deren Konturen sich unter der Plane abzeichneten. Dann forderte er Pfeffer auf, ihm zu folgen, und ging durch eine Verbindungstür in den Nebenraum, in dem zwei monströse Waschmaschinen und große Schränke voller Färbemittel standen. Von hier führte eine weitere Tür in den Spritzraum. Auch hier Regale voller Farben und Pigmente. Dazu Spritzpistolen und eine gewaltige Absauganlage. „Kann ich hier schon was anfassen?", fragte Sebastian Oßwald und bückte sich neben der farbbekleckerten Werkbank, die ganz am Ende des Raums stand.

Pfeffer nickte, die Spurensucher hatten diesen Teil des Raums bereits gecheckt.

Der Gewandmeister öffnete eine der Schubladen unten an der Werkbank und zog sie ganz heraus. Er kniete sich auf den Boden, beugte sich vor und langte mit dem Arm hinein. Fast der ganze Arm verschwand in der Tiefe der Aussparung. Als er ihn wieder herauszog, hielt er eine große Flasche Jägermeister in der Hand. „Da ist noch eine drin", sagt er. „Sepp hat gedacht, dass niemand sein Geheimversteck kennt. Jeder kannte es. Die verkürzte Schublade hat er sich mal von einem Spezl in der

Tischlerei anfertigen lassen." Er langte noch einmal hinein und zog die zweite Flasche Kräuterschnaps hervor.

„Ich glaube, Sie fassen jetzt doch nichts mehr hier an", sagte Max Pfeffer trocken. „Die Spurensicherung sollte da noch mal ran."

„Es ist doch ein Unfall gewesen, oder? Warum machen Sie eigentlich einen solchen Aufwand?" Die beiden Männer verließen den Spritzraum, passierten den Waschmaschinenraum und blieben im Färberaum vor den raumhohen Regalen voller Farben stehen.

„Weil die Art, wie Ihr Kollege ums Leben gekommen ist, durchaus auch die Möglichkeit einer Fremdeinwirkung zulässt. Natürlich sieht es nach einem Unfall aus, aber er könnte in den Farbbottich gestoßen worden sein."

„Stimmt. Wäre nicht unwahrscheinlich."

„Wie darf ich das verstehen?"

„Ach, vergessen Sie's. Ich und mein loses Mundwerk." Sebastian Oßwald machte eine wegwerfende Handbewegung und kratzte sich dann an der Nase. „Tut mir leid. Ich klinge für Sie total herzlos, aber ich weiß nicht, wie ich mit der Situation umgehen soll. Er war mein Kollege seit zwei Jahren und ich hatte kein besonders gutes Verhältnis zu ihm. Niemand hatte ein gutes Verhältnis zu ihm. Ich kann Ihnen gerne beizeiten mehr darüber erzählen."

„Ich bitte darum."

„Es ist nur so … bei mir ist noch nie jemand gestorben, den ich gut kannte oder dem ich irgendwie nahe stand. Und sei es nur als Kollege. Es ist der erste Tote in meinem Umkreis. Und alles, was ich kann, ist sarkastische Bemerkungen fallen lassen."

„Das ist nichts Ungewöhnliches", sagte Pfeffer. „Jeder reagiert anders. Sagen Sie, diese Praktikantin, die den Toten gefunden hat, seit wann ist die bei Ihnen?"

„Die ist gar nicht bei uns. Die ist von der Oper. Wir teilen uns hier die Räume mit der Staatsoper. Ist ja gleich nebenan." Er deutete auf das Regal an der linken Wand. „Das sind alles Opern-Farben." Er zeigte auf das Regal rechts. „Die dort drüben sind unsere. Darf ich nun gehen, oder brauchen Sie mich noch?“

„Ich hätte schon noch einige Frage über Ihren Kollegen an Sie.“

„Muss das hier sein?“

„Nein.“ Pfeffer sah den jungen Mann an. Der blickte mit seinen grünen Augen tief in Pfeffers rehbraune. Den entscheidenden Tick zu lange, wie er schnell merkte. Sebastian Oßwald senkte verlegen den Blick.

Pfeffer schmunzelte und fuhr fort: „Nein, natürlich muss das nicht hier sein. So schnell geht das sowieso nicht. Es kann auch gut sein, dass gar keine Fragen offen bleiben. Wenn zum Beispiel die Obduktion ergibt, dass keinerlei Fremdeinwirkung vorliegt.“

„Ah so.“ Sebastian Oßwald grüßte lässig. „Sie wissen im Zweifelsfall ja, wo Sie mich finden können.“

„Warten Sie bitte“, sagte Pfeffer. „Zeigen Sie den Kollegen von der Spurensicherung noch den Arbeitsplatz Ihres Kollegen? Danke.“

„Sahneschnitte“, sagte Annabella Scholz, als sie zu ihrem Chef trat und dem Gewandmeister hinterhersah.

„Das kannste laut sagen“, raunte Max Pfeffer. Er fand, dass er sich gut im Griff hatte, dafür, dass er bekifft war.

„Wer war das?“

„Der Gewandmeister.“

„Und was ist ein Gewandmeister?“

„Keine Ahnung!“

„Aha.“ Die Kommissarin sah ihren Chef schief an. „Aber das wirst du bestimmt bald herausfinden.“

„Erraten. Und du findest jetzt heraus, ob die Lüftung auch lief, als die Praktikantin den Toten fand.“